## À PROPOS DE L'AUTRICE

Pourvue d'une imagination fertile qu'un rien suffit à titiller, Mily Black crée des histoires romantiques résolument modernes et rythmées, avec des personnages qui n'en font qu'à leur tête. Boostée au Coca fraise, elle fait son possible pour apporter de l'évasion à tous ceux qui en ont besoin.

# Inévitable scandale

*Collection :* VICTORIA



**HARPERCOLLINS FRANCE**
83-85, boulevard Vincent-Auriol, 75646 PARIS CEDEX 13
Service Clients — www.harlequin.fr
ISBN 978-2-2805-0505-5 — ISSN 2493-013X

MIXTE
Papier issu de sources responsables
FSC® C159065

Pour limiter l'empreinte environnementale de ses livres, HarperCollins France s'engage à n'utiliser que du papier fabriqué à partir de bois provenant de forêts gérées durablement et de manière responsable.

MILY BLACK

# Inévitable scandale

Victoria

HARLEQUIN

# Prologue

*Londres, novembre 1847*

Le temps n'était plus aux palabres. Elle devait agir, et le retour de son mari en ville lui offrait l'occasion de mettre son plan en marche. D'un geste trahissant son agacement, la baronne de Skelmersdale laissa retomber le rideau et retourna s'installer dans le fauteuil du petit salon où elle patientait depuis des heures.

Incapable de feindre de lire une seconde de plus, elle regarda le feu dans l'âtre tout en se remémorant le discours préparé pour l'occasion. Demander des nouvelles, s'inquiéter des récoltes des métayers, éviter le nom honni et sourire. Mentionner leur fils et ses études à Eton. Puis parler de Felicity et d'Abigail, leurs deux filles. À ce sujet, elle avait beaucoup de choses à dire, mais elle aurait le temps de le faire plus tard, quand tout reviendrait dans le droit chemin. Et, enfin, mentionner Louisa.

L'introduction de l'épineux problème était claire dans son esprit. La suite était plus confuse. Devait-elle citer en exemple l'attitude de la jeune femme ? Non, cela inciterait le baron à la garder sous son aile. Seulement tout le monde en ville avait conscience de la valeur de leur pupille. Auraient-ils dû encourager le baronnet d'Ainsdale lors de la partie de campagne chez les Hamilton ?

Sur le moment, fiancer Louisa avant Felicity paraissait une insulte à cette dernière, plus âgée et fille d'un baron. Quel scandale que l'illégitime, déjà entretenue généreusement, puisse trouver un époux en premier ! Mais avec le recul, cela apparaissait comme une occasion manquée de se séparer de ce rappel incessant de cette femme que le baron avait aimée en secret pendant des années.

Une simple roturière qui avait croisé sa route l'avait séduit au point qu'il s'était rendu une semaine par mois sur l'un de ses domaines. Là-bas, loin de Londres et des rumeurs, ils avaient vécu maritalement, tant et si bien qu'elle était tombée enceinte. Le baron avait continué ses visites, les espaçant de plus en plus, mais gardant toujours un œil sur cette enfant qui grandissait et devenait une femme ravissante.

Et voilà que, quelques mois auparavant, ils l'avaient accueillie sous leur toit. Sa douceur et sa beauté avaient éclipsé les deux autres jeunes filles. Les prétendants s'étaient détournés d'elles pour admirer Louisa. Si l'attrait de la nouveauté était sur le point de disparaître, l'amitié entre la nouvelle duchesse de Dorset et leur pupille avait placé cette dernière au centre de toutes les conversations. Encore plus maintenant qu'un complot visant le duc venait d'être découvert !

Impatiente, la baronne de Skelmersdale quitta son fauteuil et retourna à la fenêtre. Son mari ne pouvait-il pas revenir ? N'avait-il pas eu assez de temps en compagnie de... Ses lèvres se pincèrent au point de lui faire mal. À écouter sa mère, il était normal qu'un mari côtoie d'autres femmes. La veille de ses noces, elle avait compris qu'elle ne serait jamais la seule à profiter de l'affection du baron, mais qu'elle aurait le privilège de porter son nom. Et elle l'avait accepté.

Jusqu'à l'arrivée de Louisa...

Deux coups contre la porte du salon la sortirent de ses pensées. Elle se composa une attitude plus solennelle et invita le domestique à entrer.

— Désirez-vous du thé, madame ?

— S'il vous plaît.

De nouveau seule, elle regarda le jardin. L'automne était

là avec la pluie et les températures en chute libre. Bientôt les invitations pour des réceptions de Noël apparaîtraient sur le guéridon de l'entrée, comme autant de chances pour Felicity de trouver un bon parti. Les fêtes de fin d'année étaient l'occasion de dîner chez les nobles restés à Londres et de faire plus ample connaissance. Ainsi, de nouvelles relations seraient nouées au cours des prochaines semaines et seraient bénéfiques pour la prochaine Saison. Elle y veillerait !

Dans quelques mois, ses deux filles seraient fiancées. Elle s'en faisait la promesse. Et pour mener son projet à bien, il lui fallait écarter Louisa du tableau. Un désir bien ambitieux puisqu'elle n'avait rien à reprocher à cette dernière. Il aurait été bien plus simple de la punir en l'enfermant dans sa chambre pour une attitude déplacée, ou de l'envoyer au loin pour un comportement outrancier.

Mais comment justifier une mise à l'écart de la société quand la demoiselle en question se comportait avec politesse et bienveillance ? Séduites par la grâce innée de sa pupille, des douairières pensaient même à la présenter à la reine en vue du bal des débutantes ! Elle, une enfant illégitime.

— Madame…

Une bonne déposa le nécessaire pour le thé et repartit après une discrète révérence. Contemplant le plateau, la baronne se demanda si son avenir allait se résumer à des après-midi en solitaire dans une grande maison dépourvue de chaleur humaine une fois que ses filles auraient convolé en justes noces. Pour l'instant, elles étaient chez leur tante avec leurs cousines, mais le jour viendrait où elles auraient leur propre maison à diriger.

Avec élégance, la baronne retourna s'asseoir dans le fauteuil et se servit une tasse. Elle prit un petit sandwich qu'elle porta à sa bouche avant d'être arrêtée dans son geste par l'arrivée tant désirée de son mari.

D'une corpulence moyenne, il marquait les esprits par l'assurance et le calme qu'il inspirait. Là encore, le charme agit sur sa femme qui ne se priva néanmoins pas de le détailler.

Le teint pâle et les vêtements froissés, il ne faisait aucun doute qu'il revenait tout juste d'un de leurs domaines de campagne. Son visage blafard surmonté d'une abondante chevelure grisonnante en désordre prouvait que la route avait dû être un vrai calvaire pour le baron. Il avait donc voyagé dans une voiture, à l'abri des regards, certainement avec cette chanteuse d'opéra... À croire qu'il préférait les femmes de basse extraction à celles nobles et nées pour être la parfaite épouse en toutes circonstances !

— Bonjour, madame !

— Monsieur, dit-elle en tendant la main vers le plateau.

Réalisant qu'aucune seconde tasse ne s'y trouvait, elle suspendit son geste avant de croiser les mains sur ses cuisses.

— Le majordome m'a prévenu que vous désiriez me voir.

Le baron poursuivit son chemin jusqu'à un petit meuble duquel il sortit un verre et une carafe contenant un liquide ambré. Il en versa une bonne rasade avant d'aller s'installer dans un fauteuil.

— Votre séjour a été prolifique ?

— Je ne pense pas que vous souhaitiez savoir, répondit-il avec fermeté. Comment vont Felicity et Abigail ? ajouta-t-il d'un ton plus indolent.

— Très bien, merci de vous en inquiéter.

Chacun but une gorgée de sa boisson avant que le baron ne rompe le silence :

— Vous ne renchérissez pas. J'en déduis qu'aucun prétendant n'a demandé l'autorisation de courtiser l'une de nos filles.

— Aucun, acquiesça-t-elle en reposant sa tasse.

Si l'un n'avait jamais été porté sur les manigances maritales dont raffolaient certaines familles à l'instar de sa femme, cette dernière faisait son possible pour que ses filles aient une bonne situation. Cette différence entre eux les poussait à éviter le regard de l'autre pour ne pas engendrer un conflit.

— Allez-vous enfin m'expliquer pourquoi le majordome m'a invité à vous rejoindre immédiatement, pendant qu'il prépare un bain dans ma chambre ?

— Louisa...

— Oh non ! s'écria-t-il en se tournant enfin vers son épouse. Ne me dites pas que vous m'avez convoqué pour parler d'elle ! Je sais que l'imposer sous notre toit était une insulte, mais je ne pouvais la laisser sans ressources après avoir veillé pendant toutes ces années à son bien-être. Sa mère lui a appris les bonnes manières, elle a eu une préceptrice...

— Le problème ne vient pas de là ! l'interrompit la baronne d'un ton sec.

Furieuse d'avoir exprimé ainsi son mécontentement, elle prit quelques secondes pour recouvrer son calme.

— Durant votre absence, deux jeunes personnes se sont montrées... intéressées.

— Voilà une bonne nouvelle ! s'exclama son époux en se redressant. Qui est-ce ? Appartiennent-ils à de bonnes familles ?

— Là n'est pas la question ! Elle ne peut...

S'étranglant sur le dernier mot, elle se redressa et toisa son vis-à-vis.

— J'ai refusé.

— Louisa n'avait pas d'inclinaison particulière pour l'un de ces deux prétendants ? A-t-elle encore en tête ce baronnet ? Peut-être n'aurais-je pas dû me plier à votre idée, ajouta-t-il avant de boire une nouvelle gorgée.

— Elle n'a pas de titre... Avec ses origines, elle ne peut faire un mariage aussi prestigieux. Elle doit apprendre à tenir sa place et...

— S'il vous plaît, cessez de lui reprocher sa naissance !

Outrée par le ton sec du baron, elle tordit sa bouche en une affreuse mimique.

— Elle est ma fille, que vous le vouliez ou non !

Qu'elle le détestait de lui jeter ainsi au visage les origines de Louisa !

— J'aimerais qu'elle passe les fêtes dans notre domaine de Westbury.

— Le comté de Wiltshire, rien que ça ! Peut-être pourrions-nous l'envoyer aux Amériques ?

— En son absence, Felicity pourrait rencontrer quelqu'un en toute sérénité.

— Qu'entendez-vous par là ?

— Qu'elle n'aurait pas à craindre que son prétendant se détourne d'elle au premier regard de Louisa. Ce cas de figure s'est présenté plusieurs fois ces dernières semaines, et nos filles commencent à s'inquiéter pour leur avenir.

— Êtes-vous bien certaine que ce soit Louisa qui accapare leur attention ? Peut-être est-ce eux qui ne ressentent aucun intérêt pour nos filles.

— Comment osez-vous !

— Très simplement, ma chère ! J'ai conversé à de nombreuses reprises avec Felicity, et peu de sujets de conversation lui importent. Sa frivolité est loin de séduire la majorité des hommes qui ne tiennent pas à se ruiner en mètres de ruban. Quant à Abigail... Elle s'est à chaque fois illustrée par son manque d'assurance et son incapacité à prendre des décisions.

— Dois-je vous rappeler que les femmes n'ont pas à prendre de décisions ? Il s'agit là du rôle des hommes. Felicity s'intéresse énormément à la mode, ce n'est pas là une frivolité, mais une réelle passion qu'elle aime partager.

Marquant une pause pour reprendre sa respiration, la baronne toisa son mari.

— Et je suppose que Louisa n'a aucune de ces prétendues tares dont vous affublez nos filles.

— Tout Londres sait qu'elle passe ses après-midi dans un orphelinat. Pouvez-vous m'assurer que Felicity, ou Abigail, participe à une quelconque œuvre de charité ? Et attention, madame, ajouta-t-il en la voyant prête à répliquer, je parle d'une participation désintéressée et sans obligation...

— Si vous trouvez cela si louable, puis-je savoir pourquoi vous n'avez pas proposé que nos filles en fassent de même ?

Il sourit, s'abstenant de répondre. Agacée, elle lança son dernier argument, celui qui clôturerait cette conversation :

— Louisa est déjà prévenue pour son départ, ainsi que

plusieurs membres de notre entourage. Nous avons convenu qu'elle partirait le 1er décembre, soit dans un peu moins de quatre semaines.

Le baron lui adressa un regard noir, s'avouant vaincu... pour le moment.

# 1

Louisa était levée depuis des heures. En toute discrétion, elle était descendue prendre son petit déjeuner avec le baron afin de discuter avec lui.

Depuis son enfance, elle le rencontrait régulièrement. D'abord chez sa mère qui se montrait toujours enjouée à l'idée de le recevoir dans leur modeste maison et de discuter avec lui. Maintenant chez lui, souvent à la table du petit déjeuner. Il était comme un oncle, celui qui habite loin, mais qui n'hésite pas à vous accueillir quand votre monde s'effondre.

À la mort de sa mère, Louisa était complètement désemparée. Bien qu'assez âgée pour travailler et entretenir une maison, elle avait conscience qu'une femme ne pouvait résider seule. Ses voisins qui l'avaient vue grandir s'étaient sentis tenaillés entre l'envie de l'aider et celle de ne pas ajouter une bouche supplémentaire à nourrir avec le peu qu'ils avaient.

La crise touchait tout le monde, et finalement cela avait été un mal pour un bien. Quitter son village pour Londres avait marqué le début d'une autre vie, une où elle séjournait dans une magnifique demeure avec une famille noble.

De plus, Louisa aimait converser avec le baron quand ils n'étaient que tous les deux. Certes, elle ne parlait pas de politique ou de tout sujet réservé aux hommes, mais elle apprenait grâce à lui les rouages de la Chambre des lords et du gouvernement dans son ensemble. La liberté d'expression qu'il lui permettait en sa présence la galvanisait et n'était pas sans lui rappeler ses échanges avec sa défunte mère ou l'aisance de Thea, la duchesse de Dorset.

Malgré sa curiosité, jamais elle ne serait comme son amie. Déjà physiquement, la différence était visible. Alors que l'une était blonde comme les blés, musclée par l'activité aux champs et hâlée à force de travailler à l'extérieur, l'autre était quelconque. Enfin c'est ainsi que Louisa se percevait et, bizarrement, cela ne la peinait pas outre mesure. Depuis sa plus tendre enfance, elle avait compris qu'on n'attendait rien d'elle. Il n'avait jamais été question de mariage arrangé en échange d'un lopin de terre fertile, de bêtes plus résistantes… Sa mère souhaitait juste son bonheur, et cette absence de pression la satisfaisait.

L'unique concession qu'elle avait accordée en s'installant chez les Skelmersdale impliquait les taches de rousseur qui s'étalaient sur ses pommettes et son nez. Elle avait les cheveux châtains, ainsi qu'une peau laiteuse avec ces petites imperfections bien visibles. La baronne en avait été choquée au point qu'il avait été question de sels pour la sortir de son état de pâmoison. Loin de réjouir la jeune femme, cela l'avait placée dans un profond abattement. Perdre sa mère après des semaines à l'entendre tousser sans réussir à la soulager avait été terrible, et l'idée d'emménager chez des inconnus l'avait effrayée. Alors une telle réaction…

Elle s'était alors promis d'être inattaquable et passait donc toutes sortes de crèmes et de décoctions sur son visage pour obtenir ce que la haute société attendait de toute femme : la perfection immaculée. Et sa vie actuelle lui convenait, à un détail près.

— Mademoiselle, il est l'heure.

Avec un léger sourire, elle se retourna vers sa bonne qui tenait devant elle une épaisse cape au col assez haut pour la protéger du froid mordant qui s'installait en ville. À peine plus grande et plus vieille qu'elle, Elsie ne ménageait pas ses efforts pour conserver son poste. Brune et fine, elle paraissait un peu chétive. Pourtant elle accomplissait ses tâches sans sourciller.

— Êtes-vous certaine de vouloir vous y rendre ? demanda la domestique en aidant sa maîtresse.

— Oui, Elsie.

— Il va pleuvoir…

— Je sais.

— Et les courants d'air à l'orphelinat…

— Nous veillerons à ne pas rester au beau milieu de l'un d'eux.

Amusée par les tentatives maladroites de sa bonne pour rester bien au chaud, elle lui adressa un clin d'œil et sortit de sa chambre dès sa cape nouée à son cou. Sans précipitation, elle descendit l'escalier au pied duquel se tenaient Felicity et Abigail. Les deux filles de la maison parlaient à mi-voix et se turent lorsqu'elle arriva à leur niveau.

— Bonjour, dit-elle avec un léger sourire.

Ne recevant aucune réponse, elle sentit une certaine déception l'étreindre, mais elle la repoussa comme elle en avait l'habitude. Dès leur rencontre, il avait été clair qu'elles ne pourraient être amies. Leurs centres d'intérêt étaient aux antipodes et leurs caractères diamétralement opposés.

— Je suppose que vous allez encore à votre orphelinat, s'exclama Felicity avec une once de dégoût.

— En effet, je m'y rends. Désirez-vous m'accompagner ?

Peu fière de cette pique voilée, Louisa serra les mains contre son ventre dans l'espoir fou que la jeune femme accepte de faire un pas dans sa direction.

— Pour attraper des poux ou ruiner ma nouvelle tenue ? Je vous laisse les basses besognes…

Ignorant la bile qui lui montait aux lèvres, elle se tourna vers Abigail qui n'avait pas parlé jusque-là. Physiquement, les deux jeunes femmes étaient assez semblables à quelques petites exceptions près. Leurs yeux étaient d'un beau marron, tandis que la couleur de leur chevelure était d'un joli blond pour l'une et d'un châtain clair pour l'autre. C'était surtout au niveau du caractère que les différences étaient notables. Si l'aînée était hautaine et vêtue des plus belles tenues du moment, la seconde apparaissait comme une ombre à ses côtés. Toujours incertaine et à quêter l'approbation de sa mère ou de sa sœur, elle affichait souvent un air sot qui détonnait avec les lectures scientifiques qu'elle affectionnait tant.

— Je n'y serai pas à ma place, déclara Abigail d'un ton hésitant.

Ne sachant comment interpréter cette phrase, Louisa lui sourit poliment et décréta en son for intérieur que celle-ci n'avait en effet pas sa place dans un orphelinat où les enfants avaient besoin de discipline et d'adultes fermes.

— Il faut dire que nous ne sommes pas orphelines, nous ! ajouta Felicity d'un ton plein de fiel.

Ravalant son amertume, Louisa dépassa les deux autres et ouvrit la porte avant que le majordome n'ait l'idée de le faire. En bas du perron, elle marqua une pause pour inspirer à pleins poumons l'air frais de Londres. Elle devait se calmer avant que sa détresse ne transparaisse et que les deux chipies derrière elle mesurent son mal-être.

— Mademoiselle..., dit doucement Elsie.

Louisa acquiesça silencieusement et monta dans la voiture mise à sa disposition pour se rendre de l'autre côté de la ville. Assise sur la banquette qui faisait face à la route, elle laissa son esprit s'envoler vers le Merseyside, auprès du baronnet d'Ainsdale.

Quand ils avaient été présentés l'un à l'autre, elle avait été troublée par cet homme. Doux, poli et attentionné, il lui avait parlé avec déférence, la traitant comme une dame. Jamais il n'avait eu de parole malheureuse ; leurs conversations étaient fluides et agréables. Même le baiser qu'il lui avait volé dans la roseraie des Hamilton était parfait. Quant à la confiance qu'il avait affichée en lui annonçant son intention de la courtiser officiellement...

Le rythme de son cœur accélérait à ce seul souvenir.

L'espace de quelques minutes, elle avait espéré puis rêvé avant de déchanter. Elle revoyait la baronne debout devant elle. Les lèvres pincées, elle n'avait cessé de la foudroyer du regard tandis que le baron lui expliquait pourquoi il ne pouvait accepter que le baronnet demande sa main. Cela avait duré une éternité, alors que pour ses tuteurs un seul mot – un prénom, plus exactement – justifiait ce refus : Felicity.

Elle était plus âgée et devait se marier en premier. Qu'en penseraient les gens de la bonne société si elle, une pauvre orpheline vivant de la générosité des Skelmersdale, trouvait un parti avant la fille de la famille ? Tout son être s'était rebellé. Pourtant sa bouche était restée obstinément close. Cela faisait-il d'elle une personne sans volonté ?

Troublée par cette pensée, elle fronça les sourcils et releva le menton. Était-elle comme toutes ces femmes qui baissent la tête au lieu de se battre pour ce qu'elles désirent ? Oui. Non. Elle hésita avant de se résoudre à admettre qu'elle était ainsi. Son cœur brisé avait espéré que le baronnet s'impose et se batte pour elle. Seulement il était resté lui-même, doux et résigné.

— Nous n'allons pas tarder, mademoiselle.

Sursautant à demi en entendant la voix de sa bonne, elle se redressa et regarda par la fenêtre. Les bâtiments lui semblaient familiers et les bruits bien plus prononcés que dans les beaux quartiers où elle avait l'habitude de se rendre pour des réceptions.

— Merci, Elsie.

La domestique hocha la tête, mais ne prononça pas un mot de plus.

Quand le cocher ouvrit la porte, elle arborait un délicieux sourire qui cachait sa tristesse. Pendant plusieurs heures, elle donnerait le change devant des enfants aussi turbulents qu'adorables. Elle serait fatiguée, agacée, mais son tempérament conciliant lui permettrait de rester d'un abord avenant. Qu'elle pouvait se détester en cet instant ! N'était-elle qu'une marionnette qui refoulait ses émotions pour faire plaisir à son entourage ? Ne pouvait-elle pas élever la voix comme Thea avait su le faire quand les rumeurs avaient couru sur son compte ?

*Non.*

Son pied toucha le trottoir à l'instant où la réponse claquait dans son esprit. Elle ne se sentait pas capable de carrer les épaules pour exiger quoi que ce soit. Le mieux qu'elle pouvait espérer était que Felicity se marie rapidement afin de pouvoir retrouver le Merseyside. Oui, dès que les fiançailles seraient officielles, elle enverrait LA lettre chez le baronnet. Celle qu'elle cachait dans sa malle. Écrite des semaines auparavant, elle parlait de ses tendres attentes... Tant de choses licencieuses qu'elle se demandait souvent comment elle avait trouvé la force de coucher sur le papier de telles pensées.

— Je reviens vous chercher à la même heure que d'habitude, mademoiselle ?

— Oui, ce sera très bien.

De nouveau, elle sourit, se rappelant avec du retard que la baronne ne tolérait pas une telle familiarité avec le personnel.

— À plus tard, dit-elle en se pressant vers la porte de l'orphelinat.

Si seulement elle comprenait l'intérêt de se montrer distante avec des gens qui prenaient son confort au sérieux. Elsie veillait à ce que ses habits soient toujours impeccables, que la température de sa chambre lui évite tout rhume et qu'elle ne soit en retard nulle part. Le cocher roulait le plus précautionneusement possible après avoir compris qu'elle était malade si le chaos était un peu trop violent...

Pourquoi ne pouvait-elle donc pas leur adresser un sourire ?

— Mademoiselle ?

— Pardon, j'étais perdue dans mes pensées.

D'une main ferme, elle saisit le heurtoir et cogna contre la porte pour prévenir de sa présence. Bien vite, le bruit d'une cavalcade se fit entendre de l'autre côté. Des enfants se chamaillèrent pour savoir qui ouvrirait la porte. Puis un visage fin apparut dans l'embrasure.

— M'demoiselle Lou !

— Virgile, dit-elle en effectuant une petite révérence.

Il rougit et lui sourit sans pour autant s'écarter. Le garçon avait un béguin pour elle. Du haut de ses six ans, il l'admirait et prenait un soin tout particulier à coiffer ses boucles brunes chaque jour. Les joues un peu creuses, il arborait un air angélique terni par son regard d'un bleu pur qui témoignait d'un terrible manque d'affection. Et si Louisa trouvait cette inclinaison adorable, cela était une pression sur ses épaules d'autant qu'elle partirait bientôt. Une autre bonne idée de la baronne qui l'envoyait passer les fêtes de fin d'année à la campagne, loin de tout et de tout le monde.

— Pourrais-je entrer, s'il te plaît ?

— Oui. Oui, bien sûr ! s'exclama-t-il en ouvrant grand la porte.

Deux autres enfants riaient sous cape en le pointant du doigt. Le plus grand l'imita, prenant un air benêt. Il papillonna des yeux avant de réaliser que Louisa et sa bonne pouvaient le voir se moquant de son ami.

— Bonjour, tout le monde, lança-t-elle à la ronde.

Les enfants lui répondirent, alertant ceux qui n'étaient pas encore venus la saluer. La porte était à peine refermée derrière Elsie et elle que tous étaient là, à quémander son attention. Les plus jeunes piaillaient, souhaitant raconter leur matinée en premier et avec force détails. Les grands cherchaient à rester indifférents, mais l'impatience se lisait dans leurs regards.

Touchée par cet accueil, elle écouta patiemment toutes les histoires en ôtant sa cape. Accompagnée de son escorte de bambins, elle se dirigea vers la salle qui lui était réservée et salua mère Kathleen qui se trouvait déjà là. Cette dernière s'était toujours montrée revêche, et nul doute que le titre de Thea était l'unique raison qui l'avait poussée à accepter leur présence à l'orphelinat tous les après-midi. La nonne protégeait les enfants avec tant d'ardeur que cela avait fini par mettre Louisa mal à l'aise.

— Et si nous commencions ? demanda-t-elle d'une voix douce.

Aussitôt, les enfants s'assirent sur le tapis élimé au milieu de la pièce et se turent. Ils adoraient le début des leçons, quand la jeune femme leur lisait un passage de livre pour les encourager à apprendre, afin d'être libres de le faire par eux-mêmes plus tard. Thea tentait aussi de les convertir à son amour pour la mythologie, l'hellénique en particulier.

Ce ne fut qu'à cet instant qu'elle remarqua l'absence d'une petite fille, Eilinn. À peine une semaine plus tôt, Colin avait fugué de l'orphelinat. Fait très étrange quand on savait l'affection que celui-ci portait à la fillette. Celle-ci paraissait dépérir sans la présence rassurante du garçonnet à ses côtés.

— Eilinn va arriver ? s'enquit-elle en cachant l'inquiétude qui croissait en son sein.

Les enfants baissèrent les yeux, mais ne prononcèrent pas un mot. Voilà qui était bien étrange ! Eux qui deux minutes auparavant étaient intarissables demeuraient maintenant aussi muets que des tombes.

— Mère Kathleen ?

La bouche pincée, elle releva la tête du pantalon qu'elle raccommodait.

— Disparue, répondit-elle. Et personne n'a été capable de me dire quand et pourquoi.

Louisa songea que, si elle avait utilisé le même ton sec pour questionner les autres enfants, cela n'était guère surprenant. Avec un petit sourire, elle acquiesça et commença à lire. Encore une fois, elle évitait le conflit et n'interrogeait pas plus la responsable de l'orphelinat sur cette nouvelle disparition. Les fugueurs devaient être au nombre de sept désormais. N'était-ce pas énorme ?

Trois heures plus tard, la jeune femme n'en pouvait plus. Avec un sourire de plus en plus contraint, elle salua les enfants qui lui demandaient à tour de rôle si elle reviendrait le lendemain leur conter la suite de la guerre de Troie. Elle acquiesça nerveusement tandis qu'en elle l'impatience se mêlait à la peur. Pour se libérer de cette angoisse, elle avait décidé de se rendre chez Thea avant de rentrer chez ses tuteurs. Peut-être que la duchesse saurait quoi faire ?

— Rentrons-nous, mademoiselle ? demanda Elsie en resserrant les pans de sa cape autour d'elle.

Sa bonne était une frileuse, et l'orphelinat n'était pas à son goût. Peut-être devrait-elle se faire accompagner par une domestique moins sensible aux températures fraîches qui régnaient dans ces murs.

— J'aimerais rendre une visite à la duchesse de Dorset.

— L'avez-vous fait prévenir ?

Notant qu'il serait très malpoli de se rendre chez les Sackville sans avoir prévenu, elle refusa pour autant de remettre cette conversation à plus tard.

— Nous y allons, déclara-t-elle d'une voix ferme.

Dans la rue, elle prévint le cocher du détour à effectuer et s'installa en silence sur la banquette. Devant elle, Elsie paniquait tout autant, mais pour une autre raison. Thea l'impressionnait par sa beauté, très certainement, mais surtout par l'assurance qu'elle dégageait. Louisa était l'unique personne à avoir vu la duchesse au plus mal, et même en cet instant elle s'était montrée plus forte que beaucoup d'autres nobles.

— La baronne risque de ne pas apprécier, murmura Elsie.

— La duchesse ne se plaindra pas auprès d'elle de cette visite impromptue, répliqua Louisa sèchement.

Horrifiée d'avoir pu se montrer méprisante, elle tenta de sourire à sa bonne qui se plongea dans l'étude de ses doigts. La situation ne semblait pas lui plaire, mais que faire d'autre ? Cette question ne cessait de se répéter dans son esprit, n'obtenant aucune réponse satisfaisante. Elle n'était personne dans la haute société et se retrouvait donc bien démunie. De plus, le baron lui avait fait comprendre plutôt explicitement qu'elle n'avait pas à se soucier du sort de pauvres petits orphelins. Qu'elle prenne de son temps pour les instruire était déjà beaucoup trop, alors comprendre la raison de leurs fugues...

La voiture s'arrêta, et le cocher ouvrit rapidement la portière. Il l'aida à descendre et lui demanda s'il devait rester.

— Je vais m'assurer que la duchesse est bien là avant de vous répondre...

D'un pas mal assuré, elle rejoignit la porte qui s'ouvrit sur le majordome. L'homme la toisa de la tête aux pieds avant de lui demander qui elle désirait voir.

— La duchesse de Dorset, s'il vous plaît.

Il eut un léger mouvement du menton et l'invita à patienter dans le petit salon, le temps qu'il prévienne la maîtresse des lieux. Désormais seule avec Elsie, elle regarda le tableau sur le mur et se perdit dans la contemplation d'un paysage fleuri et dépourvu de présence humaine. Serait-ce ainsi dans le Wiltshire ? Ou est-ce que cela ressemblerait au village dans lequel elle avait grandi ?

— Louisa, quelle joie de vous voir !

La duchesse entra dans la salle et fondit sur elle avec une joie évidente. Ses cheveux blonds coupés au niveau de la mâchoire rehaussaient son air frondeur, pour ne pas dire rebelle. Fine et élancée, elle portait une robe qui mettait en avant son teint hâlé, celui-là même qui lui avait valu tant de remontrances quelques semaines auparavant. Mais Lady Sackville n'en avait que faire et profitait de son statut pour oser ce que n'importe quelle femme noble n'aurait jamais osé.

Aussi chaleureusement qu'elle avait accueilli Louisa, elle lui prit les mains et les serra.

— Je suis désolée de mon absence aujourd'hui à l'orphelinat, mais le comte de Cork, un ami de mon mari, retourne en Irlande dès demain et je tenais à le remercier pour tout ce qu'il a fait pour nous.

— Je ne vais pas vous déranger plus, alors...

Louisa déglutit, honteuse d'avoir pu se montrer présomptueuse au point de venir chez une duchesse sans y avoir mis les formes.

— Je ne dis pas cela pour que vous partiez à l'instant ! répliqua Thea en la tirant vers un fauteuil. De plus, je devine que votre venue n'est pas anodine.

— En effet... Eilinn a disparu à son tour.

La stupeur marqua les traits de la duchesse. Sa bouche s'ouvrit sans aucune élégance. Les mots lui manquaient visiblement, et bien vite ses yeux brillèrent d'une sourde colère.

— Suivez-moi !

Le ton sec ne laissait pas d'autre choix à Louisa que de

l'accompagner. Néanmoins, avant qu'elle ne franchisse la porte, la voix d'Elsie résonna dans son dos :

— N'oubliez pas que vous dînez chez Lady Mathelson ce soir, mademoiselle !

— Je ne vous retiendrai pas longtemps, Louisa, déclara la duchesse avant de lui faire signe de l'accompagner.

La jeune femme se pressa dans le couloir, jusqu'à un salon plus grand où des rires masculins résonnaient. Oh non, elle allait voir le duc ! Si parler avec Thea était aisé et naturel, discuter en présence de son mari l'effrayait tant il l'impressionnait par sa prestance et son cynisme apparent. De plus, il maîtrisait le second degré à la perfection et l'art des mots avec une adresse assassine.

— Sackville, vous avez un problème, déclara l'autre homme en retrouvant son calme.

— Et un sérieux, ajouta Thea froidement. Vous souvenez-vous, mon cher...

— Qu'il vous faudrait présenter votre amie à Lord Boyle avant toute chose ? l'interrompit le duc en se levant de son siège.

Les épaules de sa femme se relevèrent en signe de défi. Jamais Louisa ne pourrait comprendre comment deux personnes mariées et au tempérament aussi frondeur pouvaient ne pas s'entretuer. Sa mère lui avait toujours répété qu'une femme devait être douce, docile et compréhensive. Le contraire de la duchesse de Dorset, bien qu'elle puisse se montrer compatissante. Dans certains cas.

— Mademoiselle Louisa Jones, je vous présente Lord Boyle, comte de Cork.

Celui-ci se leva en s'appuyant sur une canne joliment sculptée. Ses cheveux bruns étaient coupés bien trop court par rapport à la mode du moment et trahissaient un passé militaire. Quant à ses yeux, ils étaient sombres et paraissaient évaluer la situation avec un soin particulier.

— Mademoiselle Jones, je suis ravi de vous rencontrer.

Elle rougit, décontenancée par l'aura de cet homme dont le titre tranchait avec l'impression guerrière qu'il dégageait.

— De même, Lord Boyle. Je suis navrée de vous déranger...

— Cessez de vous excuser ! s'exclama Thea.

— Que se passe-t-il, mademoiselle Jones, pour que ma douce épouse soit aussi proche de tomber dans du mal ?

— Il se trouve qu'un enfant vient de fuguer de l'orphelinat. Encore, ajouta sa femme avec un regard noir.

— Ne pensez-vous pas, duchesse, que les enfants font le choix de quitter volontairement cet endroit ? s'enquit Lord Boyle. Dans mes souvenirs, le lieu était plutôt sinistre et plein de courants d'air.

— Deux orphelins qui étaient fortement liés l'un à l'autre. Il a été très surprenant que Colin parte seul il y a une semaine, mais qu'Eilinn...

— Eilinn ? s'écria le comte, soudain blême.

# 2

Le cri de Lord Boyle laissa tout le monde muet de stupeur. Ce fut le duc qui posa une main sur l'épaule de son ami pour le retenir. Louisa était apeurée par la rage et le désespoir qu'elle lisait sur le visage du comte.

— Calmez-vous, mon ami, déclara le duc.

— Vous ne comprenez pas, Sackville ! J'ai demandé à la mère en charge de cet orphelinat s'il y avait dans ses murs une Eilinn et j'apprends que…

— Peut-être n'est-ce pas votre nièce, intervint le duc.

Les deux jeunes femmes, stupéfaites par la réaction du comte à l'énoncé d'un simple prénom, attendaient patiemment que l'ambiance s'apaise. Sans surprise, ce fut Thea qui brisa le silence qui s'installait dans le salon.

— Lord Boyle, pouvons-nous en savoir plus ?

— Je suis venu à Londres chercher ma nièce. Mon frère aîné était comte de Cork jusqu'à il y a peu. Sa femme est morte en couches et lui d'un accident de chasse. Leur fille a été confiée à des gens de confiance que la famine n'a pas épargnés. Durant tout ce temps, j'étais sur le continent… Quand je suis revenu, j'ai appris qu'Eilinn avait été adoptée et emmenée à Londres.

— Pourquoi la chercher dans des orphelinats alors ? demanda Thea.

— J'ai retrouvé la famille, qui a prétendu ne pas savoir de quoi je parlais. Le cocher s'est montré plus bavard, une pinte de bière dans les mains et quelques pièces dans la poche. Le père n'aurait pas supporté que ma nièce pleure. Ses parents, l'Irlande... Un jour, il l'a emmenée faire un tour et est rentré seul.

Louisa laissa échapper un hoquet de stupeur. S'il était possible que l'homme ait déposé la nièce du comte dans un orphelinat, d'autres se montreraient moins délicats.

— Quel âge a-t-elle ? demanda-t-elle en prenant bien soin d'en parler au présent.

— Elle va avoir quatre ans, répondit-il en croisant pour la première fois son regard.

Marron. Contrairement à ce que Louisa avait pensé jusque-là, ses yeux n'étaient pas noirs, mais d'un brun si foncé qu'elle fut troublée par ce qui aurait dû n'être pour elle qu'un détail. Peut-être était-ce la détresse qu'elle devinait dans ses pupilles qui la secouait au plus profond de son âme. Ou encore l'affection inconditionnelle qui transparaissait dans toute son attitude.

Le souffle court, elle fut ravie que son amie prenne le contrôle de la conversation.

— Savez-vous à quoi elle ressemble ? l'interrogea Thea en leur faisant signe de s'asseoir.

— Malheureusement, non. Mon frère m'a parlé d'une tache de naissance sur une de ses épaules. Il disait dans ses lettres que cela représentait une étoile.

Cette fois-ci, quand le silence retomba entre eux, personne n'eut le cœur de le rompre. Les deux jeunes femmes ne pouvaient dire si la petite fille qu'elles avaient côtoyée pendant des semaines portait une marque à l'épaule. Elles savaient juste que ses parents étaient morts. Dans quelles circonstances ? Où ? Tout cela leur était inconnu.

— Dans ces conditions, je vais repousser mon départ. Il me faut retrouver cette orpheline afin de m'assurer qu'elle n'est pas la fille de mon frère.

— Si vous avez besoin de quoi que ce soit, dit Lord Sackville, n'hésitez pas ! Je serais ravi de vous confier les coordonnées du détective privé qui m'a aidé.

— De mon côté, je me renseignerai auprès de mère Kathleen, ajouta sa femme.

Louisa baissa les yeux sur ses mains, consciente que son statut de pupille l'empêchait d'intervenir dans une affaire de la haute société. Tout ce qu'elle pouvait faire se limitait à des leçons de lecture et de calcul. Son nom n'ouvrait aucune porte, et son allure ne pousserait personne à lui révéler la vérité.

*Inutile.*

Voilà le mot que la baronne de Skelmersdale se plaisait à lui répéter et qui prenait pour une fois tout son sens. Qu'elle soit là ou non, rien ne changerait. Déçue de ne pouvoir participer activement aux recherches, elle se releva et adressa un sourire poli à la duchesse.

— Je crains de devoir vous laisser, je n'ai déjà que trop tardé. Le baron de Skelmersdale et sa famille ont été invités ce soir, et je ne voudrais pas les retarder.

— Nous en discuterons demain, déclara Thea en l'accompagnant jusqu'à la porte.

— Duchesse, avez-vous oublié l'invitation de ma tante ? lança son époux.

Cette dernière soupira avant d'acquiescer.

— Après-demain, alors. J'aime beaucoup la tante de Lord Sackville et je suis certaine qu'elle sera heureuse de me conseiller sur…

— Non, vous ne lui parlerez pas de la disparition de ces orphelins et encore moins de la nièce de Lord Boyle. Ce n'est pas un sujet de salon ! s'exclama le duc.

— Mon cher, si vous sous-entendez, comme je le pense, que je suis superficielle au point de vouloir me gausser du malheur de pauvres enfants auprès de la bonne société, sachez que ma vengeance sera longue et perfide.

Elle marqua une pause et haussa le menton pour poursuivre d'un ton plus chaleureux :

— Votre tante est une femme admirable et une oreille attentive.

— Je le sais.

— Mais elle est également une stratège accomplie à l'esprit retors. Je ne doute pas qu'elle ait des théories intéressantes sur les lieux où des enfants pourraient être retrouvés en ville.

— Pour avoir croisé votre tante de nombreuses fois, intervint le comte de Cork, je suis de l'idée de Lady Sackville. Elle pourrait nous fournir des pistes que nous serions en mal d'imaginer par nous-mêmes.

— Très bien, faites !

Après ces quelques mots, Louisa salua tout le monde et retrouva Elsie qui l'attendait dans l'entrée. Toutes deux retrouvèrent le cocher et rentrèrent rapidement chez les tuteurs de la jeune femme.

Cette dernière avait à peine franchi le seuil de la maison que la baronne apparaissait comme par magie. Les traits tirés et le regard dur, elle lui intima de monter se préparer pour la superbe soirée qui se profilait. Loin de se laisser émerveiller par les propos élogieux quant aux invités de marque qui seraient présents chez Lady Mathelson, Louisa hocha dignement la tête et se rendit dans sa chambre où un bain l'attendait.

L'eau était froide, mais elle ne s'en offusqua pas. Se laver à la source près de la maison de sa mère l'avait habituée à peu de confort. Priver la baronne du plaisir de l'entendre se plaindre était un petit plus non négligeable, peu charitable et pourtant délicieux.

Quand elle fut habillée d'une robe de soirée d'un vert pâle et coiffée d'un chignon haut dans lequel des épingles en forme de marguerite étaient piquées, elle appliqua une épaisse couche de crème sur son visage pour dissimuler ses taches de rousseur. Un instant, elle contempla son reflet et fut bien incapable de se reconnaître. Où était passée la jeune femme qui riait et chantait ? Celle qui souriait au monde ?

Dans le Merseyside. Elle l'avait laissée auprès du baronnet d'Ainsdale, là où elle s'était sentie à sa place pour la dernière fois. Si seulement un noble bien élevé pouvait courtiser Felicity et demander sa main ! Elle pourrait alors avoir une vie paisible loin de Londres.

Oh ! Thea lui manquerait ! L'orphelinat aussi. Mais elle pourrait toujours rendre visite à son amie ou l'inviter chez elle. Pour les enfants, ce serait plus compliqué, ainsi que définitif. Son cœur se serra à l'idée de les abandonner, eux qui avaient tant besoin d'amour. Ils étaient si innocents, quoique bien plus matures que des enfants de la haute société. Gênée à l'idée de critiquer ainsi des pairs du royaume, elle se redressa et remercia Elsie pour le travail fourni.

— Ce n'est pas grand-chose, mademoiselle.

Nerveuse, Louisa quitta sa chambre et descendit au rez-de-chaussée. Par chance, Abigail arriva après elle, interdisant à la baronne tout reproche quant à sa ponctualité.

— Père ne vient pas avec nous ? demanda Felicity en laissant sa bonne nouer sa cape autour de son cou. Pas si serré ! hurla-t-elle soudain.

— Ma chère, est-ce donc nécessaire ? s'enquit la baronne. Dois-je vous rappeler qu'une femme de bonne extraction ne lève jamais la voix ? Vous vous devez de garder un ton posé en toutes circonstances.

— Comme Louisa, ajouta Abigail en offrant un sourire sincère à cette dernière.

— Non, pas comme Louisa, s'indigna leur mère. Louisa pourrait vociférer et parler comme un homme des bas quartiers, personne ne le lui reprocherait puisque nous n'avons pas d'attente particulière de quelqu'un…

— Comme elle, finit Felicity avec un sourire mauvais.

Le sourire d'Abigail se fana tandis que le moral de Louisa s'assombrissait. Qu'elle aurait aimé trouver dans cette maison un accueil plus chaleureux ! À défaut d'amies, elle pensait pouvoir discuter avec les deux filles de la famille sans se sentir à chaque fois placée plus bas que terre. Quelle utopie !

— Et si nous y allions, mère ? J'ai entendu dire que Lord Locklear serait présent.

— Oui, et votre père est supposé nous rejoindre sur place. En espérant qu'il ne soit pas déjà là-bas à nous attendre !

Louisa noua elle-même sa cape et s'interrogea sur le besoin quasi maladif qu'avait Felicity d'être servie pour la moindre chose. Ne voulait-elle pas être un minimum indépendante ? Certes, il y avait des tâches dans une maison que la jeune femme était bien heureuse de ne pas exécuter, mais faire un nœud n'était pas une épreuve en soi.

Débattant intérieurement de l'importance de savoir prendre soin de soi sans l'aide de domestiques, Louisa suivit les trois Skelmersdale jusqu'à la voiture. Elle prit la main que lui tendait le cocher pour monter et le remercia avant de recevoir un sermon qui dura tout le temps du trajet et où il était maintes fois question de tenir son rang. Mais n'avait-il pas été affirmé peu avant qu'elle n'en avait aucun ?

Perdue dans ses pensées, Louisa ne sentit pas la voiture s'arrêter et sursauta en sentant Abigail s'accrocher à son bras.

— Vous aviez tellement l'air ailleurs que j'ai supposé que... Que j'ai pris votre bras pour vous éviter toute maladresse !

— Merci, Abigail.

Tentée de partager avec elle ses préoccupations, Louisa réfléchit à une manière délicate de lui présenter les choses. Abigail était une jeune fille protégée qui ne connaissait pas les affres de la pauvreté, du dédain ou encore de la perte. Son existence choyée l'avait tenue à l'écart de tout cela. Pourtant elle paraissait plus sensible et ouverte d'esprit que sa sœur aînée.

— Nous y voilà, déclara la baronne sur le seuil. Que les choses soient claires : c'est la soirée de Felicity. Toutes les deux, je ne veux pas vous voir attirer l'attention d'une quelconque manière.

— Oui, mère, répondit Abigail.

— C'est entendu, madame.

Sentant poindre un soupçon de révolte en elle, Louisa baissa les yeux vers le sol pour dissimuler son visage. Cette situation lui paraissait affreusement injuste pour elle, mais surtout pour Abigail qui n'en était pas à sa première Saison.

*Pourquoi privilégier une de ses filles au détriment de l'autre ?*

Satisfaite de la docilité apparente des deux plus jeunes, Lady Skelmersdale entraîna son aînée à l'intérieur dès que le majordome leur eut ouvert la porte. Des bruits de conversations provenaient d'une pièce dans laquelle des femmes étaient assises dans de confortables fauteuils tandis que les hommes se tenaient debout près de la cheminée.

— Baronne ! s'exclama une femme à la coiffure si imposante qu'il sembla à Louisa qu'elle pouvait s'effondrer à tout moment.

— Lady Mathelson, quelle délicate attention de votre part que ce dîner ! Mes filles et moi-même sommes ravies de nous joindre à vous.

— Et Mlle Jones, ajouta l'hôtesse avec un petit signe de tête en direction de cette dernière.

Cette petite réflexion glaça d'effroi la jeune femme. Elle savait que cela lui serait reproché alors qu'elle n'avait rien fait d'autre que de se présenter dans leur sillage. Comprenant qu'il était temps de s'éclipser, elle se dirigea vers le buffet pour prendre un rafraîchissement.

— Mademoiselle Jones, quelle joie de vous revoir !

Surprise par la voix toute proche, elle se tourna vers la gauche et découvrit un homme qui ne se cachait pas d'avoir des enfants plus âgés qu'elle. Ses yeux bleus l'étudièrent tandis qu'il esquissait un mouvement de la tête pour la saluer. Ses cheveux d'un gris tirant sur le blanc ne bougèrent pas, renforçant l'idée de la jeune femme qu'il devait s'agir d'un postiche. Sans la quitter du regard, il plaça ses bras derrière son dos, ce qui le poussa à rentrer le ventre qu'il avait de proéminent.

À chacune de leurs rencontres, elle frémissait à l'idée qu'il aille demander sa main à la baronne. Cette dernière se ferait une joie d'accepter pour le simple plaisir de la mettre dans une situation fort peu enviable. Une chance que les apparences soient importantes pour elle, au point que les fiançailles de Felicity dussent être célébrées les premières !

— Bonsoir, Lord Yaglew.

— Il me tardait de vous voir.

Embarrassée par l'attention dont il la couvrait, elle se demanda comment couper court à la conversation qui n'allait pas tarder à débuter. Malheureusement, elle n'eut pas le temps de prétendre quoi que ce soit qu'il reprenait avec un sourire de connivence qui lui donna froid dans le dos.

— J'espère que cela ne vous dérange pas, mais j'ai l'intention de demander à Lady Mathelson de vous proposer de jouer du pianoforte.

— Je crains de ne pas avoir de talents musicaux, répliqua-t-elle poliment.

— Quelle modestie !

*Si seulement* ! Jamais elle n'avait appris à jouer d'un instrument. Certes, sa mère lui avait enseigné quelques chansons, mais aucune ne serait assez raffinée pour être interprétée devant un public d'aristocrates.

— Il serait plus agréable pour tous d'écouter Mlle Felicity, déclara-t-elle en se traitant immédiatement de menteuse.

— J'en doute.

Mal à l'aise face à l'insistance du lord, elle lui sourit et but une gorgée de la boisson pétillante qu'un serveur lui avait tendue.

— Je me demandais si je pouvais espérer vous emmener à Hyde Park demain après-midi ? La fin de l'automne a beaucoup de charme, et il ne faudrait pas manquer les derniers jours de beau temps.

— Je crains de ne pas être disponible.

— Vos petits orphelins ?

Elle acquiesça, sentant le piège se resserrer autour d'elle.

— J'apprécie votre volonté de participer à des œuvres de charité, mademoiselle Jones, mais je pense qu'ils pourront se passer de vous un après-midi.

— Je leur ai fait découvrir la guerre de Troie aujourd'hui, et ils ont hâte...

— La guerre de Troie ? s'exclama Lord Yaglew. Seigneur, pourquoi leur parler d'un tel conflit ? Je n'ai pas parlé de politique à mes fils avant leur dixième anniversaire, et je doute que vous en ayez d'aussi âgés à l'orphelinat. Ils doivent déjà travailler dans des champs ou sur les docks.

Décontenancée, Louisa réfléchit aux propos de son interlocuteur et chercha à déterminer s'il savait que la guerre de Troie n'était pas un conflit, mais de la mythologie rapportée par Homère. Certes, des érudits pensaient que cela avait réellement eu lieu, mais les conséquences de ce possible événement étaient bien trop lointaines et floues pour réellement influer sur la société britannique actuelle.

Puis elle réalisa qu'il avait raison sur un point : à cet âge-là, les orphelins travaillaient pour gagner leur pitance. Et si... si les fugueurs avaient réussi à se faire embaucher ? Peut-être qu'ils vivaient dans les bas quartiers ? Comment en être certaine ?

— N'y a-t-il pas d'autres histoires à raconter à ces enfants ? La guerre de Troie ! Et pourquoi ne pas leur apprendre à lire !

Louisa ouvrit la bouche pour confirmer qu'elle ne faisait pas que la lecture. Lord Locklear, qui se tenait non loin, se permit d'intervenir et de s'inviter dans leur conversation. Elle l'avait rencontré à différentes occasions et appréciait la simplicité avec laquelle il parlait de sciences ou encore de banalités mondaines.

— La guerre de Troie, quel fabuleux récit ! Il permet de comprendre tant de choses sur une civilisation disparue depuis longtemps.

— En effet, dit-elle.

Ce soir, il avait coiffé ses cheveux blonds vers l'arrière et portait un costume taillé dans un tissu marron qui n'était pas sans rappeler la couleur des tablettes de chocolat que les plus riches s'arrachaient pour briller auprès de leurs contemporains. Habillé de la sorte, il attirait le regard de plus d'une débutante. Certaines ne cachaient pas leur ressentiment tandis que Felicity fondait sur eux, entraînant sa sœur dans son sillage.

— J'ai toujours apprécié les déductions possibles grâce à des découvertes historiques.

— Passionnant, déclara Lord Yaglew qui sentait bien que l'intérêt de la jeune femme lui échappait.

Lord Locklear allait poursuivre quand les deux jeunes Skelmersdale les rejoignirent. Felicity se posa astucieusement aux côtés du jeune homme qui détourna rapidement son attention pour revenir à Louisa.

— Dernièrement j'ai commencé à m'intéresser à Gideon Mantell[1], un homme passionnant. Il se distingue dans plusieurs domaines, mais je lis beaucoup de ses recherches sur des fossiles. Il s'agirait d'un animal ayant vécu bien avant nous.

— Richard Owen[2] les appelle « dinosaures », ajouta Abigail avec un sourire gêné.

— Avez-vous lu ses traités ? demanda Lord Locklear, se détournant des autres interlocuteurs.

— Pas tous. Il peut être difficile de se les procurer.

— Si cela vous intéresse, je peux vous prêter ceux qui vous manquent. Nous pourrions en discuter…

— Oh oui ! ce serait fabuleux ! s'exclama Felicity en posant la main sur son bras.

Surpris, Lord Locklear sursauta. Son regard navigua alors entre les trois demoiselles présentes et exprima de l'admiration et une pointe de déception, certainement à cause de l'interruption. Notant que Lord Yaglew semblait mis à l'écart, il l'interrogea sur ses centres d'intérêt, et bientôt il ne fut plus question que de chevaux et de phaétons.

Quand elle fut certaine que ce dernier était totalement investi dans la conversation, Louisa s'éloigna et se posta près de Lady Mathelson qui discourait sur ses travaux de broderie et la qualité des fils. Si le sujet était loin de la tenir en haleine, il lui permit

1. . Gideon Mantell (1790-1852) : obstétricien, géologue et paléontologue britannique.

2. . Richard Owen (1804-1892) : zoologiste, spécialiste en anatomie comparée et paléontologue britannique.

de se perdre dans ses pensées qui revenaient sans cesse à Colin et à Eilinn. Si le premier pouvait travailler, il était improbable que la seconde le puisse à cause de son âge et de son gabarit de poupée de porcelaine.

À table, assise entre Lord Yaglew et Lord Pembrook, elle tenta de se montrer polie, mais bien souvent son esprit vagabondait, et bientôt les deux hommes l'ignorèrent ostensiblement. La baronne de Skelmersdale, quant à elle, la foudroyait du regard. Pourquoi se montrait-elle si hostile alors que Louisa repoussait ainsi de possibles avances et de potentielles demandes en mariage ? N'était-ce pas le mieux pour s'assurer que Felicity serait fiancée en premier ?

— Et puis, zut ! murmura-t-elle en posant ses couverts.

Elle avait à peine touché à son assiette, mais elle était bien trop préoccupée. Le baronnet d'Ainsdale, Colin, Eilinn… voilà tout ce qui lui importait. Si seulement sa tutrice pouvait le comprendre et cesser de se montrer odieuse en toutes circonstances… Et quelqu'un pourrait-il lui expliquer la présence de Lord Boyle dans ses pensées ? Parce qu'il pouvait être l'oncle d'Eilinn, ou parce qu'il lui avait fait forte impression chez les Sackville ?

# 3

Le lendemain matin, Louisa n'avait toujours pas trouvé de solution à son épineux problème. Si le comte avait toute latitude pour rechercher sa nièce, elle n'en avait aucune pour faire de même et découvrir où les orphelins étaient partis, et s'ils l'avaient fait de leur plein gré. En plus d'être une femme, elle n'avait ni titre ni argent qui lui permettraient d'engager quelqu'un. Elle se retrouvait donc une nouvelle fois impuissante tandis que les gens autour d'elle décidaient de son avenir et de celui du monde.

— Bonjour, Louisa, la salua le baron.

Assis à la table du petit déjeuner, il lisait le journal pour connaître les derniers faits et gestes de l'aristocratie, mais aussi des troupes envoyées sur le continent. Non content d'être un excellent gestionnaire pour ses affaires, il se targuait d'être prêt à investir. Trait de caractère hautement condamnable par ses pairs, mais son notaire veillait à ce que personne ne soit au courant de cette habitude bourgeoise.

— Bonjour, monsieur. Le monde a-t-il changé d'axe ?

— Non, mon enfant. Les guerres règnent toujours et permettent l'enrichissement de certains et la misère des autres. Il n'est nulle part question de miracle ou encore de paix entre les hommes.

— Peut-être que pour cela les femmes devraient prendre le pouvoir, déclara-t-elle avec un petit sourire en coin.

— Ah ! nous revoilà partis dans l'éternel débat de la condition de la femme. Cela faisait des jours, pour ne pas dire des semaines, que nous n'avions pas mentionné l'inaptitude de notre gouvernement à mesurer l'importance de votre genre dans la société.

— Le principal, monsieur, est que vous mesuriez à quel point il y a une différence entre ce que l'on voit et la vérité.

— Pensez-vous que mon épouse est celle qui régente dans cette maison ?

— N'est-ce pas elle qui a décidé que je devais me marier après Felicity alors qu'un bon parti que j'aurais accepté les yeux fermés a demandé ma main ?

— Peut-être n'étais-je pas prêt à vous voir quitter cette demeure, répondit-il en posant son journal.

D'un geste sûr, il piqua dans son œuf mollet et en porta un morceau à sa bouche. Qu'il était étrange qu'un homme si posé puisse être marié à une femme qui ne pouvait s'empêcher de parler !

*De caqueter comme une poule, plutôt.* Aussitôt, elle s'en voulut pour cette pensée non charitable. La baronne avait vu sa vie bouleversée par son arrivée, et elle se devait de l'excuser pour les réactions parfois méprisables qu'elle avait à son encontre. Ou pas. Est-ce que la duchesse de Dorset tolérerait de telles choses malgré une situation de dépendance financière évidente ? Mais Louisa n'était pas Lady Sackville...

— Des orphelins ont disparu ces dernières semaines, dit-elle pour expliquer son entrée en matière. Et j'ai bien conscience de ne pas pouvoir... de ne pas avoir le droit de les rechercher parce que je suis une femme.

Le baron fronça les sourcils et posa ses couverts.

— Et si vous étiez née homme, qu'auriez-vous fait de plus ?

— Je serais partie enquêter.

— Enquêter ? Louisa, un noble n'enquête pas !

*Pourtant, le comte...* La veille, il avait parlé de ses recherches et n'avait pas proposé d'engager le détective du duc. Non, il partait sur le terrain lui-même sans prendre la peine de s'inquiéter du qu'en-dira-t-on.

— Il existe tout un tas de personnes dont c'est le métier. N'avez-vous pas songé à vous en ouvrir à la police ?

— Monsieur, nous parlons d'orphelins qui n'ont pas eu la chance comme moi d'être accueillis dans une famille noble. Si je demandais à Scotland Yard de s'intéresser à ces disparitions, les officiers me riraient au nez et plaindraient le pauvre bougre qui aurait le malheur d'épouser une femme aussi émotive que moi.

Le baron hocha la tête, lui accordant visiblement le point. Tandis que chacun réfléchissait à ce dilemme avec des points de vue très opposés sur la question, un valet apporta une assiette contenant un œuf mollet et des toasts. Discrètement, Louisa regarda l'assiette de son vis-à-vis et nota qu'il avait très certainement eu le droit à deux œufs, mais aussi à des pommes de terre, des haricots et une saucisse.

— Je suppose que ce n'est pas le moment de vous parler de l'injustice qu'est la condition féminine quant aux repas, déclara-t-elle en montrant le petit déjeuner qui lui était proposé.

— Vous pouvez toujours prendre des fruits... Êtes-vous certaine que ces enfants n'ont pas trouvé un travail ?

— Ils seraient revenus... Je pense surtout à deux d'entre eux qui étaient très attachés l'un à l'autre. Celui qui est parti en premier, s'il l'avait fait volontairement, aurait pris le temps de revenir pour rassurer l'autre.

— Qu'en déduisez-vous ?

Louisa tordit la serviette qu'elle venait de poser sur ses cuisses et osa dire à haute voix sa pire crainte :

— La vente d'enfants.

— Comment cela ?

— En l'espace de quelques semaines, une petite dizaine d'enfants ont disparu de l'orphelinat. Au début, il s'agissait des plus âgés, je n'ai donc pas vraiment réagi. Ils devenaient trop grands pour être gardés, et un poste d'apprenti avait pu leur être proposé. Ce n'est que pour les deux derniers que j'ai réellement commencé à douter de l'enchaînement des choses.

— Celui dont vous venez de parler ?

— Oui. Colin ne serait jamais parti loin d'Eilinn. Leur relation était fusionnelle, et la petite a été profondément affectée par le départ de son ami. Mais voilà que depuis hier c'est Eilinn qui a disparu.

— Peut-être est-elle partie le rejoindre, s'exclama le baron. Louisa, les enfants ne réalisent pas toujours la chance qu'ils ont et...

— Non, elle n'a que quatre ans !

— Quatre..., répéta le baron en fronçant les sourcils. Voilà qui est bien jeune en effet.

— Et Colin est bien trop mature pour l'entraîner dans une aventure aussi périlleuse.

— Quel âge a ce petit ?

— Huit ans, dix grand maximum.

— Peut-être a-t-il été embauché comme ramoneur. L'hiver approche, beaucoup vont devoir faire appel à eux.

Séduite par l'idée, Louisa acquiesça et demanda de plus amples renseignements pour trouver les enfants qui effectuaient ces tâches dangereuses.

— Il y a bien souvent un adulte qui centralise les demandes, et qui en profite pour prendre une commission. Mais je ne vous en dirai pas plus, parce que ce genre d'individus fréquentent souvent les bas quartiers et qu'il est hors de question que je vous y accompagne.

Avec distinction, il s'essuya la bouche et ajouta :

— Il est bien sûr fortement déconseillé à une femme de la haute société de se rendre dans de tels lieux de perdition.

— Bien évidemment, répliqua-t-elle avec déférence.

— Veuillez m'excuser, mais le devoir m'appelle. Si vous avez d'autres questions, nous en discuterons demain matin, je pense rentrer tard ce soir.

Louisa le salua et plongea dans ses pensées. Malgré cette conversation, elle en était toujours au même point : perdue. Certes, elle avait désormais cette piste pour les ramoneurs, mais encore et toujours elle devait se rendre dans des quartiers où être une femme la handicaperait plus qu'autre chose.

Se déguiser ? Oserait-elle enfiler des vêtements d'homme pour se rendre là-bas ? Elle pouffa de rire et secoua la tête. Non, jamais elle ne pourrait commettre un tel acte…

Dès qu'elle eut fini son assiette, elle partit dans la bibliothèque et choisit un livre traitant de la société prolétaire. Il avait été rédigé par un noble, et il ne faisait aucun doute qu'il méprisait les gens de basse extraction. Par chance, elle réussit à tirer quelques informations pertinentes de sa lecture. En particulier, elle s'intéressa à la hiérarchie sociale, bien souvent liée à l'âge. Le rang inférieur était réservé aux enfants, considérés pendant leurs premières années comme des bouches inutiles à nourrir. L'auteur expliquait avec force la nécessité de les faire travailler tôt pour payer leur pitance.

Soudain la porte s'ouvrit sur la baronne de Skelmersdale et ses filles.

— Vous voici ! déclara la première en invitant les deux autres à la suivre. Je tenais à vous voir toutes les trois pour que nous nous mettions d'accord sur bien des points.

Comprenant que l'heure des reproches était arrivée, Louisa ferma l'ouvrage et posa les mains dessus pour en dissimuler le titre autant que faire se peut.

— Tout d'abord, une jeune femme de la haute société se doit d'avoir une attitude parfaite et exempte de toute tache.

D'un ton de grande prédicatrice, elle narra aux trois plus jeunes l'importance des convenances pour trouver un bon parti et ne pas être mis au ban de la société. Si certaines femmes acceptaient volontiers le statut de vieille fille et devenaient dames de compagnie sans sourciller, cela restait un échec tant pour la famille que pour l'infortunée.

— Le rôle de la femme est d'avoir des enfants et de s'en occuper correctement. Les garçons sont appelés à succéder à leur père, du moins l'aîné, tandis que les autres doivent trouver leur voie sans salir leur nom. Les filles doivent, quant à elles, contracter un bon mariage qui permettra à tout le monde de garder sa place.

Rebutée malgré elle par cette vision archaïque, Louisa

n'intervint pourtant pas. À quoi bon polémiquer quand tout est perdu d'avance ? Elle ferait elle aussi un mariage de convenance, à moins que tout se déroule selon ses plans et que le baronnet d'Ainsdale l'attende dans le Merseyside. Et pour combien de temps ? Si seulement elle avait pu lui parler après le refus catégorique de sa tutrice ! Peut-être avait-il cherché à la contacter ? Repoussant cette idée aussi plaisante que frustrante, elle écouta la suite du discours de la baronne jusqu'au passage qui la concernait.

— Il est donc particulièrement malséant de se rendre chez quelqu'un sans y avoir été invité au préalable. Louisa, j'ai appris hier lors du dîner que vous vous étiez rendue chez Lord et Lady Sackville. Or nous n'avons reçu aucun carton.

Sachant par avance qu'il ne servait à rien de se confier sur la disparition des orphelins, la jeune femme resta silencieuse et attendit la fin des remontrances.

— Un duc et une duchesse ! Pensez-vous qu'ils n'aient que ça à faire que de vous recevoir ?

— Non, madame, répondit Louisa.

Pendant un instant, elle songea à prétendre s'être inquiétée de l'absence de la duchesse à leur rendez-vous quotidien. Cela aurait été un mensonge, mais qui aurait peut-être réussi à calmer la fureur de la baronne. Cependant, elle choisit de se taire, attendant patiemment la suite des accusations. La baronne s'éventa de nombreuses fois en décrivant l'inconvenance d'une telle attitude face à un pair du royaume apprécié par la cour.

— Si lui ou sa femme venait à mentionner cet incident devant le roi !

Nouveau mouvement du poignet pour agiter un éventail qui dépareillait dans l'air frais de la pièce.

— Notre réputation serait brisée ! ajouta la maîtresse de maison en s'appuyant sur le dossier du fauteuil dans lequel elle avait pris place.

— Mère, pouvons-nous parler du moment où Louisa m'a ridiculisée devant Lord Locklear ? intervint Felicity.

*Ridiculisée ?* Quand et comment avait-elle fait pareille chose ?

— Oui, mon enfant, j'y venais.

Louisa se redressa et attendit de savoir ce qui lui était reproché. Au début, elle avait cherché à se défendre, à prouver sa bonne volonté. Dépendre ainsi d'inconnus lui avait imposé la lourde tâche de paraître respectable en tout temps et en tout lieu. Ce n'était pas une gageure pour elle qui avait suivi les conseils de sa mère et connaissait les rouages de la bonne société, mais accepter d'être accusée à tort était finalement devenu le pire de tous les fardeaux.

— Hier, nous avions convenu dans la voiture que Felicity se devait d'être au centre de l'attention. Son intérêt s'étant porté sur Lord Locklear, je pensais évident que vous ne passeriez pas votre temps à discuter avec lui.

— Je lui ai à peine adressé la parole ! s'exclama Louisa.

— Oui, mais il a totalement oublié que j'étais là ! répliqua Felicity d'un ton sec. J'ai dû rester debout à ses côtés pendant une éternité avant qu'il n'ait l'opportunité de m'adresser la parole.

— Et vous avez snobé ce cher Lord Yaglew, ajouta la baronne. J'ai dû le rassurer sur votre intérêt pour lui.

— Mon intérêt pour lui ?

— Ma chère, vous ne pensiez pas épouser Lord Locklear ? Seigneur, Louisa, vous n'êtes pas du même milieu, et il mérite mieux pour un premier mariage ! Lord Yaglew a déjà des héritiers et peut s'acoquiner en secondes noces avec qui il souhaite.

Consciente que son avenir avait été décidé par cette femme sans prendre en compte ses aspirations, Louisa sentit ses yeux s'emplir de larmes.

— Et le baronnet...

— Vous pensez réellement que ce gredin va vous attendre ? N'avez-vous pas vu à quel point il a été soulagé que je refuse ?

— Mais...

— A-t-il seulement tenté de vous voir avant notre départ ?

Non. Il avait accepté la réponse de sa tutrice et était rentré chez lui auprès de sa serre, de sa mère et de ses affaires. C'était vexant, mais à l'image des fiançailles et des contrats qui se nouaient régulièrement dans l'aristocratie.

— J'avais songé qu'une fois Felicity dûment fiancée je pourrais…

— Penser n'est pas le fort des femmes, l'interrompit la baronne en se levant. Je vous prierai donc à l'avenir d'éviter Lord Locklear, de vous montrer affable avec Lord Yaglew et de cesser d'importuner les pairs du royaume. Quant à votre union, il n'en sera question qu'une fois Felicity mariée, et pas avant.

Sans un mot supplémentaire, elle quitta la pièce, suivie par sa fille aînée qui semblait satisfaite de l'entretien.

— Je suis navrée, Louisa, murmura Abigail qui était restée silencieuse depuis le début.

— Vous n'avez pas à l'être !

— Si, j'ai bien conscience qu'hier j'ai retenu l'attention de Lord Locklear en discutant de dinosaures. Si ma mère venait à apprendre que je me passionne pour un sujet aussi peu féminin, elle… Je ne sais pas ce qu'elle ferait, mais ce ne serait pas agréable.

La jeune femme gloussa timidement avant de reprendre :

— J'étais si heureuse de trouver enfin quelqu'un avec qui parler de ces merveilleuses découvertes que j'ai oublié l'objectif premier : mettre Felicity en valeur.

— Abigail, vous n'avez pas besoin…

— Si ! l'interrompit cette dernière. J'en ai besoin. Depuis des années, j'essaye de ressembler à l'idée que se fait mère d'une fille de bonne famille. J'ai suivi et imité ma sœur en négligeant mes envies ou en les cachant pour ne pas en être privée. Et c'est tellement injuste ! Jusqu'à votre arrivée, je n'avais pas réalisé à quel point tout cela était étouffant.

— Je suis désolée d'entendre que ma venue ait bouleversé à ce point votre vie.

Abigail secoua la tête.

— Je vous ai vue avec le baronnet d'Ainsdale. Vous paraissiez tous les deux si complémentaires que… Je ne comprends pas pourquoi il est si important que Felicity soit mariée avant vous.

Elle est l'aînée, certes, mais vous n'êtes pas de notre famille. Cela ne devrait pas influer sur votre vie.

Un frisson parcourut Louisa. Oui, elle n'avait plus de famille. Son père était mort il y a des années, bien avant qu'elle ne soit en âge d'en conserver des souvenirs. Puis sa mère au début de l'année l'avait quittée, la confiant à des inconnus et laissant un immense vide. Et maintenant, elle devait sourire sur commande, fréquenter des gens qui la méprisaient et servir des desseins qui la laissaient indifférente.

— Abigail, hier soir, Lord Yaglew monopolisait la conversation avec ses chevaux lorsque je me suis éclipsée. Si Felicity n'a pas réussi à attirer l'attention de Lord Locklear, elle pourra le faire demain chez Lady Sackville.

— Souhaitons-lui !

Les deux jeunes femmes se levèrent.

— Je dois juste m'assurer qu'il me donnera le livre en toute discrétion, ajouta Abigail.

— Peut-être puis-je le récupérer pour vous ? proposa Louisa, sincèrement touchée.

— Et que mère vous reproche encore tous les maux de la terre ?

— Au moins, elle vous laissera tranquille avec votre passion pour des animaux morts depuis des années.

— Dit comme cela, mon intérêt pour la paléontologie paraît assez lugubre.

Elles se regardèrent et rirent de bon cœur. Heureuse d'avoir une alliée dans cette maison, Louisa lui adressa un sourire avant de lui rappeler que la baronne devait l'attendre pour faire les boutiques.

— De plus, je dois me préparer pour me rendre à l'orphelinat.

Sans montrer leur connivence toute nouvelle, elles se séparèrent au bas de l'escalier. L'une partit en ville avec sa sœur et sa mère, très certainement pour acheter de nouveaux rubans, alors que l'autre mit les vêtements qu'elle réservait à ses après-midi avec les enfants. Elsie finit de couvrir ses cheveux, et elles purent quitter la maison à leur tour.

Dans la voiture, le silence régnait en maître. Pourtant, l'esprit de la jeune femme ne cessait d'aller d'un sujet à l'autre. Elle repensait à Abigail si détendue avec Lord Locklear, puis à Colin et à Eilinn, venaient ensuite le comte et son air torturé, et enfin le baronnet d'Ainsdale. Existait-il un moyen pour que tous trouvent le bonheur ?

— Nous sommes arrivées, prévint Elsie.

Le cocher ouvrit à ce moment la portière. La pluie tombait dru. Depuis combien de temps ? Louisa n'aurait su le dire, mais qu'importe. Elle serait bien à l'abri dans l'orphelinat avec les enfants. Et Colin ? Et Eilinn ? Avaient-ils un toit pour se protéger ?

— M'demoiselle Lou ! s'écria la fillette édentée avec une joie communicative. Avec le temps, on craignait que vous ne préfériez rester au chaud chez vous.

— Rien ne m'empêchera de venir vous voir, répondit-elle avec douceur.

— Vous ne devriez pas leur promettre de telles choses, mademoiselle Jones.

Mère Kathleen se tenait sur le seuil de la pièce où les enfants avaient leur cours l'après-midi. Elle toisait la nouvelle arrivante sans cacher son mépris, et cela glaça d'effroi cette dernière. Pourquoi cette femme ne comprenait pas qu'elle aimait rendre service aux enfants en leur apprenant à lire, à écrire et à compter ? Cela ne changerait pas véritablement l'avenir des petits vivant ici, mais elle espérait leur offrir un plus qui leur permettrait une certaine ascension sociale au sein de la classe ouvrière.

— Un jour, un lord vous proposera une promenade et vous oublierez leur existence.

Irritée que la religieuse se montre aussi sèche devant témoins, Louisa releva le menton et répliqua :

— Pour tout vous dire, un lord m'a proposé une promenade aujourd'hui et j'ai refusé.

— Mais un jour, vous accepterez, déclara la fillette qui l'avait accueillie.

— Oui. Et je lui dirai d'attendre que j'aie fini ma leçon. Les journées sont bien assez longues pour que chacun y trouve son compte. Qu'en penses-tu ?

— Qu'une journée fait vingt-quatre heures, m'demoiselle Lou !

— Très bien. Préparez la salle, j'aimerais discuter un instant en privé avec mère Kathleen.

Les enfants s'égaillèrent, se donnant des ordres quant au nombre de coussins à disposer sur le sol, au siège pour leur préceptrice. Chacun voulait participer à l'élaboration du meilleur environnement de travail, et cela réchauffa Louisa.

— Pouvons-nous aller dans la cuisine ? demanda-t-elle.

— Oui.

Elles refermèrent la porte derrière elles et se toisèrent avant que la plus jeune ne prenne la parole.

— Avez-vous des nouvelles d'Eilinn ?

— Non.

— De Colin, alors ?

Même réponse et même visage imperturbable.

— N'êtes-vous pas inquiète ? s'enquit-elle d'un ton sec. Avez-vous cherché à les retrouver ? Eilinn a quatre ans tout au plus. Par ce temps, elle risque d'attraper une pneumonie.

— Mademoiselle Jones, je ne sais pas si vous l'avez remarqué, mais je dirige un orphelinat. Je le fais depuis des années, et personne n'est jamais venu se plaindre. Des orphelins qui fuguent, ce n'est guère surprenant. Nous les retrouverons dans quelques années bien en vie dans les cachots de Newgate.

— Et cela vous rassure ? Savoir qu'ils vont devenir des voleurs ou des meurtriers ne vous touche en rien ?

— J'ai fait ce qu'il y avait à faire.

— Et je me doute que les trafiquants, ceux qui vendent des enfants comme main-d'œuvre, se cachent derrière la même excuse pour expliquer leurs actes.

— Osez-vous prétendre que je les ai vendus ? Que j'échange des enfants contre du bois de chauffe ou de la nourriture ?

*Oui.* La réponse lui vint en tête si clairement que Louisa dut se rattraper à la chaise la plus proche pour ne pas basculer en arrière. Étrangement, elle n'avait aucun mal à imaginer mère Kathleen échangeant Eilinn contre du bois de chauffage. Cette pensée la révulsa. Pourtant, elle ne put la chasser de son esprit. Quelque chose lui soufflait de creuser dans cette voie. Elle s'apprêtait à renchérir quand le heurtoir de la porte d'entrée claqua deux fois.

Sauvée par le gong !

# 4

Lord Boyle avait passé une nuit catastrophique. Savoir que sa nièce était à portée de main à peine quelques jours plus tôt et qu'une femme avait prétendu ne pas connaître de fillette répondant au prénom d'Eilinn l'emplissait de fureur. Il s'imaginait facilement balancer son poing dans le mur en poussant un cri venant du plus profond de ses entrailles.

Pourquoi le sort s'acharnait-il à ce point sur les siens ?

La mort de sa belle-sœur avait rendu fou son frère. Dans les lettres que ce dernier lui envoyait, Alastar avait bien senti qu'il perdait l'esprit. Mais, engagé sur le continent dans une guerre qui n'en finissait pas, il n'avait pu se rendre disponible. Et le pire était arrivé… La missive annonçant qu'il était désormais l'unique héritier du comté avait mis une trentaine de jours à arriver jusqu'à lui.

Le lendemain, une balle le fauchait en pleine jambe. Et encore des jours d'inaction à tenter de survivre pour une petite fille dont il ne connaissait que le prénom et l'étrange tache de naissance. Eilinn était devenue sa raison de vivre, le but à atteindre et la personne à choyer.

— Monsieur, désirez-vous de l'aide pour vous préparer ? demanda Ludwig, son valet.

La veille, il avait prévenu le peu de domestiques qu'il avait que son séjour à Londres se prolongeait finalement. Tous savaient la raison de sa présence en Angleterre, et ce changement de plan avait paru soulager la maisonnée. Mais si tout cela était vain ? N'était-ce pas un doux rêve que de retrouver cette fillette et d'espérer qu'elle soit sa nièce ? Les astres ne s'étaient guère montrés cléments ces dernières années.

— Monsieur, permettez-moi d'insister !

À contrecœur, il se leva du fauteuil dans lequel il s'était installé aux premières lueurs de l'aube, alors que le sommeil l'avait définitivement quitté. Tel un automate, il suivit la routine du matin. Une fois habillé, il descendit manger, s'informa des dernières nouvelles et se rendit chez M. Augustus Cooper, le détective que Sackville lui avait chaudement recommandé.

Quand il prit place sur le siège devant le bureau, Alastar frotta sa jambe douloureuse. Au travers du tissu, il sentit sous ses doigts les cicatrices qui marbraient sa cuisse. Après son opération, il avait cru plusieurs fois qu'il allait mourir. Et il se serait bien laissé aller si l'idée que sa nièce soit seule ne l'avait empêché de rendre son dernier soupir.

— Que puis-je pour vous, Lord Boyle ?

— Ma nièce... Je suis venu à Londres pour la retrouver, et toutes mes pistes n'ont abouti à rien. Néanmoins, j'ai appris par l'entremise de la duchesse de Dorset que la femme dirigeant l'orphelinat où elle se rend quotidiennement m'avait menti.

Il marqua une pause, cherchant ses mots.

— Elle m'a affirmé ne pas avoir d'enfant répondant au prénom d'Eilinn.

— Et ce n'était pas le cas..., dit le détective en prenant des notes.

— Non, à ce moment-là, elle hébergeait une fillette de l'âge de ma nièce et portant le même prénom. Malheureusement, elle aurait disparu.

— Quel âge a-t-elle ?

— Bientôt quatre ans.

— Un peu tôt pour faire une fugue, murmura M. Cooper. Auriez-vous une miniature ou un portrait-robot ?

Le comte de Cork se redressa.

— Je n'ai pour unique description qu'une tache de naissance en forme d'étoile sur une épaule.

Son interlocuteur ne cacha pas sa déception. Il reposa sa plume, croisa les mains devant lui et expliqua d'un ton posé :

— Vous me demandez de retrouver une fillette de quatre ans sans me fournir la moindre description physique.

— Elle est brune, avec les yeux verts... Voilà tout ce que je peux vous dire.

Le détective bougea dans son fauteuil, mal à l'aise.

— Il me faudrait plus d'éléments, monsieur le comte. Avec si peu d'informations, l'enquête risque de prendre énormément de temps et si...

Il s'arrêta, montrant sa gêne à continuer. Son attitude agaça Lord Boyle qui se leva et tapa le sol de sa canne pour exprimer son impatience.

— Et si quoi, monsieur Cooper ?

— Si comme je le crains nous sommes en présence du réseau de vendeurs d'enfants qui sévit en ville, ils auront tôt fait de me voir arriver et de l'envoyer à l'autre bout du pays.

Son cœur se serra à l'idée d'échouer si près du but. Si, lors de sa visite à l'orphelinat, il ne s'était pas contenté de croire mère Kathleen et qu'il avait hurlé à pleins poumons le prénom de sa nièce, tout cela n'aurait jamais eu lieu. Ils seraient maintenant de retour en Irlande.

À la simple évocation de sa patrie, il sentit ses forces revenir.

— Que me conseillez-vous ? demanda-t-il d'un ton ferme.

— J'ai quelques informateurs dans la rue. Je vais poser la question sans pression. De votre côté, renseignez-vous auprès de cette religieuse, mère...

— Kathleen.

— Nous en reparlerons d'ici une semaine.

— Le rendez-vous est pris, monsieur Cooper.

Sans attendre plus longtemps, Lord Boyle se dirigea vers la porte du bureau et sortit du bâtiment, ignorant le monde autour de lui. Il avait besoin d'air, de calme... Il ressentait au plus profond de lui le besoin de se terrer dans le manoir familial. Le comté de Cork lui manquait, les métayers, les domestiques… même la gouvernante qui l'avait tant terrorisé durant son enfance.

Malheureusement, là-bas aussi tout serait différent. La famine avait causé des ravages sur les anciens. Les plus jeunes embarquaient pour le nouveau continent avec l'espoir d'un meilleur avenir. Qu'advenait-il d'eux ? Combien de parents restaient sans nouvelles depuis le départ de leurs fils ? Les temps étaient durs, et c'est pour cette raison qu'il devait se presser de rentrer pour aider tout le monde.

Lors de son bref passage à son retour de l'armée, tout lui avait semblé si sombre. L'atmosphère était sinistre et les gens fatigués. Son moral au plus mal à cause de ce corps infirme avec lequel il devait composer avait chuté un peu plus en apprenant que sa nièce avait été ballottée comme une vulgaire marchandise. Elle, la fille d'un comte !

Quelqu'un le bouscula, en profitant pour glisser une main dans sa poche. Le pickpocket n'était qu'un amateur. Un désespéré qui pensait à tort que son habit de noble lui conférait des pièces en or et un brin d'inconscience. D'un geste rapide, il saisit le poignet de l'enfant qui s'était risqué à essayer de le voler.

— Ne devrais-tu pas être chez un apprenti à apprendre un métier honorable ?

— Ne devriez-vous pas être dans un salon à vous pavaner comme un paon ? rétorqua le gamin avec un aplomb monstre.

— Connais-tu une petite fille répondant au nom d'Eilinn ? Brune, yeux verts et bientôt quatre ans.

— Que ferais-je avec un bébé ?

Comprenant qu'agir de la sorte était bien trop risqué, l'idée de ce trafic d'enfants le glaçant jusqu'à l'os, il relâcha le sacripant qui ne demanda pas son reste et courut un peu plus loin. Soudain, le garçon s'arrêta et l'interpella sans se soucier de la bienséance.

— C'est votre fille ?

— Ma nièce, répondit-il. Elle n'a que moi.

L'enfant regarda la devanture où le nom du détective privé

s'étalait en lettres stylisées et reprit sa course sans un mot supplémentaire. Lord Boyle l'observa alors qu'il se faufilait entre les passants. Puis il tourna au coin d'une rue, non sans avoir chipé quelque chose sur l'étal d'un vendeur ambulant. Quel âge pouvait-il bien avoir ? Et depuis combien de temps vivait-il dans la rue ? À moins que... Un adulte l'exploitait peut-être. Avait-il des comptes à rendre, de l'argent à donner pour une certaine protection ?

Son esprit vagabonda dans la noirceur humaine. Le comte songea à tous ces enfants qu'il avait vus près des champs de bataille. Mandatés par des parents ou assimilés, ils attendaient la fin des combats pour dépouiller les morts. Parfois, ils se mêlaient trop vite aux cadavres et finissaient transpercés par une lame ou une balle. Les autres côtoyaient de si près l'horreur que toute innocence avait disparu de leur regard.

*En sera-t-il de même avec ma nièce ?*

Cette pensée le sortit de sa catatonie. Il monta le col de sa veste et marcha en direction de l'orphelinat. Il laissait la rue et tout le reste à M. Cooper ; lui s'occupait de mère Kathleen. D'un pas claudicant, Alastar avança parmi les ouvriers. Il se gorgea des conversations légères, sursauta aux bruits trop secs qui lui rappelaient douloureusement les détonations des champs de bataille et inspira à pleins poumons.

Être ainsi entouré avait un effet étrange sur lui. Cela renforçait son impression de vide en lui. Ce jour-là, quand il avait été blessé à la jambe, il avait perdu bien plus que de la mobilité. Il était devenu une coquille qui évoluait parmi les vivants. Qu'il lui tardait de retrouver un abri, loin de tous !

Et Eilinn ? Pourrait-il se cacher aux yeux du monde et l'élever correctement ? Il devait à son frère et à sa belle-sœur de s'occuper d'elle. Lui trouver les meilleurs précepteurs, une gouvernante qui lui apprendrait à être une femme noble accomplie et, quand le moment arriverait, un bon parti à épouser. Écrasé par le poids des responsabilités, il hâta le pas. Il ne reculerait devant rien pour Eilinn, mais ce serait difficile.

Devant l'orphelinat, il marqua une pause. Sa jambe le faisait atrocement souffrir. Ses poumons étaient en feu, signe qu'il avait dû marcher à un rythme soutenu. Ou peut-être était-ce juste son état qui s'aggravait. Sackville prétendrait qu'il devenait un noble oisif, bougeant le minimum.

Non, jamais son ami ne l'insulterait de la sorte. Mais cela ne signifiait en rien que c'était faux. Il ne montait plus à cheval, ne courait plus et ne boxait que très rarement. Le seul sport qu'il continuait à pratiquer était l'escrime, enfin si un entraînement toutes les deux semaines comptait réellement.

Après une profonde inspiration, il toqua à la porte de l'orphelinat et attendit qu'on vienne lui ouvrir. Mère Kathleen apparut, l'air bien plus revêche que la première fois.

— Bonjour, madame, dit-il en ôtant son chapeau. J'aurais aimé m'entretenir avec vous.

— Monsieur…

— Lord Boyle, déclara-t-il avec fermeté. Nous nous sommes déjà rencontrés.

— En effet, je crois me souvenir que vous connaissez Lady Sackville.

Alastar acquiesça et s'étonna qu'elle le laisse ainsi sur le seuil. Une chance pour lui que la pluie ait cessé.

— Puis-je entrer ? insista-t-il.

Elle hésita, pinça un peu plus ses lèvres et finit par s'écarter pour qu'il puisse passer. Dans le hall, il se défit de son manteau, mais garda sa canne pour soulager sa cuisse.

— Allons dans mon bureau, proposa la religieuse en jetant un coup d'œil vers une porte derrière laquelle une femme parlait.

Sans poser plus de questions, il la suivit dans le couloir et s'installa dans le fauteuil qu'elle lui désignait. Si la pièce était propre et bien rangée, l'humidité imprégnait l'air. Il y avait fort à parier que durant l'hiver cette pièce ne serait agréable qu'avec un bon gros feu de cheminée.

— Que puis-je pour vous, Lord Boyle ?

— La dernière fois, je vous ai demandé si vous aviez une fillette répondant au nom d'Eilinn.

— Et je vous ai dit que...

— Que vous n'aviez la garde d'aucun enfant de ce nom, termina-t-il pour elle d'un ton froid. Or, comme vous l'avez rappelé tout à l'heure, je connais Lady Sackville.

Le silence s'installa entre eux, vaguement troublé par les voix de l'autre côté de la cloison. Des enfants répétaient une chanson créée pour leur apprendre à compter, s'il comprenait bien le sens des paroles. Une femme les félicita chaudement avant d'entamer une nouvelle leçon.

— Je vais donc reposer ma question et vous demander d'y répondre honnêtement : avez-vous une petite Eilinn dans votre orphelinat ?

— J'ai eu, déclara-t-elle en relevant le menton. Elle a fugué il y a quelques jours.

— Et pourquoi ne pas me l'avoir dit lors de notre première rencontre ?

— Un homme qui demande après une fillette, ne trouveriez-vous pas ça étrange ?

— Moins que votre langue acérée, répliqua-t-il. Il s'agit de ma nièce, d'une fillette appartenant à la haute société qui n'a rien à faire dans un tel édifice.

D'un geste méprisant, Alastar désigna la pièce. Cette femme se cachait derrière sa charité chrétienne pour justifier ses mensonges. En un tout autre lieu, dans d'autres circonstances, peut-être aurait-il loué sa grandeur d'âme. Pas aujourd'hui. Pas après la disparition d'Eilinn, et de tous ces enfants.

— Avez-vous prévenu les autorités pour toutes ces fugues ? s'enquit-il avec fermeté.

— Elles n'en ont que faire ! Ce ne sont que des enfants d'ouvriers qui ont été abandonnés par des parents qui souhaitaient avoir une bouche de moins à nourrir.

— Certains ont aussi réellement perdu leurs parents et vous ont été confiés.

Il la vit déglutir, mais elle ne répliqua pas. Était-elle à court d'arguments ? Il ne doutait pas que tel un serpent elle se repliait pour mieux attaquer.

— Concentrons-nous sur la petite fille, si vous le voulez bien, dit-il en se redressant dans son fauteuil. D'après la description qui m'en a été faite, elle pourrait très bien être ma nièce. Il ne me reste qu'un point à éclaircir pour être certain d'avoir fini mes recherches. Or, pour cela, il me faut l'enfant.

Une pause. Un flottement durant lequel il évalua l'état d'esprit de mère Kathleen. Puis il osa :

— Il suffirait qu'elle réapparaisse mystérieusement demain pour que je puisse vérifier.

— Pour cela, il faudrait que je sache où elle est.

— Peut-être qu'un de ses camarades pourrait nous informer...

— Ils sont tous muets ! l'interrompit-elle en se relevant.

Surpris par la véhémence de son interlocutrice, le comte quitta son fauteuil à son tour et la toisa comme il avait l'habitude de le faire avec des soldats indisciplinés.

— Peut-être trouverai-je les bons mots...

— Ils sont en classe avec Mlle Jones.

Alastar resta stoïque, montrant par là que cet argument était nul et non avenu. Après tout, la présence rassurante de la jeune femme ne pouvait que pousser aux confidences. Il songea avec un temps de retard qu'il aurait pu lui demander de questionner les enfants pendant ses cours.

— Y allons-nous ? demanda-t-il avec impatience.

Sans attendre la réponse, il ouvrit la porte du bureau et se dirigea vers la pièce adjacente. Avant que sa main n'ait atteint la poignée, celle de mère Kathleen s'abattait dessus.

— Laissez-moi les mettre en confiance ! déclara-t-elle en le précédant dans la pièce.

À sa vue, les enfants se tétanisèrent. Mlle Jones lui parut plus pâle que la veille. Était-ce seulement possible ? Ainsi entourée d'enfants, elle lui sembla plus jeune et plus douce encore que dans le salon des Sackville. Plus fragile aussi, peut-être.

— Mademoiselle Jones, il est temps pour vous de rentrer.

— Mais...

— Lord Boyle doit s'entretenir avec les enfants au sujet des fugues. Vous comprendrez que cela peut prendre du temps, et je ne tiens pas à vous causer des ennuis.

Le regard du comte croisa celui de la jeune femme. Il y lisait tant d'émotions qu'il ne sut comment réagir. La sensibilité féminine était quelque chose qu'il avait cherché à comprendre. Avant. Avant qu'il ne soit évident que l'armée serait sa seule maîtresse. Pas qu'il soit resté abstinent, non ! Alastar avait eu de nombreuses femmes dans son lit, mais jamais très longtemps. Aussi s'étonna-t-il d'être réceptif à cette peur qui brillait dans les yeux de Mlle Jones. Et pourquoi avait-il brusquement l'envie de la protéger en l'emmenant loin de ce lieu sombre et froid ?

— Pourrais-je...

— Non !

La réponse de mère Kathleen avait fusé et atteint son but. Mlle Jones chancela, mais se reprit bien vite. Elle hocha la tête, obéissante comme toute jeune femme de la haute société. Sans un mot, elle rejoignit sa bonne qui l'aida à mettre sa cape, puis toutes deux partirent.

Lui était resté parfaitement impassible, certain qu'il était préférable pour tout un chacun qu'elle n'assiste pas à la suite. Elle était trop frêle aux yeux d'Alastar pour supporter la noirceur qu'il devinait derrière toutes ces disparitions. Mais une infime partie de son être la désirait à ses côtés pour l'aider à avancer dans le brouillard où il circulait depuis des semaines.

— J'aimerais vous présenter Lord Boyle, dit la religieuse d'une voix froide. Il est venu pour savoir si l'un d'entre vous connaît l'endroit où les fugueurs sont partis.

Le choix des mots interpella le comte, tout comme le ton qui semblait rempli de menaces. Pourquoi cette femme se montrait si récalcitrante à l'idée de l'aider ? N'aurait-elle pas dû se réjouir qu'un de ses protégés puisse retrouver sa famille ?

— En fait, il se peut qu'Eilinn soit ma nièce, dit-il en tentant de se monter moins impressionnant. J'aimerais m'en assurer et, si c'est le cas, je la ramènerai avec moi en Irlande.

Silence. Pas un mouvement. Tous regardaient mère Kathleen, quêtant un signe. Mais un signe de quoi ? Agacé par ce manque de réaction, il fit un pas vers le garçon le plus proche et l'interrogea sur la fillette portant le même nom que sa nièce. Il répondit du bout des lèvres, ne livrant aucune information pertinente. Il n'eut pas plus de succès avec la fillette à ses côtés.

— Je reviendrai demain, si quelque chose vous revient, déclara-t-il en remettant son manteau.

— Ce ne sera pas la peine, dit mère Kathleen.

— Nous verrons bien.

Sa voix résonna dans la pièce, imposant son autorité à son auditoire.

— Je vous dis à demain.

Sa canne martela le sol jusqu'à la sortie, brisant le silence qui régnait maintenant dans les lieux. Son opinion sur la religieuse ne s'était guère améliorée, et quelque chose lui soufflait qu'aucun enfant ne prendrait le risque de s'opposer à elle. Après tout un après-midi de recherche, il n'était pas plus avancé !

Dans la rue, Alastar hésita sur la direction à prendre. Devait-il rentrer chez lui se sustenter et reposer un peu sa jambe avant de repartir ? Mais pour aller où ?

— Monsieur le comte ! l'appela discrètement une voix féminine.

Surpris d'être ainsi interpellé, il chercha la personne assez mal élevée pour commettre un tel faux pas et tomba sur le visage blême de Mlle Jones. À la fenêtre de sa voiture, elle lui fit signe de la rejoindre en ouvrant la portière. La bonne le fixa avec cet air apeuré qu'ont bon nombre de domestiques quand ils se demandent comment expliquer à un noble que sa conduite n'est pas convenable.

— Montez ! dit la jeune femme avec un petit signe de la main.

Curieux, il vérifia les environs avant de prendre place sur la banquette face à elle. La voiture était plutôt sombre à cause des rideaux tirés pour éviter tout scandale. Au premier cahot, il comprit que le cocher s'éloignait de l'orphelinat, là encore pour leur assurer une certaine intimité. Songeant avec un temps de retard qu'il était peut-être tombé dans le piège grossier d'une prétendante au mariage, il la toisa sans se soucier de son air fragile.

— Je suppose que les enfants n'ont pas parlé, déclara-t-elle.

— Et ils ne le feront sans doute jamais.

— Oui, mère Kathleen est une personne assez impressionnante.

— Mais ?

— Comment ça, mais ?

— N'étiez-vous pas sur le point de lui trouver des circonstances atténuantes pour expliquer son caractère autoritaire ? demanda-t-il avec une pointe de cynisme.

— Non.

Il se redressa, comprenant qu'il n'avait peut-être pas affaire à une débutante sans cervelle comme il avait été contraint d'en croiser lors des dîners et des bals auxquels il avait été invité.

— Bien avant votre arrivée, j'ai moi aussi essayé d'en savoir plus quant à ces fugues. Elle s'est montrée très...

— Féroce ?

— Oui, même si j'aurais plutôt dit « sur la défensive ». Je pense qu'elle sait où sont les enfants, mais elle ne l'avouera jamais. Quant aux orphelins, ils ont bien trop peur. Quelques-uns m'ont glissé qu'il existait beaucoup de métiers où leur taille était un atout.

— Ramoneur, cita le comte en exemple.

— Oui.

— Eilinn est trop petite. Elle...

Il se figea alors qu'une horrible idée se dessinait dans son esprit. Son regard croisa celui de Mlle Jones et y lut de l'incompréhension face à sa réaction. Se devait-il de lui exposer l'idée révoltante qui venait de s'imposer à lui ? En lui narrant ce dont les hommes étaient capables, il annihilerait un peu plus de son innocence, et il n'y tenait pas. Non, il désirait plus que tout qu'elle conserve cette aura angélique qui l'avait tant troublé chez les Sackville.

# 5

Louisa soupira de bien-être quand Elsie annonça avec une fierté non dissimulée qu'elle avait terminé. Sa robe était correctement agencée et sa coiffure retenue par tellement d'épingles qu'elle n'avait pas pu les compter. Son miroir lui renvoyait l'image d'une jeune femme accomplie et presque sûre d'elle-même. Ses cheveux étaient coiffés à la dernière mode, mais sans cette horrible plume dont beaucoup de nobles aimaient s'affubler. Son décolleté était décent, pour ne pas dire virginal. Nul doute que les hommes en quête d'une femme apprécieraient l'effet.

— Vous êtes magnifique !

Avec un léger sourire, elle remercia sa bonne et se leva pour se dégourdir les jambes. Discrètement, elle bougea sa tête à gauche et à droite, comme elle avait vu si souvent faire sa mère quand elle reprisait des vêtements. La tension qu'elle ressentait dans sa nuque se calma sans pour autant disparaître.

La journée avait été si frustrante que son corps n'était maintenant qu'un amas de nerfs. L'impatience réveillait des aspects de sa personnalité au point qu'elle ne se reconnaissait pas. Pendant son bain, elle s'était allée à rêver d'une sortie nocturne. Dans son esprit enfiévré, elle parcourait les bas quartiers, habillée comme un homme. Comment aurait-elle déniché un pareil déguisement ? Auprès d'un domestique... un travaillant aux écuries. Ils étaient bien souvent jeunes et donc plus fluets que les autres. Un pantalon foncé, une chemise et une veste, voilà tout ce qu'il lui fallait ! Ah non, elle devrait aussi trouver des chaussures.

L'idée que sa peau, si fine et si souvent parée des tissus les plus délicats, puisse côtoyer de la toile l'effrayait un peu. Que dirait Elsie en découvrant les rougeurs que le frottement ne manquerait pas de provoquer sur diverses parties de son corps ? Louisa refoula un petit rire qui n'aurait pas été approprié et qu'il lui aurait fallu justifier. Bien que… Les aristocrates ne rendaient de comptes à personne, si ce n'est au roi en personne.

Revenant à ses rêveries, elle songea au monde qu'elle découvrait à seulement quelques rues d'ici. Elle s'immergerait dans une société à l'opposé de celle qu'elle côtoyait depuis son arrivée chez les Skelmersdale. Le vocabulaire des hommes, les attitudes des femmes… Tout l'aurait choqué, certainement. Son imagination avait des limites, mais sur bien des points il lui était aisé de deviner les différences, comme pour les odeurs qui embaumeraient ces lieux. Elle se doutait que, là-bas, tout ne sentait pas la rose et le propre.

De même, les meubles seraient poussiéreux, poisseux et en mauvais état. Les tables n'auraient pas de nappe, enfin pas d'une blancheur éclatante. Les taches jalonneraient le sol, peut-être aussi chaises et surfaces. Loin de toute application méticuleuse et régulière de cire, le bois prendrait cet aspect ancien et usé qu'elle avait parfois rencontré chez les voisins de sa mère. Des gens bien qui préféraient garder leur argent pour manger plutôt que pour entretenir le vaisselier ou la table autour de laquelle ils se regroupaient avec leurs cinq enfants.

Chassant la nostalgie qui s'invitait en elle, elle se concentra sur cette découverte des quartiers populaires de Londres. Si l'environnement était assez facile à imaginer, c'étaient les personnes qu'elle croiserait qui lui posaient problème. Là-bas, les habitués ne respecteraient aucune convenance, ou tout du moins pas celles auxquelles elle était désormais accoutumée.

Mais elle aurait retrouvé les enfants, et les aurait ramenés avec elle. Oui, dans ce rêve éveillé, elle les sortait de la misère.

Et là, la réalité reprenait sa place.

Si, par chance, elle réussissait cette mission, ils retourneraient à l'orphelinat. Et rien ne serait gagné pour eux. En toute franchise, dès la naissance, leur destin avait été scellé. Qu'il lui paraissait injuste qu'un fait aléatoire conditionne toute une vie ! Elle restait persuadée au fond d'elle-même que la valeur d'un individu ne se limitait pas à son nom de famille et à son affiliation à telle ou telle personne.

Sans oublier les mots de mère Kathleen qui lui revenaient sans cesse en mémoire. Cette histoire de vendeurs d'enfants l'avait glacée, au moins autant que l'expression horrifiée du comte avant qu'il ne quitte sa voiture. Sur le moment, elle n'avait pas compris ce brusque changement d'attitude. Certes, il était assez sombre et particulièrement impressionnant, mais quelque chose sur son visage avait remué Louisa. Cet homme si froid et posé avait tout simplement perdu ses couleurs, comme si ses pensées étaient insoutenables.

Elsie n'avait pas voulu l'aider à analyser le comportement du comte. Il faut dire que la bonne était tout aussi pâle, comme si la jeune Jones était la seule à ne pas comprendre les tenants et les aboutissants de toute cette affaire. Et bien sûr, personne ne souhaitait que cela change puisqu'elle était une femme, liée à la noblesse. Que sa condition l'agaçait dans ces moments-là !

Ce n'est qu'au beau milieu de la nuit qu'elle avait eu une idée. Et loin de trouver un sommeil réparateur une fois la réponse trouvée, elle enchaîna les cauchemars dans lesquels la nièce du comte de Cork, cette si belle poupée, se retrouvait aux prises avec des hommes répugnants. Ils la touchaient, lui ordonnaient des choses...

— Vous allez bien, mademoiselle ?

Difficilement, elle ravala la bile qui lui était montée aux lèvres. Son imagination était assez pauvre sur les ordres qu'un homme pouvait donner à une femme pour l'avilir. Et elle apprécia ce léger défaut qui la soulageait assurément de bien des maux.

— Je suis... fatiguée.

Consciente qu'Elsie était avant tout l'employée de la baronne, elle ne lui avait pas confié ses conclusions nocturnes. Peut-être était-ce un tort. Peut-être que sa bonne l'aurait rassurée en lui expliquant que personne ne s'en prendrait à une fillette. Seulement elle n'était pas naïve. Sa vie d'avant, celle loin de tous les privilèges qu'elle observait maintenant autour d'elle, lui avait enseigné que l'âme humaine pouvait être sombre. Et le silence de la bonne ne l'avait guère encouragée à la questionner plus dans la journée.

— Êtes-vous encore contrariée ?

*Oh oui !*

— Je reste persuadée que mère Kathleen a agi dans l'intérêt de tous en vous interdisant l'entrée de l'orphelinat cet après-midi pour ne pas attraper la maladie des enfants, dit Elsie en rangeant un ruban. Je sais que la duchesse de Dorset et vous-même ne voyez pas les choses ainsi, mais vos tuteurs lui en seront reconnaissants.

*Si toute cette affaire était vraie...*

Peu encline à discuter une nouvelle fois de l'attitude irrespectueuse avec laquelle la religieuse les avait accueillies sur le seuil de l'orphelinat pour leur demander de rentrer chez elles, elle joua avec sa jupe, feignant de remettre un pli. En d'autres circonstances, Louisa aurait apprécié l'attention de mère Kathleen, mais l'intervention du comte et la conversation de la veille rendaient cette brusque épidémie suspecte.

— Elsie, savez-vous quand nous devons partir ?

— Je vais aller me renseigner, mademoiselle.

Gênée de s'être montrée aussi sèche avec sa bonne, elle allait pour la rappeler quand quelqu'un toqua à la porte.

— Entrez !

Abigail pénétra dans sa chambre, vêtue d'une robe simple dont la couleur ne mettait pas en valeur son teint. Faisant contre fortune bon cœur, la cadette des Skelmersdale lui adressa un sourire franc et referma derrière elle.

— Que puis-je pour vous, Abigail ?

Cette dernière hésita, rosit et s'approcha. Elle tendit les mains pour saisir celles de Louisa, mais s'arrêta dans son élan, réalisant sûrement qu'elles n'étaient pas proches à ce point.

— J'aurais aimé parler avec vous d'un point qui me contrarie, répondit-elle.

Consciente que cette conversation pouvait par bien des façons se retourner contre elle, Louisa hésita. La baronne de Skelmersdale avait l'habitude de lui parler des difficultés qu'elle rencontrait pour marier ses filles, et cela se finissait bien souvent par une pluie de critiques quant à son attitude à elle.

— Êtes-vous sûre de ne pas désirer en parler avec votre mère ?

Abigail secoua la tête.

— Oui, j'en suis certaine.

Résignée, la jeune Jones désigna le lit pour qu'elles s'asseyent au pied.

— En quoi puis-je vous aider ?

— Ce soir, Lord Locklear sera là.

Les joues d'Abigail rougirent, prouvant si cela était nécessaire que la raison de cette conversation impromptue dans sa chambre était un noble blond érudit.

— C'est ce qu'il a laissé entendre chez Lady Mathelson, lui rappela Louisa.

Touchée par l'évident béguin de la jeune fille, elle lui sourit et l'encouragea à poursuivre.

— En quoi puis-je vous aider ?

— Malheureusement, vous ne le pouvez pas, répondit Abigail avec une petite voix. Mère espère qu'il se déclare auprès de Felicity qui ne mesure pas la chance de converser avec un homme qui s'intéresse aux avancées scientifiques. Il n'a pas ri de moi quand j'ai mentionné Mary Anning.

— Devrais-je la connaître ?

— Non, elle... Toute petite, elle déterrait des fossiles qu'elle vendait pour aider son père à nourrir la famille. Elle a continué une grande partie de sa vie, fournissant ainsi du matériel à des hommes autorisés à étudier ces formes humaines d'une autre époque.

— Je vois que ce sujet vous passionne, déclara Louisa. Puis-je vous demander comment vous avez connu une telle femme ?

— Elle est malheureusement décédée au printemps. En feuilletant le journal, je suis tombée sur sa nécrologie et de fil en aiguille je me suis intéressée aux dinosaures et…

Elle s'arrêta brusquement, les yeux perdus dans le vide.

— Et ?

— Et je jacasse comme d'habitude d'un sujet qui n'est pas…

Elle marqua une pause dans son récit tandis que ses épaules s'affaissaient. Si à son arrivée Louisa avait pensé que les deux sœurs se ressemblaient sur bien des points, elle avait été contrainte de revenir sur son opinion et d'accorder à la plus jeune une intelligence et une curiosité qui faisaient défaut à la première. Plus d'une fois, elle avait surpris Abigail dans la bibliothèque, cherchant un livre sur des avancées technologiques, sur des traités scientifiques… Le baron n'était guère friand de tout cela. Elle ruminait souvent ou achetait par elle-même des livres qu'elle dissimulait dès que quelqu'un entrait dans la pièce.

— Qui n'est pas féminin d'après les critères de votre mère, finit Mlle Jones pour elle.

La jeune Skelmersdale acquiesça et sembla se refermer sur elle-même.

— Nous n'avons pas beaucoup de temps mais, si vous désirez parler à cœur ouvert, je suis là.

— Merci, Louisa. Depuis notre plus tendre enfance, mère nous apprend à parler de tout, et de rien. Elle nous a listé plus d'une fois les sujets qu'il convient d'aborder en société, avec une femme ou avec un homme. De même, elle a insisté pour que nous taisions notre curiosité envers des sujets qui n'étaient pas pour nous.

— Je crains d'avoir eu droit également à ces conversations en arrivant sous votre toit. J'ai été tentée de lui demander si je pouvais prendre des notes tant tout cela me paraissait codifié et compliqué à bien des égards.

Abigail reprit un peu de couleurs et ajouta d'une voix timide :

— Je suis si lasse de parler de météo ou de chiffons afin de mettre en valeur mon interlocuteur. Attention, je conçois qu'il s'agisse de sujets parfaits pour rompre la glace avec des inconnus, mais le monde est si vaste qu'il me paraît frustrant de nous limiter à cela, et ce, pour une question de naissance.

Cette déclaration faisant écho à ses propres réflexions, Louisa acquiesça et s'interrogea sur la possibilité de discuter avec Abigail des orphelins, et plus particulièrement du sort des disparus.

— Discuter avec Lord Locklear a été si enrichissant et passionnant. Il a accès à bon nombre de livres que je ne pourrais jamais me fournir, et son esprit d'analyse me paraît plus pertinent que celui d'autres hommes prétendant s'intéresser aux découvertes scientifiques.

Soudain elle s'arrêta. L'intérêt qu'elle portait au jeune lord était évident, et ses mots laissaient transparaître un attachement plus profond où l'admiration et le respect ressortaient. Gênée, elle se mordilla les lèvres, avant de reprendre plus bas :

— S'il devient mon beau-frère, peut-être pourrai-je continuer à discuter avec lui...

Elle se tut, réalisant que tout cela serait parfaitement incorrect.

— Pensez-vous réellement qu'il pourrait se montrer intéressé par Felicity ? demanda Louisa en posant la main sur le bras de sa nouvelle amie.

— Elle est belle et bien née. L'éducation que nos parents nous ont donnée est rigoureuse et conforme aux attentes de nos pairs. Aucun scandale n'a entaché notre nom depuis des générations... Il n'a surtout aucune raison de ne pas le faire.

— Si c'est ce que vous pensez. N'est-il pas envisageable qu'il souhaite se lier à quelqu'un qui aurait plus que ce que vous venez d'énumérer ?

Abigail baissa les yeux avant de reprendre dans un murmure :

— Est-ce cela que vous ressentiez en compagnie du baronnet

d'Ainsdale ? Ce sentiment d'être à votre place avec la personne idéale pour fonder une famille et vieillir ?

Émue par la confiance que lui montrait la jeune femme, Louisa déglutit et réfléchit pour choisir les bons mots. Lui donner de l'espoir serait la dernière chose à faire tant la baronne souhaitait cette union avec son autre fille, mais réduire à néant les rêves d'une jeune femme était au-dessus de ses forces.

— Ressentez-vous tout cela en sa présence ?

— Pas exactement, répondit Abigail en s'asseyant. J'ai songé qu'il serait agréable de pouvoir parler de sciences avec mon mari. Hormis les enfants, il sera la personne que je côtoierai le plus. Autant que nous ayons des intérêts communs ! Je ne suis pas friande de tous ces bals et ces dîners qui rythment nos semaines. Alors j'aimerais trouver un compagnon avec qui rester dans notre bibliothèque où lire et discuter serait agréable.

— Voilà de belles aspirations !

— Je ne suis pas sûre qu'elles conviennent à mes parents ou encore à l'homme qu'ils m'auront choisi. Mais quand je pense à ce mariage que je n'aurai pas, je me rappelle cette partie de campagne dans le Merseyside et la complicité que vous aviez nouée avec…

Les deux femmes plongèrent dans leurs pensées. L'une pensa à un baronnet, l'autre à son avenir. Chacune ressentait la terrible injustice de ne pouvoir régenter sa propre vie.

— Mesdemoiselles, dit Elsie en les découvrant toutes les deux, madame vous attend dans le hall.

Elle repartit aussitôt, sans doute à la recherche de la cape de sa maîtresse.

— Je doute que Lord Locklear demande la main de Felicity, murmura Louisa. Et si tel se trouvait être le cas, vous pourriez malgré tout discuter ensemble…

— Mon mari n'accepterait jamais.

Louisa se tut, consciente que jamais un mari ne tolérerait de voir sa femme proche d'un autre homme, même en l'absence de toute ambiguïté. Sans poursuivre plus loin cette conversation, elles descendirent rejoindre la baronne qui s'impatientait.

— Felicity ne vient pas ? demanda Abigail en levant le menton pour que sa bonne puisse nouer sa cape.

— Elle se doit d'être parfaite, mais sa bonne vient de me prévenir qu'elle avait fini.

— Pourquoi n'est-elle pas là ?

— Parce que je tenais à ce que vous m'admiriez lors de mon entrée, répondit Felicity en se présentant en haut de l'escalier.

Enveloppée dans un tissu d'un rose doux et soyeux, elle les rejoignit doucement pour qu'elles puissent mesurer les efforts de toilette qu'elle avait faits. Sa robe la mettait en valeur avec un décolleté raisonnable, rehaussé d'un peu de dentelle. Ses gants d'un blanc nacré affinaient ses bras, ses doigts et rappelaient les boutons de fleur que sa camériste avait piqués dans sa coiffure. Elle avait tout d'une apparition divine.

*Quel dommage que cela vole en éclats au premier mot de sa part !* Peu fière de sa pensée mesquine, Louisa la gratifia d'un compliment sincère reposant essentiellement sur le travail de la couturière et de sa femme de chambre. La soirée pouvait commencer...

# 6

— Lord Locklear sera parmi nous ce soir, déclara la baronne une fois qu'elles furent installées dans la voiture. Je compte sur vous, Felicity, pour éveiller son intérêt !

Celle-ci acquiesça, mentionnant la stratégie qu'elle avait mise au point pour retenir l'attention de son potentiel promis. La première étape consistait en une simple approche avant de l'isoler en lui demandant de l'accompagner jusqu'aux boissons. Ensuite, elle prétendrait ne pas se sentir très bien, pour qu'il lui propose de sortir de la pièce. Bien sûr, ils resteraient bien en vue, mais tout le monde pourrait admirer leur attirance commune. Enfin, elle le séduirait par sa conversation.

Louisa eut un sourire amusé qu'elle dissimula du mieux possible pour ne pas avoir à l'expliquer. Lord Locklear était un érudit et un homme charmant. Certes, elle ne pouvait rêver mieux comme mari pour une femme, seulement elle était loin de penser que la réciproque était vraie. Felicity était bien trop différente de lui pour qu'il puisse être charmé par la discussion. Embarrassée par ses réflexions peu charitables, elle détourna le visage vers la fenêtre et inspira profondément pour refouler le mal-être qui se répandait en elle.

— Louisa, Lord Yaglew m'a affirmé être ravi à l'idée de passer une nouvelle soirée en votre compagnie.

Bien moins réjouie que la première à l'idée de rencontrer l'homme obséquieux qui n'avait de cesse de la poursuivre de ses assiduités, cette dernière hocha la tête et s'enfonça dans ses pensées.

Elle songea à sa mère, aux villageois qu'elle avait laissés derrière elle, mais aussi au Merseyside. Sa rencontre avec la duchesse, ses conversations avec le baronnet…

Puis elle pensa à Colin et à Eilinn. Avaient-ils réussi à se retrouver ? Avaient-ils été vendus aux mêmes individus ? Travaillaient-ils ensemble ou dans des lieux assez proches pour qu'ils puissent se voir régulièrement ?

Et Lord Boyle ?

Aussitôt le visage du comte de Cork s'imposa à son esprit. Son expression impassible qu'il portait continuellement avait cela de réconfortant qu'il paraissait toujours maîtriser la situation. Ses yeux foncés sondaient son âme à chaque regard qu'ils avaient échangé. Enfin c'est l'idée qui lui vint alors. Avait-il toujours été ainsi, ou l'armée l'avait transformé en cet homme implacable ? Peut-être était-ce dû à sa blessure ? Comment en était-il venu à boiter ?

*Ressaisis-toi !* s'admonesta-t-elle.

Il était un pair du royaume, un héros de guerre… et peut-être celui qui retrouverait les deux petits orphelins.

Avec délicatesse, des doigts pressèrent les siens. Elle sourit à Abigail et écouta d'une oreille Felicity qui répétait les affreux commérages qu'elle avait surpris sur d'autres débutantes qui seraient assurément présentes au dîner organisé par le duc et la duchesse de Dorset. Affligée par l'attitude de l'aînée des Skelmersdale, Louisa se pencha vers la fenêtre pour prendre une grande goulée d'air et tenter de faire refluer le malaise qui s'insinuait en elle comme à chaque fois qu'elle voyageait dans un espace fermé.

*Un héritage de ton père !* répétait sa mère chaque fois qu'elle s'en plaignait.

Au loin, elle vit la demeure des Sackville, devant laquelle se pressaient bon nombre de voitures. Le manège paraissait rôdé comme du papier à musique, pourtant le temps s'étira au point qu'Abigail fut de nouveau contrainte de la sortir de ses pensées quand leur tour de descendre arriva.

— Que faisiez-vous ? demanda sèchement la baronne.

— Louisa m'aidait à remettre correctement un pli de ma robe, répondit Abigail avec amabilité.

Sa mère fit un petit mouvement de la tête avant de se diriger vers l'entrée. Profitant de l'occasion qui lui était donnée, Louisa remercia discrètement Abigail pour son intervention.

Le majordome les annonça tandis qu'elles rejoignaient le duc et la duchesse qui accueillaient leurs invités.

— Et dire que certains les pensaient mal mariés, murmura la baronne.

Amusée par cette remarque, Louisa ne releva pas qu'à aucun moment les Sackville n'avaient montré une quelconque mésentente. Seuls les plus avides de ragots avaient imaginé le pire, dont sa tutrice. À l'inverse, elle avait été témoin de nombreux échanges entre eux, et leur complicité n'était pas feinte. Le premier auquel elle avait assisté avait eu le don de mettre ses nerfs à l'épreuve tant il était rare de voir un membre si haut titré se faire rabrouer de la sorte par une jeune femme de la noblesse.

— Mademoiselle Jones, quelle joie de vous revoir ! déclara la duchesse en lui serrant les mains avec une affection visible.

— Dois-je vous rappeler, mon épouse, que vous vous êtes vues pas plus tard que cet après-midi ?

— Il y a des gens qu'on aimerait voir plus, répondit-elle.

— Ou d'autres moins, ajouta-t-il avec un sourire en coin.

Un message compris par eux seuls plana dans le silence qui s'ensuivit. Amusée malgré elle par l'horreur que la baronne tentait de dissimuler derrière un sourire de façade, Louisa croisa le regard du comte qui venait d'arriver. Était-ce de l'admiration qu'elle avait perçue dans ses yeux ? Lui était-ce destiné ? À cette idée, elle sentit ses joues s'échauffer et se félicita que sa crème dissimule ses taches de rousseur et toutes les manifestations de ce type.

— Lord Boyle ! Mon ami, vous allez pouvoir nous départager.

— Ai-je réellement envie de vous aider ? demanda celui-ci.

— Tout dépend duquel des deux que vous désirez décevoir, répondit Louisa, amusée.

— Peut-être ai-je, au contraire, envie de plaire, mademoiselle Jones ! répliqua-t-il.

Embarrassée de s'être montrée familière avec le comte, elle se rétracta sous le regard courroucé de sa tutrice.

— Veuillez m'excuser, monsieur le comte !

Elle baissa la tête, non sans avoir vérifié que Lady Skelmersdale appréciait sa contrition subite. Consciente qu'il lui fallait rester le plus transparente possible, elle demeura ainsi pendant que le duc présentait le comte aux trois autres. Si Abigail semblait indifférente au titre de Lord Boyle, les deux autres y furent sensibles et commencèrent à se montrer flatteuses au point que Louisa se demanda combien de temps il allait supporter un tel comportement avant de les remettre elles aussi à leur place.

N'entendant rien venir, elle profita de l'arrivée d'un nouvel invité pour s'éclipser et partit prendre un verre sur le buffet préparé pour l'occasion. Autour d'elle, tout était un charmant mélange de faste et de simplicité. Connaissant la duchesse, elle savait que cette dernière avait en horreur tout étalage de richesse, et c'était tout à son honneur. Après avoir vécu quelque temps parmi un clan écossais, Lady Sackville avait pris la mesure des privilèges que sa naissance lui accordait et tenait à ne pas en profiter à outrance.

« Ils n'ont qu'une assiette par membre de la famille alors qu'à Londres il y a un service entier par personne. Et pourquoi ? Pour finalement toujours utiliser le même ! » C'est en entendant la duchesse s'exprimer ainsi avec véhémence que l'admiration de Louisa lui avait été totalement acquise.

— Vous ne devriez pas fuir de la sorte, mon enfant !

Surprise, elle releva la tête et rencontra le regard bienveillant de Lady Eckhart. La tante du duc de Dorset la contemplait avec une commisération qui l'agaça au plus haut point. Qu'elle aurait aimé avoir l'aplomb de la duchesse et dire ce qu'elle pensait !

Seulement elle était une pupille qui dépendait de la générosité des Skelmersdale. Elle ne pouvait se permettre le moindre écart de conduite sous peine de se retrouver à la rue.

Par-dessus l'épaule de la noble dame, elle aperçut le baron de Skelmersdale qui avait dû arriver sur ces entrefaites. Il saluait un groupe d'hommes qui devaient tous siéger à la Chambre des lords, comme lui, et cherchait visiblement quelqu'un.

— Je crains que Mlle Jones soit loin d'avoir votre courage ou celui de Lady Sackville, Lady Eckhart ! s'exclama le comte de Cork en prenant un verre.

Blessée par ce parti pris, elle porta son verre à ses lèvres et écouta la suite, tout en contemplant la composition florale non loin.

— Vil flatteur, répliqua Lady Eckhart avec un petit rire. Je suis certaine qu'elle pourrait vous surprendre.

— Louisa ? Je ne crois pas ! déclara Felicity en se postant aux côtés du comte. Avec mère, nous avons beau lui forger le caractère, elle reste une femme timide et insipide.

Outrée par l'insulte lancée sans aucun autre but que celui de la ridiculiser, Louisa se crispa, mais ne contre-attaqua pas. Elle savait que le combat était perdu d'avance, et que la fille aînée de ses tuteurs resterait persuadée qu'elle n'était qu'une pauvre chose sans grand intérêt. Décrétant qu'il était inutile de rester parmi ces gens qui auraient tôt fait de la critiquer puis de lui prodiguer des conseils pour devenir une femme forte suivant les critères de la haute société, elle s'excusa auprès d'eux et se dirigea vers Abigail qui venait d'être rejointe par Lord Locklear.

Poliment, elle le salua et but une gorgée pour se donner une contenance. Au loin, une musique douce se répandait et apaisait ses nerfs déjà mis à rude épreuve. Lady Sackville lui avait raconté dans l'après-midi que son mari avait embauché un quatuor pour créer une ambiance sereine. Cela fonctionnait à demi. Pour que l'effet soit total, il aurait été astucieux de demander à certains invités de se taire, ou de ne pas venir tout simplement…

Surprise par le sarcasme dont elle venait de faire preuve, elle se concentra sur la conversation entre les deux autres. Soucieux de plaire, le jeune homme parlait de la météo et de la pluie qui empêchait toute promenade au parc.

— Monsieur, parlez de dinosaures avec Mlle Skelmersdale sans vous soucier de moi, intervint-elle.

— Je ne voudrais pas me montrer cavalier en faisant passer mes centres d'intérêt avant les vôtres, répliqua-t-il, gêné.

— Oui, faites cela pendant que j'emmène Mlle Jones prendre une autre boisson, intervint le comte.

Avec autorité, il posa la main de la jeune femme sur son bras et l'entraîna à sa suite. Tout cela se passa si rapidement que personne ne put mesurer la goujaterie de la requête. Tout le monde continuait à parler de politique ou de tissus sans relever le manque de savoir-vivre dont il venait de faire preuve. Bien décidée à le remettre à sa place quand elle en aurait l'occasion, elle se rappela avec un temps de retard qu'elle n'avait pas ce courage en elle.

Une fois qu'ils furent à l'abri des oreilles indiscrètes, mais toujours en vue pour éviter tout scandale, il la libéra et la questionna aussitôt à voix basse.

— Avez-vous appris quelque chose aujourd'hui ?

— Mon manque de courage n'a pu franchir la porte de l'orphelinat, répliqua-t-elle d'un ton cinglant.

— Serait-ce du sarcasme ? s'enquit-il en feignant d'être éberlué.

Elle ignora sa question et résuma sèchement les faits ayant eu lieu l'après-midi.

— Mère Kathleen a affirmé que les enfants étaient malades et qu'il n'était plus nécessaire que nous venions.

Il lâcha discrètement un juron que, par chance, elle fut seule à entendre. Ses joues s'échauffèrent de gêne, mais elle resta stoïque pour ne pas attirer l'attention sur eux.

— Lady Sackville n'a pas réussi à la faire plier ? insista-t-il, surpris.

— Non, elle n'a pas pu, répondit-elle, blessée de paraître si faible à côté de la duchesse.

Elle déglutit pour chasser son mal-être, mais ne réussit qu'à l'accroître. Du coin de l'œil, elle l'observa alors qu'il était plongé dans ses pensées. Ses sourcils étaient légèrement froncés, signe qu'il était contrarié. Et qui ne le serait pas à sa place !

— Je m'excuse d'être parti si promptement hier…

— Vous n'avez pas à vous excuser, l'interrompit-elle. Après tout, vous êtes un homme bien né, vous avez donc tous les droits.

Agacé, il releva le menton pour répliquer d'un ton sec qui ébranla la jeune femme :

— Mademoiselle Jones, ce n'est pas ce que je voulais dire.

Tentée de s'excuser pour son emportement, elle choisit de garder la même ligne de conduite malgré le trouble qui l'envahissait.

— Lord Boyle, nous savons tous les deux que vous êtes ici avec moi uniquement parce que Lady Sackville doit s'occuper de ses invités. En d'autres circonstances, vous ne m'auriez pas adressé la parole tant je ne suis d'aucune aide dans toute cette affaire.

Et voilà, c'était dit.

— Vous êtes la seule à pouvoir décider le rôle que vous tenez à avoir dans toute cette histoire, murmura-t-il.

Il plongea son regard dans le sien, et le temps s'arrêta pour Louisa. En une fraction de seconde, plus rien d'autre n'existait. Il n'y avait plus que cet homme à la voix si autoritaire, à l'allure si martiale et au parfum si captivant.

— Mademoiselle Jones, vous paraissez vous sentir mal ! déclara la baronne en se postant à leur côté. Je vais vous accompagner sur le balcon afin que vous puissiez prendre l'air. Monsieur le comte, j'espère que ça ne vous dérange pas de tenir compagnie à ma fille aînée, Felicity.

Docile, Louisa suivit sa tutrice jusqu'à un balcon dont la fenêtre était entrebâillée afin de veiller à ce que les invités n'aient pas trop chaud à l'intérieur. Elles s'installèrent sur un banc dont le froid transperça aisément les épaisseurs de tissus. Pressentant un long sermon sur sa promesse de faire tapisserie pendant toute la soirée, et qu'elle n'avait pas encore pu tenir à son grand désarroi, la jeune femme fut surprise de n'obtenir rien de moins que le silence. Pas même de remontrances face à l'attitude bravache qu'elle avait adoptée avec le comte.

Lord Boyle… Cet homme était une énigme qu'elle n'était pas certaine de vouloir percer. Avant de faire sa connaissance, elle fantasmait sur le baronnet, songeant qu'elle avait tenu là son unique chance d'être heureuse. Puis elle était entrée chez les Sackville pour annoncer la disparition d'Eilinn, et depuis il ne quittait plus ses pensées.

Dans la journée, elle s'était surprise à s'interroger sur ce qu'il faisait ! Et là qu'elle tenait l'occasion parfaite de lui parler pour en apprendre plus sur son enquête, elle l'agressait à cause d'un trouble dont elle ne savait trop quoi faire et un ego mis à mal.

Refusant de réfléchir plus avant sur le sujet, elle s'adonna à son plaisir, l'observation. Dans la pénombre, elle remarqua les bosquets aux formes élégantes. Les arbres disséminés çà et là devaient offrir de l'ombre au plus chaud de l'été et un abri pour la pluie le reste de l'année. Au loin, on entendait les invités arriver. Des bruits de sabots se faisaient entendre, parfois accompagnés d'ordres. La pluie avait repris, créant une douce mélodie en toile de fond. Louisa se frotta discrètement les bras pour se réchauffer et se réjouit quand la baronne s'exclama avec fermeté :

— Rentrons !

Avait-elle décidé que sa charmante fille avait passé assez de temps avec le comte ? À moins que la fraîcheur n'ait eu raison de sa patience.

Une fois à l'intérieur, Louisa remarqua que le nombre d'invités avait considérablement augmenté. Elle se plaça astucieusement dans un coin avec un verre et l'envie de se faire oublier. Ce qui aurait été possible si Lord Yaglew n'avait pas tourné la tête dans sa direction avant qu'elle ne soit totalement dissimulée derrière un homme à la stature des plus impressionnante. Trop rapidement au goût de la jeune femme, il prit congé des hommes avec qui il discutait pour se diriger vers elle. La soirée venait à peine de commencer qu'elle se sentait déjà lasse.

— Mademoiselle Jones, nous n'avions pas fini notre conversation ! s'exclama le comte de Cork en se plantant devant elle.

— Je serais presque soulagée de vous revoir, Lord Boyle ! dit-elle avant de se reprendre. Pardon, ce n'est pas ce que j'ai voulu dire !

— Bien sûr que c'est ce que vous vouliez dire ! Je suis un individu de la pire espèce, et encore vous ne m'avez rencontré que deux fois.

— Trois. Aujourd'hui, cela fait trois fois, ajouta-t-elle.

— Si vous y tenez ! Je souhaiterais m'excuser…

— Mademoiselle Jones, quelle joie de vous voir ! dit Lord Yaglew en se postant à la droite du comte. Lord Boyle, je vous croyais reparti en Irlande.

Mal à l'aise, Louisa regarda ce dernier. Si son air perpétuellement en colère avait un aspect répulsif sur tout le monde, à cet instant précis elle ne désirait qu'une chose : qu'il ne l'abandonne pas en compagnie du veuf.

— J'ai changé mes projets au dernier moment, répondit-il d'un ton sec.

— Il est vrai qu'une telle beauté a de quoi tourner la tête.

Comprenant que Lord Yaglew supposait que le comte avait retardé ses projets pour elle, la jeune femme secoua la tête. Mais l'Irlandais rétablit la vérité :

— Je suis resté ici pour mes affaires et non pour me trouver une épouse superficielle et inutile comme il plaît tant à nos contemporains.

Louisa chancela sous le coup. La tête lui tourna, et toute force la quitta. Voilà encore des *compliments* dont elle se serait bien passée !

*Non, ne tombe pas à leurs pieds ! Ne lui donne pas raison !* s'admonesta-t-elle.

— Je ne vous laisserai pas insulter Mlle Jones, un tel joyau, sans vous demander réparation !

— Cessez ! dit-elle d'une voix faible.

Avisant les regards noirs que ses deux interlocuteurs

échangeaient sans se soucier de son intervention, elle secoua la tête et ajouta :

— Je vais vous laisser...

Sans attendre de réaction des deux autres, elle se faufila au milieu de l'assemblée de gens venus pour discuter et bien souvent parader. À son passage, elle surprit des bribes de conversations qui la confortèrent dans l'idée qu'elle n'appartenait pas à ce monde fait d'apparences et de manipulation. Était-ce trop demander qu'une vie dans un foyer simple et vrai ? Elle ne réclamait pas la lune et savait très bien qu'il y aurait des problèmes, des maladies et peut-être même des disputes, mais elle pouvait limiter ces aspects négatifs... Si seulement elle pouvait retourner auprès du baronnet.

À cet instant, il lui parut la personne parfaite pour se tenir à ses côtés. Il...

Elle s'arrêta en réalisant qu'il n'aurait rien fait. Il serait resté les bras ballants, comme ça avait été le cas quand il avait demandé sa main dans le Merseyside. Cette pensée faisait-elle d'elle une mauvaise personne ?

D'un pas hésitant, elle se rendit dans un petit salon. Elle s'assit, remarquant à peine le feu qui réchauffait l'atmosphère et permettait aux invités de s'isoler. Par chance, elle était seule et put se remettre du nouvel affront dont elle avait été victime et de la tournure de ses réflexions.

— Louisa, nous devons parler ! s'exclama la baronne en refermant la porte derrière Felicity.

D'un geste dédaigneux, elle lui intima l'ordre de quitter le siège qu'elle occupait et qui se trouvait être le plus proche de l'âtre. À contrecœur, elle lui céda et se mit dans le fauteuil restant, celui le plus loin de la cheminée. Qu'elle aurait aimé se rebeller et conserver la place qu'elle avait acquise en arrivant la première ! Au lieu de cela, elle devait encore se contenter des restes, à croire que jamais elle n'aurait réellement le choix.

Une fois les trois femmes installées, l'aînée prit la parole d'une voix sèche.

— Louisa, j'aimerais que vous cessiez d'attirer l'attention sur vous. Je vous rappelle que Felicity doit être la première à se marier, et vous ne rendez pas les choses faciles.

Retenant un soupir d'agacement, Louisa répliqua en tachant de ne pas laisser transparaître son irritation :

— Je n'ai rien fait.

— Vous croyez que je n'ai pas remarqué votre petit jeu avec le comte ? Vous le suivez partout pour retenir son attention.

Consciente qu'il serait vain de démontrer que c'était en réalité l'inverse, la jeune femme pria pour que cette soirée se finisse au plus vite.

— Quant à Lord Locklear, il ne cesse de parler de dino… doni…

— Dinosaures, madame.

— Oui, c'est cela ! dit cette dernière. Seule Abigail est assez stupide pour le laisser parler sans s'ennuyer. Quel homme bien élevé parlerait d'os à longueur de journée à une demoiselle impressionnable ? J'ai donc choisi le comte pour Felicity.

— Le comte ? s'écria Felicity. Mais il est infirme !

— C'est un héros de guerre, répliqua sa mère avec une œillade noire. Ce n'est pas comme si son infirmité était de naissance. Dans ce cas-là, vous vous doutez bien que je n'aurais jamais cherché à vous lier à lui.

— Peut-être, mais il est hors de question que j'épouse un homme qui ne pourra pas m'emmener danser à tous les événements mondains.

La baronne inspira profondément avant de rappeler à sa fille qu'il était malséant de danser avec son mari. L'usage dans la bonne société poussait les femmes à ne pas se montrer trop proches de leurs époux. Et c'était bien dommage ! songea Louisa en se souvenant du plaisir évident qu'avaient le duc et la duchesse à valser ensemble.

— Il est hors de question que je me marie avec le comte. Mère, il désirera certainement repartir en Irlande ! Je ne tiens pas à vivre parmi les sauvages ! Il n'y a qu'à voir les terribles conséquences qu'un séjour en Écosse a eues sur Lady Sackville avant qu'elle n'épouse le duc.

Pendant un instant, Louisa souhaita partir loin. De cette maison, de cette ville, de ces gens. L'Irlande ? Pourquoi pas ?

# 7

Encore une fois, Louisa s'était préparée tôt pour pouvoir discuter avec le baron de Skelmersdale. S'ils avaient entamé la conversation en comparant leur ressenti quant à la soirée de la veille, Louisa avait rapidement cherché à mentionner le sort des orphelins.

Et une nouvelle fois, elle fit face à un mur qui lui parut insurmontable. Un homme, un noble, quelqu'un ayant le pouvoir d'influer sur l'avenir du pays, préférait détourner le regard que de trouver une solution à ce qu'elle considérait comme un acte affreux.

Quand il se leva après avoir claqué son journal sur la table, elle comprit qu'il ne servirait à rien d'insister une troisième fois.

Elle en était à s'interroger sur la réaction qu'aurait le comte de Cork si elle venait à lui soumettre la même requête, celle de plaider à la Chambre des lords la cause de ces orphelins dont des adultes usaient et abusaient, quand Abigail entra et prit place à ses côtés.

— Bonjour, dit-elle en esquissant difficilement un sourire.

Le cœur en berne, elle mangea son petit déjeuner qui avait fini par refroidir, en compagnie d'Abigail qui ne cessait de l'étudier. Plusieurs fois, cette dernière ouvrit la bouche pour parler, mais se rétracta à chaque fois. L'arrivée de sa sœur acheva de la convaincre de se taire, d'autant que Louisa préféra partir. Sur le seuil de la salle à manger, la baronne de Skelmersdale l'arrêta.

— Nous allons faire des courses. Merci d'enfiler une robe plus convenable, mademoiselle Jones !

— Si cela ne vous dérange pas, je préférerais rester ici…

— Non. Lord Yaglew se montre intéressé et paraît prêt à attendre.

*Intéressé. Attendre.* Les mots sonnaient terriblement à son oreille, comme le glas de l'insouciance et des rêves.

— Qu'attendez-vous ?

— Je me dépêche.

Ne pouvant en supporter plus, Louisa s'arrêta au beau milieu du trottoir. Cela lui semblait une éternité qu'elles étaient parties de la maison. Après avoir passé des heures chez la couturière pour des robes, trois pour Felicity et une pour Abigail, elle se demandait la raison de sa présence.

Douée d'un instinct à toute épreuve, la baronne se retourna à ce moment-là et remarqua la posture de la jeune femme. Sa bouche se pinça, témoignant de son mécontentement et de l'acidité des propos qu'elle n'allait pas tarder à déverser.

— Un problème ? demanda celle-ci en relevant le menton.

Louisa puisa dans ses dernières forces pour oser braver sa tutrice.

— Je viens de réaliser qu'il est grand temps pour moi de me rendre à l'orphelinat pour les leçons quotidiennes.

— Mademoiselle Jones, nous avons besoin de vous !

— Felicity a un goût très sûr pour choisir ses vêtements, et je vous fais entièrement confiance quant aux conseils que vous pourriez lui prodiguer.

— Quelle impertinence !

— Mère, intervint Abigail, pensez-vous que je pourrais accompagner Louisa à l'orphelinat ?

— Vous ? À l'orphelinat ? s'exclama la baronne avec un rictus dédaigneux. Je crains que vous ne soyez d'aucune aide pour ces enfants ! Je suppose que c'est vous, mademoiselle Jones, qui lui avez soufflé une telle ineptie.

Décontenancée par cette accusation, la jeune femme fut surprise d'entendre Abigail tenir tête à sa mère :

— Comme vous ne cessez de me répéter que je n'ai pas la beauté de Felicity et que je suis incapable de soutenir une conversation en société, j'ai pensé que me montrer charitable jouerait en ma faveur.

— Mademoiselle Jones, je vous prierai de ne plus mentionner vos œuvres caritatives à l'avenir. Je tiens à ce que mes filles ne se mélangent pas au peuple au risque de voir leur réputation entachée. Voyez avec notre cocher pour qu'il vous conduise là où vous devez vous rendre...

Sans un regard supplémentaire, elle se détourna de sa pupille et reprit sa conversation avec sa fille aînée. Abigail, qui se tenait à la hauteur de Louisa, lui adressa un petit sourire contrit et s'empressa de rejoindre les deux autres. Heureuse d'être ainsi libérée, la jeune Jones rebroussa chemin et demanda au cocher des Skelmersdale de la conduire à l'orphelinat. Elle laissa ses pensées vagabonder. Tout d'abord sur la condition des orphelins dans le pays, puis sur Colin et Eilinn en particulier. Enfin, elle se demanda où se trouvait Lord Boyle.

Elle l'imagina dans un de ces clubs masculins très prisés avant de conclure qu'il ne tenait pas assez en place, qu'il devait plutôt faire de la boxe ou de l'escrime comme le duc en avait l'habitude.

Arrivée à destination, elle carra les épaules et frappa à la porte avec le marteau. De l'autre côté, des bruits légers se faisaient entendre, mais personne ne lui ouvrit. Elle attendit et finit par conclure qu'on ne l'avait pas entendue. Elle porta sa main sur le heurtoir, mais il lui échappa. Mère Kathleen venait d'apparaître, vêtue de sa sempiternelle tenue de religieuse et de son air courroucé.

— Que faites-vous là ?

— Je viens pour la leçon...

— Hier ne vous ai-je pas dit que les enfants étaient malades ?

— Oui, mais c'était hier. Aujourd'hui, je suis certaine qu'ils se portent mieux.

— Une nuit leur aurait suffi pour retrouver la force et la vitalité ?

L'agressivité de son interlocutrice lui coupa un instant toute répartie. Qu'elle en voulait à sa mère de l'avoir habituée à être docile et conciliante ! Elle aurait tant aimé remettre cette femme à sa place et trouver la force de la bousculer pour entrer et vérifier que les petits étaient tous là, en bonne santé.

— Je peux toujours continuer ma lecture afin de les divertir, ajouta-t-elle en faisant un pas en avant.

— Non.

La réplique de mère Kathleen avait tonné dans l'air au point que la rue parut bien silencieuse à Louisa après ce coup d'éclat.

— Je reviendrai demain...

— Ce n'est pas la peine, déclara la religieuse avec fermeté.

Elle claqua aussitôt la porte, laissant Louisa totalement perdue. Que venait-il de se passer ? Pourquoi ne pouvait-elle plus voir les enfants ? Le cœur en miettes, elle retourna vers la voiture. Tout comme le baronnet, elle ne se battait pas pour ce qu'elle aimait, ou prétendait aimer. Tout comme lui, elle acceptait la décision d'un tiers.

*Quelle couardise !*

Elle qui ne cessait de penser qu'il aurait dû insister ou proposer une solution en attente des fiançailles de Felicity, voilà qu'elle reproduisait le même schéma. Refusant de se laisser marcher sur les pieds, elle fit demi-tour et remarqua deux visages ronds qui l'espionnaient à la fenêtre à droite de la porte d'entrée. Les enfants la saluèrent avec un grand sourire avant de se figer et de disparaître, la peur dans le regard.

Peut-être était-il préférable de ne pas insister pour ne pas mettre les enfants en porte-à-faux...

— M'demoiselle Lou !

Aussitôt, elle tourna la tête un peu plus vers la droite et découvrit Willy, un petit orphelin blond dont le visage portait des cicatrices. Caché au coin du bâtiment, il lui fit signe de s'approcher. Elle marcha jusqu'à lui, puis décida de continuer pour le cas fort probable où mère Kathleen la surveillerait.

— Georgie est parti.

D'après ses souvenirs, ce dernier devait à peine avoir huit ans. Il était un peu trop jeune pour travailler, mais ce n'était pas forcément l'avis de tous.

— J'ai entendu la mère supérieure parler des docks et d'Espagnols.

Outrée à l'idée que le trafic d'enfants ne se contente pas de les déplacer au sein de l'Angleterre, mais aussi sur le continent, elle porta une main à son cœur.

— Sais-tu autre chose ? Colin ? Eilinn ?

— Non.

Désolé, il secoua la tête.

— Tu devrais y retourner avant qu'on ne remarque ton absence.

— Vous reviendrez ?

Elle acquiesça, consciente que sa promesse serait difficile à tenir. À moins qu'elle ne découvre le fin mot de l'histoire. Et pour cela, il faudrait enquêter du côté des docks. Une femme ne pouvait pas s'y rendre sans craindre les complications. La réputation de tels lieux était catastrophique et mêlait bagarres, alcool et meurtres. Bien sûr, tout cela pouvait aussi être des balivernes racontées dans l'unique but d'effrayer les jeunes filles comme elle.

*Lady Sackville oserait, elle !*

N'avait-elle pas été partie prenante dans la résolution de l'enquête sur le commanditaire des accidents visant son mari ? Si elle était là, elle prévoirait un détour par les bas quartiers, peut-être prendrait-elle le temps de prévenir son mari, mais rien n'était sûr.

Et elle, qu'allait-elle faire ? Monter dans la voiture des Skelmersdale et rentrer bien sagement. De plus en plus en colère devant son manque de témérité, elle se renfrogna sur la banquette. Si seulement elle avait la possibilité de dire au comte ce qu'elle venait d'apprendre ! Certes, elle pouvait très bien se rendre chez le duc de Dorset, mais l'impression de ne pas avoir assez de cran pour agir par elle-même lui interdisait cette solution.

Non, le mieux serait qu'elle y aille ! Et ce soir serait parfait. Le baron serait à l'extérieur comme il en avait l'habitude, et la baronne ne cessait de répéter depuis des jours qu'elle profiterait de l'absence d'invitation pour se coucher tôt afin que son teint reste frais. Quant à Abigail et à Felicity, elles imiteraient sans nul doute leur mère.

Le seul obstacle était la peur qui lui nouait le ventre.

Le cocher la déposa devant la maison et repartit chercher les trois autres femmes qui devaient encore faire les boutiques. Elle regarda la voiture s'éloigner, puis disparaître au coin de la rue. Seule. Avec un temps de retard, elle remarqua qu'elle s'était rendue à l'orphelinat sans la présence rassurante d'Elsie. Et maintenant, elle se tenait dans la rue, libérée de tout chaperon.

Cette constatation lui fit l'effet d'un coup de fouet. Ses pieds se mirent en marche, non vers l'entrée de la demeure, mais vers les écuries. Les chevaux encore présents dans les box hennirent à son passage. Certains passèrent leur tête à la quête de quelque chose à manger, ou peut-être juste d'une caresse sur leur encolure. Peu encline à s'approcher des animaux la dépassant d'une bonne tête, elle poursuivit jusqu'à une petite pièce située dans le fond.

Pour en avoir discuté innocemment avec Elsie deux jours auparavant, elle savait où les employés rangeaient leur linge sale en attendant que les domestiques viennent les récupérer pour les laver. Elle décida de prendre le nécessaire pour ce soir et de rapporter le tout demain matin pour ne pas attirer l'attention sur l'emprunt. Une odeur lui monta aux narines et menaça de lui faire rendre le peu qu'elle avait mangé dans la journée. Le fumet était à ce point charmant qu'elle ne doutait pas qu'il tiendrait à distance les curieux.

Les mains tremblantes, Louisa choisit un pantalon, un haut et une veste. En partant, un chapeau et une paire de chaussures rejoignirent son butin. Restait à savoir maintenant si elle aurait le courage de les mettre et de sortir en catimini de la maison à une heure où les femmes sont invitées à rester à l'abri, entre les murs de leur mari ou tuteur.

# 8

La jambe rendue douloureuse par les mouvements incessants, Lord Boyle marqua une pause et s'appuya sur sa canne. Cela faisait des jours qu'il parcourait Londres à la recherche du moindre élément susceptible de l'informer sur le lieu où se trouvait cette fillette. Partout, il rencontrait le même silence coupable. Pour lui, beaucoup de ses interlocuteurs savaient ce qui se tramait avec les enfants des orphelinats de la ville, et tous fermaient les yeux.

Seuls le duc et la duchesse de Dorset comprenaient son entêtement. Et Mlle Jones. Hier il s'était montré insistant auprès d'elle. La jeune femme était celle par qui l'espoir était revenu, mais aussi celle qui lui avait lancé le plus grand défi : retrouver une aiguille dans la botte de foin que représentait la capitale.

Il ne pouvait nier que converser avec elle était agréable. Déjà elle ne paraissait pas obsédée par les fanfreluches comme la fille aînée de la baronne de Skelmersdale. Si la passion de cette dernière n'avait que peu d'attrait pour le comte, les regards furtifs de la jeune demoiselle avaient fini de le convaincre qu'elle n'avait nulle envie de lui plaire.

Mais Mlle Jones... Elle le subjuguait à un point qu'il doutait de lui. Jamais une femme ne l'avait à ce point fasciné, et il ne savait ce qui allait ressortir de tout cela.

— Fichtre ! murmura-t-il.

Agacé par cette attirance pour une débutante qui devait

rêver de mariage et d'enfants, il reprit sa route vers le bureau du détective privé. Il ne lui avait laissé que très peu de temps pour avancer dans son enquête, mais la réticence de la mère supérieure à ouvrir la porte à Mlle Jones et à Lady Sackville le poussait à craindre le pire. D'autant que si la seconde était impressionnante par l'aura d'autorité qu'elle dégageait la première paraissait plus douce, presque fragile.

Oui, le demi-sourire qui ornait toujours ses lèvres et son regard franc, mais empreint d'une gentillesse sans bornes, poussaient le comte à vouloir protéger Mlle Jones. Sentiment qu'il s'était toujours refusé à éprouver pour une femme après sa première et seule déconvenue. Maintenant qu'il avait hérité d'un titre et d'un domaine en ruine, il rejetait l'idée d'entraîner quelqu'un dans sa déchéance. Peut-être reconsidérerait-il la question dans quelques années, quand il aurait remonté les finances du comté et oublié qu'il n'était plus qu'un infirme.

Le mildiou et la gestion catastrophique du gouvernement britannique qui s'apparentait étrangement à du pillage avaient eu raison des métayers. Tant d'hommes étaient partis vers le Nouveau Monde dans l'espoir de trouver ce qu'il n'y avait plus en Europe : de la place pour tous. Maintenant des champs étaient en friche, poussant les derniers restants à travailler encore plus dur avec une terre ingrate.

— Bonjour, monsieur le comte ! salua M. Cooper.

Réalisant qu'il était entré dans le bureau du détective sans s'annoncer, ni même prendre le temps de regrouper ses idées, Lord Boyle se contenta d'un petit signe de tête avant de prendre place devant le bureau encombré de dossiers en tout genre.

— Je dois vous avouer que je ne pensais pas vous revoir de sitôt, continua son hôte.

— Hier, mère Kathleen a refusé l'entrée de son orphelinat à Lady Sackville. J'aurais tendance à croire qu'elle a quelque chose à cacher et j'aurais aimé m'en entretenir avec vous.

M. Cooper hocha la tête. Il prit un carnet et sa plume dans le but évident de noter ce qui lui paraîtrait pertinent.

— Les rumeurs dans la haute société ont ça d'agréable qu'elles vous renseignent sans que vous n'ayez besoin de poser la moindre question, continua le comte. Il m'est donc revenu aux oreilles des faits intéressants. Le premier concerne l'orphelinat en lui-même. Il appartient à Lady Cavelton qui a été plus ou moins liée à des affaires douteuses.

Ne désirant pas révéler qu'elle était de mèche avec Griefstow, un déserteur enclin à fournir de l'opium en ville, il s'arrêta là. Le détective privé écrivit tout en acquiesçant. Le duc de Dorset l'ayant engagé sur l'affaire qui avait mené à l'arrestation de ce criminel, il devait en connaître les grandes lignes.

— Aucune enquête n'a été faite quant à l'implication de la mère supérieure dans cette histoire. Était-elle au courant ? Qu'avait-elle prévu de faire par la suite ? Et les enfants ? Il serait facile d'imaginer qu'elle ait cherché à les revendre pour ne pas avoir à se soucier d'un déménagement de l'orphelinat.

— Ce que vous dites là est...

— Possible. Je ne dis pas que c'est la vérité, et encore moins la vérité que je cherche à établir. Je propose juste une hypothèse de travail, qui me pousse à mentionner le deuxième fait dont j'ai été informé. Mère Kathleen est entourée d'une aura de mystère un peu sombre. Elle aurait été la maîtresse d'un homme influent. Si cette rumeur revient régulièrement sur les lèvres, personne n'a été capable de nommer son bienfaiteur.

— En quoi serait-ce lié à tout cela, monsieur ?

— Par vos recherches, vous avez dû être contraint de frayer avec la haute société, et nous savons tous les deux que, si avoir une maîtresse est banal, il est courant que tout le monde le sache. Un peu à l'image de ces plumes que les femmes aiment à piquer dans leur chevelure, peu d'hommes ne se vantent pas d'entretenir une actrice, une chanteuse ou une danseuse... Pourquoi donc tant de mystère ?

— Vous ne pensez pas que la réponse à tout cela peut être des plus simple et qu'elle n'a jamais eu d'amant ?

— Ou elle en a un qui s'enrichit en fournissant des enfants.

Le silence s'installa entre les deux hommes.

Le comte en profita pour étirer sa jambe qui le lançait douloureusement. S'il continuait à ce rythme, il ne pourrait plus marcher pendant plusieurs jours et perdrait encore du temps dans la quête de sa nièce, ou tout du moins de cette petite fille portant le même prénom.

— Y a-t-il un troisième fait dont vous aimeriez me mettre au courant ?

— Ce n'est pas tant une rumeur qu'un fait. Lors de votre enquête pour le duc de Dorset...

— Je ne parle pas de mes clients ! l'interrompit le détective avec fermeté.

— Et c'est tout à votre honneur. Seulement lors de cette enquête, un petit ramoneur a été tué pour s'assurer de son silence. Savez-vous s'il a été remplacé ? Et si oui, par qui ?

— Non, je ne me suis pas penché sur la question. Pourquoi donc ?

— Mlle Jones a mentionné devant moi la disparition de plusieurs enfants, dont beaucoup de garçons. Ils sont souvent recrutés pour leur petite taille et la facilité qu'ils ont à s'introduire dans les conduits de cheminée.

Nouveau mouvement de la tête du détective qui comprit qu'il y avait peut-être là une piste pour retrouver des orphelins fugueurs et des informations en prime.

— Je vais voir ce que je peux faire.

— Très bien, déclara le comte en quittant son siège.

Un éclair de douleur irradia sa jambe raidie par les efforts des derniers jours. Il s'appuya lourdement sur sa canne, mais ne laissa rien paraître.

— Lord Boyle ! l'interpella poliment le détective. Ce matin, un jeune garçon nous a apporté ce pli pour vous. Enfin nous le supposons puisqu'il s'est contenté de nous décrire sommairement l'homme à qui nous devions le remettre.

— De quoi s'agit-il ?

— Je ne me suis pas permis de regarder, déclara M. Cooper en tendant un papier froissé et taché.

Le comte déplia la missive et fut étonné de découvrir un prospectus. Dessus, une femme avec une longue robe avait été dessinée dans une pose suggestive.

— Un spectacle de flamenco ? lut-il. Près des docks ?

Incrédule, il chercha à comprendre pourquoi il se retrouvait avec ce papier qui ne lui était clairement pas adressé. À moins que... Il retourna la feuille, espérant trouver un sens à tout cela.

— Le garçon, vous a-t-il donné son nom ?

— Non, et j'avoue ne pas avoir pensé à lui demander. Il est entré et a annoncé tout de go qu'il désirait vous laisser ce papier, puis il est reparti aussi vite.

Soudain, il se souvint du petit voleur qui avait tenté de lui faire les poches lors de sa dernière venue. Il lui avait parlé d'Eilinn, espérant vaguement que le garçonnet la connaîtrait et pourrait le guider jusqu'à elle. Était-ce ce qu'il tentait de faire avec ce prospectus ou était-ce une ruse pour le dépouiller ?

— Merci ! dit-il en partant enfin.

L'air devenait irrespirable à mesure qu'il comprenait que son avenir était des plus sombre. N'aurait-il pas été préférable qu'il laisse Eilinn tranquille ? Comment savoir si sa vie ne serait pas mieux loin de lui ?

Dans un *théâtre*, par exemple ! ricana sa conscience.

Combien de fois s'était-il rendu dans ce genre d'endroit pour séduire une femme en échange de quelques pièces et de belles promesses ? Il avait noyé son chagrin dans des lits que d'autres hommes avaient aussi marqués de leurs odeurs, puis il s'était engagé en comprenant que cela ne changerait rien au sentiment de trahison et de perte qui lui vrillait les entrailles.

Non, il se devait de découvrir où elle était et de la mettre à l'abri. Peut-être pourrait-il demander à Sackville de l'accueillir pour lui donner une chance de contracter un mariage convenable dans quelques années. Quel piètre tuteur il faisait à vouloir déjà se défaire d'elle alors qu'il ne l'avait pas encore retrouvée !

Et que faire de cette piste ? En était-ce seulement une ?

Il rangea le papier dans la poche de sa veste et rentra chez lui. Sa jambe peinait à le maintenir debout, sa mâchoire était crispée sous l'effet de la douleur, mais il ne s'y arrêta pas. Non, il préféra demander à ce qu'on lui procure des vêtements qui n'attireraient pas l'attention sur les docks. Il missionna une bonne pour qu'elle lui trouve la canne la plus robuste et la plus rustique des environs et ordonna qu'on lui serve son dîner plus tôt.

Pendant que la maisonnée était en effervescence suite aux demandes du maître des lieux, il s'enferma dans sa chambre et se badigeonna la cuisse d'une décoction qui faisait des miracles sur ses muscles endoloris. Tandis que tout le monde s'activait, il observa le prospectus plus en détail. Un théâtre proposait visiblement un spectacle de « flamenco ». Le terme ne lui disait rien. Peut-être était-ce une danse venue de la péninsule ibérique ?

Avec l'arrivée d'Isabelle II au pouvoir à la mort de Ferdinand VII quatre ans auparavant, l'Espagne vivait une période troublée. Alastar se souvenait avoir entendu parler de voix qui commençaient à se lever contre le règne de cette femme peu portée sur la politique. À la recherche d'une vie meilleure, des Espagnols arrivaient en toute discrétion sur le sol britannique.

Devait-il pour autant penser qu'il y avait un lien avec la vente d'enfants ?

Trois heures plus tard, vêtu de vieux vêtements destinés à ne pas attirer l'attention sur lui, il monta dans une voiture louée pour l'occasion. Il se rendit dans les bas quartiers et continua son chemin à pied. Il naviguait entre les hommes déjà fortement imbibés d'une odeur d'alcool et les femmes aux parfums entêtants. Il déclina plusieurs invitations tarifées et continua jusqu'à ce théâtre mentionné sur le prospectus.

Une musique au rythme inconnu emplissait l'air, et une femme dansait sur scène dans une tenue qui n'était pas sans rappeler celle du dessin. La sensualité de ses gestes réveilla en lui une curiosité mêlée de désir qui le détourna un instant de son objectif. Leurs regards se soudèrent un instant, puis se détachèrent. Comme une femme qui met son amant au défi de la rejoindre, de reprendre leur combat intime… Elle leva sa jupe, assez pour révéler ses pieds chaussés de pantoufles noires dont le bruit sur le parquet marquait le rythme de la guitare.

Quand elle eut dévoilé ses chevilles, Lord Boyle se détourna. Pas que le spectacle lui déplaisait, loin de là ! C'était l'idée qui venait de s'inviter à ce délicieux ballet qui le troublait. Pourquoi avait-il pensé à Mlle Jones ? L'image de la jeune femme, dansant les cheveux détachés, à l'image de cette artiste captivant la foule d'hommes à ses pieds, le décontenança.

Ce matin, il avait ri quand Lord Pembrook avait sous-entendu qu'il lui faisait la cour.

— Au dîner de Lady Sackville, tout le monde vous a bien vu la poursuivre de vos assiduités ! avait ricané le noble.

Il souhaitait juste savoir si elle avait appris quelque chose de nouveau et n'avait pas eu la patience d'attendre que la duchesse ait fini d'accueillir tous ses invités pour l'interroger. Et maintenant, il l'imaginait dans une tenue et une attitude qui auraient fait pâlir sa tutrice.

Convaincu que ce n'était ni l'heure ni le moment de se laisser divertir par de telles pensées, il étudia la pièce et les personnes présentes.

Assis autour de tables qui avaient certainement connu des jours meilleurs au siècle dernier, des hommes ne quittaient pas des yeux la danseuse qui tapait du pied à une allure de plus en plus soutenue. Le son lui rappela le bruit de la cavalerie chargeant sur un champ de bataille, et la musique s'apparentait à ces cris que les blessés ne pouvaient s'empêcher de pousser en attendant de l'aide ou la mort. Lui-même avait mêlé sa voix aux autres…

Il secoua la tête et se concentra sur un marin à la mine patibulaire qui, contrairement aux autres, ne regardait pas la scène. Son attention était entièrement tournée vers un coin, près de ce qui ressemblait à une porte de sortie. Visiblement l'établissement possédait plusieurs entrées, ce qui pourrait compliquer les choses s'il venait à repérer quelqu'un.

Ne comprenant pas ce qu'il pouvait y avoir d'intéressant au point que cet homme néglige le spectacle de deux magnifiques chevilles et d'un décolleté bien plus échancré que les mœurs le conseillaient, Lord Boyle étudia les personnes se trouvant près de cette autre porte.

La première était certainement une habituée, ou la femme du propriétaire. Elle jetait des regards torves vers la scène, mais gardait toute son attention sur les spectateurs. D'un geste ferme, elle posa la main sur une épaule pour inviter son client à rester sagement assis à sa place. Oui, elle dégageait une telle autorité que le bon fonctionnement de cet établissement était de son fait.

La seconde était un jeune homme dont les vêtements étaient bien trop grands pour lui. La casquette bien enfoncée sur la tête, il contemplait la danseuse qui avait été rejointe par trois autres. Si leurs robes avaient la même coupe, les couleurs différaient. Il s'apprêtait à détourner le regard quand l'expression médusée et la rougeur qui se répandit sur les joues du garçon le glacèrent.

*Non, ça ne pouvait pas...*

D'une main lasse, il se frotta le visage et observa de nouveau le profil. S'il pouvait voir ses yeux, alors il pourrait... Soudain, alors qu'il se tordait le cou pour mieux la distinguer, sa cible se redressa, foudroyée. Que se passait-il ? Curieux, il regarda partout et aperçut quelqu'un fuyant entre les tables. Le garçon s'élança à sa poursuite, manquant de le bousculer quand il passa à ses côtés.

Le doute n'était désormais plus permis : Mlle Jones était ici. Dans une tenue inappropriée. Aussitôt, il lui emboîta le pas. Sa jambe lui rappela rapidement qu'il ne pouvait commettre telle folie, mais il ne s'arrêta pas pour autant. Il les suivit aussi vite que possible et fut rassuré de la voir au loin tenant l'enfant par la manche. Elle s'accroupit pour être à sa hauteur et le serra contre elle avec toute cette affection dont elle semblait déborder.

Le tableau qu'ils formaient tous les deux était touchant, et l'aurait été bien plus encore si la jeune femme avait porté une de ses robes simples qu'elle affectionnait tant quand elle se rendait à l'orphelinat. Il préférait la première dans laquelle il l'avait vue alors qu'elle faisait irruption chez les Sackville pour annoncer qu'Eilinn avait disparu.

Eilinn. Sa nièce.

À un pas trop mesuré, il les rejoignit. Le temps qu'il avait perdu à les admirer ne lui permit pas de rattraper l'homme qui courait vers les deux autres. Il ne put qu'assister impuissant à la suite. À cet enfant arraché de bras aimants. À cette femme poussée avec force dans la Tamise.

# 9

Avait-elle rêvé ? Se pouvait-il que ce ne soit pas Lord Boyle qui se tenait près de la porte de ce théâtre ? Tâchant de se répéter qu'un comte n'avait rien à faire dans un tel lieu, elle courut derrière Colin qui ne semblait pas désireux de lui parler. Très bien, il pouvait chercher à la distancer, elle avait suffisamment de volonté pour le suivre, et l'arrêter si possible.

Il était hors de question qu'elle rentre bredouille chez les Skelmersdale après avoir tenté le tout pour le tout en enfilant ces guenilles dont l'odeur lui soulevait le cœur. Et que dire de la rugosité des tissus ! Ce soir, pour la première fois de sa vie, elle avait mesuré à quel point elle pouvait être superficielle, parce que jamais au grand jamais elle n'accepterait de porter pareille chose de nouveau.

Ses cuisses la faisaient souffrir tant par l'effort qu'elle leur demandait que par le frottement du pantalon. Si elle s'était émerveillée de la liberté de mouvement qu'offrait une telle tenue, elle avait vite compris également que sa peau était trop délicate. Les hommes qui répétaient que ce n'étaient pas des vêtements adéquats, avaient-ils raison et fondaient-ils leurs remarques sur des faits connus et reconnus comme la sensibilité de la chair ?

Soudain, sa main saisit le poignet de Colin, et la course s'arrêta là. Les poumons en feu, elle s'accroupit pour reprendre son souffle et serrer le garçonnet contre elle.

— Comme je suis heureuse de t'avoir retrouvé ! murmura-t-elle.

— Vous ne devriez pas être là, m'demoiselle Lou !

— Je te cherchais ! J'ai été si peinée quand mère Kathleen m'a dit que tu avais fugué.

Il renifla dédaigneusement tout en répétant plusieurs fois le mot « fugué » avec de plus en plus d'aigreur. Avait-elle eu raison de penser que la religieuse vendait les enfants ? Que devenaient-ils ? Était-il raisonnable d'espérer les retrouver tous ?

À contrecœur, elle s'écarta pour observer le visage du garçon. Ses traits étaient plus émaciés, signe que la vie était dure loin de l'orphelinat.

— Peux-tu me dire où est Eilinn ?

— Eilinn ? répéta-t-il.

— Elle a fugué à son tour, déclara-t-elle en reprenant à dessein le mot qui l'avait fait réagir.

Il secoua la tête avant de se pétrifier. Réalisant que Colin était maintenant effrayé, elle se releva et s'apprêtait à l'emmener avec elle quand deux choses se produisirent de manière presque simultanée. Alors que le garçon lui était arraché des mains, quelqu'un la poussait sans ménagement en arrière. Dans un éclair de lucidité, elle se rendit compte qu'elle était trop près de l'eau. La Tamise l'avait toujours rebutée, tant par les histoires que sa tutrice se faisait une joie de lui conter que par l'odeur qui lui était montée aux narines à son arrivée un peu plus tôt.

— Lou !

Ce fut le dernier son qu'elle entendit avant d'être totalement plongée dans l'eau sale. Elle s'attendit à ce que ses jupons s'enroulent autour de ses jambes et l'entraînent vers le fond, puis elle se rappela que sa tenue était plus légère. Dans un sursaut, elle agita les bras et les jambes, tentant de rester à la surface.

Qu'aurait-elle donné pour savoir nager ! Si elle avait un jour des enfants, elle leur apprendrait. Et elle aussi apprendrait au passage ! Il était hors de question pour elle de mourir de la sorte. Redoublant de volonté, elle réussit à se rapprocher du bord, mais ne parvint pas à se hisser sur les quais. Par deux fois, elle retomba dans la Tamise, avalant de l'eau malgré elle.

— Au sec…

Une vague la percuta, la privant d'air. Son corps s'engourdissait à cause des températures basses et des efforts qu'elle fournissait en vain. La panique commençait à l'envahir quand une corde apparut ainsi que le visage du comte.

— Attrapez-la ! lui ordonna-t-il.

À bout de force, elle s'y accrocha avec un désespoir croissant.

— Enroulez-la autour de vos mains, sinon nous n'y arriverons pas !

Ravalant avec peine une remarque acide qui ne lui était pas coutumière, elle s'exécuta et obéit à tous les conseils prodigués par le comte d'une voix autoritaire. Dès qu'elle le put, elle se glissa sur le quai et finit seule de remonter. Allongée sur le dos, elle fixa le ciel et remercia sa bonne étoile de l'avoir tirée de ce mauvais pas.

— Pensez-vous m'expliquer un jour la raison de votre présence ? demanda Lord Boyle en récupérant la canne qu'il avait posée contre des caisses.

— Je tenais à apprendre la dernière danse à la mode, déclara-t-elle en fermant les yeux.

— Vous passez trop de temps avec Lady Sackville. Son sarcasme rejaillit sur vous.

— Ou peut-être est-ce la société dans son ensemble qui me pousse à me montrer cynique…

— Aurai-je au moins droit à un merci ? s'enquit-il.

— Merci, Lord Boyle.

— Ah, voici le retour de ce ton soumis auquel vous avez habitué tout le monde, répliqua-t-il. Maintenant que les choses sont revenues dans l'ordre, peut-être daignerez-vous reprendre une attitude convenable.

— Avez-vous l'intention d'oublier notre rencontre ?

— Bien sûr que non ! Et j'exige de votre part des explications !

— Que je n'ai pas à vous fournir, dit-elle en se relevant avec difficulté.

Une fois debout, ses jambes menacèrent de céder. Ce furent

les réflexes du comte qui lui évitèrent une chute ridicule et douloureuse. La retenant par les épaules, il l'attira contre lui tandis qu'il veillait lui-même à ne pas perdre l'équilibre. Aussitôt, une chaleur traîtresse se répandit dans son corps. Étourdie par la sensation de ce corps ferme contre lequel elle était pressée, elle s'écarta à contrecœur.

Encore une fois, elle privilégiait la bienséance, mais qui lui reprocherait vu l'indécence de leur position ?

— Pardon, dit-elle. Je suis désolée. Vos vêtements sont trempés.

Elle tremblait de tous ses membres et resserra ses bras autour d'elle.

— Je vais vous raccompagner chez vous, que vous puissiez vous réchauffer.

— Il me tarde de voir l'expression de mes tuteurs quand vous aurez commis pareille folie ! se moqua-t-elle alors que l'hystérie grondait en elle.

— Ce bain dans la Tamise n'a pas été bénéfique à vos nerfs.

— Et je ne pense pas que ce soient les seuls à qui cela ne bénéficie pas !

Réalisant qu'elle parlait à un pair du royaume et à un héros de guerre, elle baissa les yeux et inspira un grand coup. L'odeur de sa tenue l'avait rendue malade une partie de la soirée, mais les effluves nauséabonds qui émanaient désormais d'elle menaçaient d'être difficiles à éliminer.

— La baronne va m'envoyer dès demain dans le Wiltshire !

— Pourquoi dites-vous ça ? Qui vous reprocherait d'être seule avec un homme, vêtue comme un homme, dans un quartier presque exclusivement masculin ?

— Vous passez trop de temps avec Lord Sackville, son sarcasme rejaillit sur vous, répliqua-t-elle dans un dernier sursaut de rébellion.

— Entre nous, je pense que c'est votre sens de $1a repartie qui achèvera Lady Skelmersdale.

Elle acquiesça, l'esprit ailleurs. Sa soirée avait été perdue, gâchée par l'arrivée inopinée de quelqu'un dans son dos. Si elle avait parlé plus longuement à Colin, peut-être en aurait-elle appris davantage sur ces disparitions. En revanche, elle doutait de découvrir quoi que ce soit au sujet d'Eilinn.

— Mademoiselle Jones !

Surprise, elle se retourna vers le comte qui la regardait avec une pointe d'inquiétude. Non, cet homme à l'abord froid et à l'aura impressionnante ne pouvait se sentir concerné par autre chose que son titre et sa nièce par extension. En y réfléchissant, il pourrait être agréable à regarder s'il prenait le temps de sourire...

— Mademoiselle Jones ! répéta-t-il en la saisissant par les épaules.

Il la secoua gentiment avant d'y aller plus franchement.

— Pouvez-vous me dire ce que vous cherchez à faire ? demanda-t-elle.

Relevant le menton pour plonger son regard dans celui de Lord Boyle, elle se surprit à le trouver beau. Parbleu, que lui arrivait-il donc ?

— Voilà plusieurs fois que je vous appelle, et vous restez là, sans réaction.

— Je dressais le bilan de ce que j'ai appris ce soir.

— Puis-je espérer un dénouement heureux ? s'enquit-il.

— Non, parce que Colin n'a pas eu le temps de me raconter quoi que ce soit. La seule chose dont je suis persuadée, c'est qu'il n'a pas fugué vu sa réaction quand j'en ai parlé. Et pour Eilinn, il n'était visiblement pas au courant.

— En conclusion, vous avez risqué votre réputation, votre vie et la mienne, pour rien.

— Comme je ne vous ai jamais demandé de m'accompagner ici, et que vous êtes venu de votre propre initiative, je ne pense pas avoir risqué votre vie.

Surprise par sa propre témérité, Louisa pinça les lèvres et resserra ses bras autour d'elle.

— Au fait, pourquoi êtes-vous là ?

— Nous devrions vous ramener à l'intérieur.

Elle se redressa, ne comprenant pas l'intérêt de retourner dans le théâtre. Les hommes là-bas auraient tôt fait de découvrir que son sexe lui interdisait les lieux.

— Si vous désirez continuer à admirer la danseuse, je vais pour ma part chercher un moyen de rentrer chez les Skelmersdale.

— Je vais vous conduire chez les Sackville. Vous tremblez, et je soupçonne la duchesse d'avoir plus d'un tour dans son sac pour que toute cette affaire ne s'ébruite pas.

Concédant qu'ils avaient besoin d'aide, elle le suivit tandis qu'il prenait une rue à peine éclairée. Au loin, le bruit d'un fracas de verre la poussa à accélérer pour se tenir au même niveau du comte. Ce dernier paraissait imperméable aux odeurs, aux bruits et à l'ambiance glauque créée par les différents tas d'immondices placés çà et là sur leur chemin.

Un nouveau frisson la secoua, l'alarmant sur son état de santé les prochains jours. Comment pourrait-elle justifier une pneumonie ou une angine de poitrine sans expliquer son plongeon dans la Tamise ? Et encore, seules ces deux maladies lui venaient à l'esprit, mais les eaux du fleuve recélaient bien d'autres mystères...

Ils débouchèrent enfin sur une rue où quelques lampadaires répandaient une douce lumière. Au loin, un homme attendait à côté d'une voiture sans blason ni signe distinctif.

— Monsieur, salua-t-il le comte avant de se tourner vers elle. Madame.

Pas de haussement de sourcils ni de marque de mécontentement. À croire qu'il était normal de voir une femme ainsi vêtue et trempée à une heure aussi tardive en compagnie d'un homme qui n'était pas son mari.

*Il me prend pour une dévergondée !*

Si le terme en lui-même avait toujours paru inoffensif aux yeux de Louisa, elle savait très bien qu'une fois associé à une femme il prenait des connotations terribles et mettait en péril son avenir.

Assise dans la voiture à l'abri du vent qui la glaçait jusqu'à l'os et du regard des autres, elle cacha son visage dans ses mains.

Que lui était-il donc passé par la tête pour qu'elle traverse la ville et vienne se perdre sur les docks ? Elle aurait dû en parler à la duchesse qui aurait transmis le message au comte. Voilà ce qu'une personne censée aurait fait au lieu de foncer tête baissée ! Pouvait-elle encore espérer que cette histoire ne parvienne pas aux oreilles de la baronne ?

Lord Boyle gardait un œil sur la jeune femme qui avait cessé de trembler, mais de laquelle émanait une odeur pestilentielle. Et dire qu'il la comparait souvent à une poupée de porcelaine ! Son parfum actuel le poussait à revoir son avis sur la question. Et sa décision irréfléchie ! Il ne l'aurait jamais cru capable de braver les bonnes mœurs, ses tuteurs et tout ce qu'il était bien en peine de lister tant elle avait enfreint les règles de la bonne société.

« Ou peut-être est-ce la société dans son ensemble qui me pousse à me montrer cynique »...

Il mesurait chaque jour à quel point cette assertion était vraie. L'entendre de la bouche charnue de Mlle Jones avait réveillé quelque chose en lui, un intérêt qu'il avait longtemps cru mort. Derrière son apparence policée, la jeune femme se révélait bien moins creuse que ses contemporaines.

— Pensez-vous que le baron de Skelmersdale va m'envoyer dans un couvent ?

Elle avait posé la question sans sortir son visage de sa cachette. Peut-être avait-elle l'impression que tout cela n'était pas en train d'avoir lieu, qu'il n'était pas à ses côtés... Cela le froissa, mais il préféra répondre le plus honnêtement possible :

— Pas si nous parvenons à dissimuler votre petite sortie nocturne.

Il détourna le regard, avisant par la fenêtre qu'ils n'étaient plus qu'à quelques minutes de la demeure des Sackville.

— La baronne, quant à elle, sauterait sur l'occasion, murmura-t-elle.

— Non, elle devrait alors expliquer pourquoi la coqueluche

des salons a disparu, et le scandale rejaillirait sur elle et ses charmantes filles.

— Abigail est adorable.

Surpris qu'elle puisse se montrer aussi attachée à une jeune femme qui paraissait quant à elle ne pas lui porter attention, il l'observa discrètement avant de répliquer :

— Mais elle ne semble pas être la priorité de sa mère.

Délicatement, elle hocha la tête. Une mèche de cheveux glissa sur sa joue. L'intimité de cette scène lui réchauffa le cœur. Brusquement, en cette nuit froide, quelque chose battit de nouveau dans son torse.

— La baronne veut que Felicity soit mariée en premier puisqu'elle est l'aînée.

Se souvenant avec justesse de la remarque qu'il s'était faite la veille au dîner des Sackville quant à la ressemblance entre le baron et Mlle Jones, il osa l'interroger sans se soucier des usages :

— Et vous ?

— Je ne comprends pas.

— La baronne compte-t-elle suivre l'ordre de naissance ou cherchera-t-elle à vous marier dès que possible ?

En cet instant, il aurait été bien incapable de déterminer si la perspective qu'elle se marie avec n'importe quel homme le contrariait plus que l'idée qu'elle devienne une vieille fille. Repoussant ce débat pour plus tard, il se concentra sur elle et sa réponse.

— Il est uniquement question de ses filles, rappela-t-elle avec une pointe d'incrédulité. Elle m'a expliqué qu'elle souhaitait que Felicity se fiance en premier puisqu'elle a déjà fait trois saisons.

— Et Abigail ?

— Deux. Mais elle a uniquement parlé de Felicity...

Une lueur vacilla dans le regard de la jeune femme, et il se détesta pour cela. À cause de lui – ou grâce à lui –, elle venait de comprendre que la baronne pouvait la garder à ses côtés pendant des années et nuire à toute possibilité de signer un bon mariage.

— Donc je répète : elle ne vous enverra ni dans un couvent

ni dans le Wiltshire. Cela serait bien trop compliqué à justifier auprès de toutes ces femmes si attentionnées qui tiennent à savoir tout ce qui se cache derrière les murs de leurs concitoyens.

— C'est pourtant ce qui est prévu pour le mois de décembre, déclara Mlle Jones.

Le comte acquiesça, se rappelant vaguement avoir entendu la duchesse se plaindre du départ imminent de sa *chère amie*. La voiture commença à ralentir, puis s'arrêta totalement.

— Restez bien à l'abri ! lui ordonna-t-il. Je vais les prévenir de notre arrivée.

Il descendit aussitôt et referma la porte alors que le froid pénétrait l'habitacle. Il marcha difficilement vers la porte, sentant plus que jamais sa jambe trembler sous le poids de la douleur. Devant la porte de la demeure ducale, il hésita. Seulement il n'avait toujours pas trouvé d'autre solution que d'impliquer son ami et sa femme.

Après avoir frappé avec le heurtoir, il patienta jusqu'à l'arrivée du majordome.

— Bonsoir, monsieur le comte ! Le duc et la duchesse n'attendent pas de visite.

— Et je ne m'attendais pas à leur rendre visite…

Il sourit un bref instant, comprenant qu'il allait devoir faire preuve de ruse pour que son ami comprenne que l'heure était grave. Après un instant de réflexion, il déclara avec fermeté :

— Dites au duc que j'ai retrouvé mon neveu !

Le domestique hocha la tête et le laissa entrer. Il l'installa dans un petit salon dont la cheminée était éteinte, signe que le couple ne pensait pas avoir du monde ce soir. Et vu l'heure, il était presque étonnant qu'ils soient encore debout… Nerveux, le comte se posta devant un tableau représentant un cheval ruant dans une prairie fleurie. Loin d'avoir l'âme artistique, il songea à l'Irlande qui lui manquait affreusement. Au travail qu'il devrait accomplir pour ses métayers, pour son domaine et enfin pour sa nièce s'il réussissait à mettre la main dessus.

— Boyle ! s'exclama le duc de Dorset. Que se passe-t-il ?

Il portait encore son costume de ville, mais son col était plus lâche que la mode ne le dictait. À sa suite, Lady Sackville entra dans une robe de maison modeste qui rappela à Alastar qu'elle avait passé plusieurs semaines en Écosse à trimer dans des champs.

Tous deux paraissaient intrigués par la présence de leur ami à une heure aussi tardive, et par un autre détail :

— Un neveu ?

Dès qu'ils furent seuls tous les trois, le comte soupira :

— Nous allons avoir besoin de votre aide.

# 10

Lorsque Louisa apparut sur le seuil du salon, l'expression profondément choquée de la duchesse l'acheva. Dans quel pétrin s'était-elle fourrée ? Et pourquoi son cœur se serrait-il à l'idée de l'avoir déçue ? À quel moment l'opinion de Lady Sackville sur elle était devenue si importante ?

D'une main nerveuse, elle repoussa ses cheveux mouillés et poisseux vers l'arrière. Retenant une moue de dégoût, elle redressa les épaules et attendit le verdict, le lynchage ou encore les témoignages de soutien. Elle n'avait pas prévu pour autant toutes les possibilités. Elle était loin de s'imaginer que le duc afficherait son amusement tandis que sa femme taperait dans ses mains avec la même excitation qu'une enfant découvrant ses cadeaux au matin de Noël.

— Je pressens une histoire fabuleuse derrière cet état des plus calamiteux, s'exclama cette dernière.

— Merci, dit Louisa, indécise sur la conduite à suivre.

— Venez, je vais vous faire préparer un bain dans ma chambre. Rose vous trouvera une robe pour que votre tutrice ne s'étouffe pas en vous découvrant dans cette tenue sur le pas de sa porte.

— Je ne sais pas si me trouver en dehors de ma chambre à cette heure, et alors que je suis montée me coucher dès mon dîner terminé, ne risque pas de lui provoquer quelques palpitations.

— Mais non ! répliqua la duchesse. Nous trouverons une excuse pour couvrir tout cela. Venez, que je vous montre ma chambre !

— Surtout prenez soin de ne pas abîmer son édredon ! déclara le duc.

Son sourire en coin laissait deviner une explication embarrassante ou encore privée que Louisa ne préféra pas approfondir. Un bain était une alternative fabuleuse à laquelle elle n'aurait pas aspiré si tôt. Lady Sackville secoua la tête, mais son visage était loin d'afficher de la réprobation. Non, elle semblait heureuse.

*Connaîtrai-je cela un jour ?*

Les paroles du comte dans la voiture ne cessaient de la tourmenter. La baronne avait en effet insisté pour que Felicity se marie en premier, mais elle ? Devrait-elle attendre que les deux filles de la famille soient installées pour espérer quitter ses tuteurs ?

— Rose, vous voilà !

— Madame la duchesse...

La cameriste n'ajouta pas un mot en voyant qui l'accompagnait et dans quel accoutrement. Là encore, il n'y eut aucun mouvement de recul ou de réprobation. C'était à croire que son apparence n'avait rien de choquant.

— Il nous faudrait un bain bien chaud et tout le nécessaire pour décrasser Mlle Jones.

La domestique partit sans demander son reste. De nouveau en tête à tête avec la duchesse, Louisa ne savait que dire et que faire.

— Que j'aurais aimé venir avec vous !

— Votre mari n'aurait pas apprécié, répliqua-t-elle. Votre rang ne vous permet pas telle folie.

Lady Sackville rit doucement avant de secouer la tête.

— Peut-être, mais je ne doute pas que votre tenue est liée à une quelconque enquête pour retrouver nos petits orphelins.

Louisa ouvrit la bouche pour tout lui conter, mais elle fut interrompue.

— Non, vous nous expliquerez tout en redescendant. Nul besoin de répéter les choses dix fois !

— Merci, Votre...

— Si vous finissez votre phrase, je vous fais manger le pain de savon ! Je vous rappelle que nous sommes entre nous et que vous devez m'appeler Thea.

Remarquant l'ironie de la scène entre sa tenue volée à un garçon d'écurie et la duchesse devant elle qui la priait d'utiliser son prénom, Mlle Jones acquiesça.

— J'aurais néanmoins une question. Avez-vous retrouvé Eilinn ?

— Malheureusement, non.

Deux valets entrèrent après en avoir reçu l'autorisation. Ils installèrent une baignoire tandis qu'un troisième versait un seau d'eau chaude dedans.

— Je vais vous laisser entre les mains de Rose. Elle est de toute confiance et devrait pouvoir remédier à l'odeur.

— Je l'espère de tout mon cœur !

Les deux jeunes femmes se sourirent avant que la duchesse ne quitte la pièce. Laissée seule dans une pièce richement meublée, Louisa se sentit en décalage. Comme souvent depuis qu'elle était arrivée chez les Skelmersdale, elle se demandait ce qu'elle faisait là. Pourquoi la mort de sa mère chérie l'avait-elle conduite à pénétrer le monde nébuleux de l'aristocratie anglaise ? Les questions du comte un peu plus tôt dans la voiture lui revinrent. Savait-il la raison de tout cela ?

— Mademoiselle Jones ?

Rose l'observait, attendant qu'elle donne le départ pour le bain.

— Pardon.

Gênée d'être ainsi observée, elle tourna le dos à la domestique et ôta la veste qui tomba au sol en un bruit qui la fit grimacer. Elle défit chaussures et pantalon, se retrouvant vêtue uniquement de la chemise. Une fois que cette dernière eut rejoint le reste des vêtements, elle dénoua le linge qu'elle avait utilisé pour comprimer sa poitrine. Respirant à nouveau librement, elle se plongea avec délectation dans l'eau.

Une sensation de piqûre parcourut sa peau, réaction normale entre son corps si froid d'avoir été plongé dans la Tamise et le bain si chaud. Consciente qu'elle ne pouvait paresser, elle prit un tissu et se frotta énergiquement les bras. Dans son dos,

Rose s'occupait de ses cheveux, la prévenant quand elle devait fermer les yeux.

Une demi-heure plus tard, Louisa était habillée d'une robe de promenade des plus simple mais qui n'était pas sans convenir à sa carnation très claire, ses cheveux châtains et... Réalisant que ses taches de rousseur devaient apparaître fièrement sur son nez et ses pommettes, elle songea à fouiller dans les produits de la duchesse pour trouver une crème qui les dissimulerait de nouveau.

Et elle l'aurait certainement fait si Rose n'était pas demeurée avec elle jusqu'au bout et attendait qu'elle redescende pour nettoyer la chambre de sa maîtresse. Curieuse, la jeune femme observa une nouvelle fois le mobilier et les tableaux. Néanmoins, ce qui retint le plus son attention fut l'édredon. Pourquoi le duc l'avait-il mentionné ? Ses joues s'échauffèrent. Non, il ne pouvait pas... C'était indécent !

Ravalant sa salive, elle quitta la pièce avec plus d'empressement que prévu. Elle longea le couloir jusqu'à l'escalier et retrouva les trois autres dans le salon. Assis autour d'une petite table sur laquelle avaient été déposés des verres et des assiettes remplies de petits sandwichs alléchants, ils ne remarquèrent pas tout de suite sa présence.

— Comptez-vous dîner chez ma tante demain, Boyle ? demanda le duc d'un air nonchalant.

— Je ne manquerai un repas chez Lady Eckhart pour rien au monde !

Avec un petit sourire en coin qui dénotait une plaisanterie que seuls les deux hommes pouvaient comprendre, le comte porta son verre à sa bouche et croisa enfin le regard de Louisa. Son expression perdit toute chaleur, comme si sa présence n'était pas désirée. Blessée dans son amour-propre, la jeune femme fit un pas supplémentaire dans la pièce.

— Vous êtes enfin là ! s'exclama la duchesse en venant la rejoindre.

Celle-ci lui prit les mains et les serra avec une affection évidente.

Depuis leur rencontre dans le Merseyside, Lady Sackville, qui à l'époque était encore Mlle Winston, avait décrété qu'elles seraient amies. Et cela aurait pu être vrai si leur différence sociale ne s'en était pas trouvée encore plus grande après le mariage de cette dernière avec le duc de Dorset.

— Mon époux, dans sa grande bonté d'âme, et par pur autoritarisme ducal, a décidé que nous devions vous attendre pour discuter de la raison de votre présence ici à tous les deux.

— Nous n'aurons pas à nous répéter, se défendit celui-ci.

Lady Sackville balaya son argument d'un geste de la main et entraîna Louisa jusqu'à un fauteuil vide, en face de Lord Boyle.

— Désirez-vous du thé avant que ma charmante épouse déchaîne les dieux de l'inquisition contre vous ?

— S'il vous plaît, dit-elle en rougissant.

Pour la première fois depuis son introduction dans la bonne société, elle se retrouvait livrée à elle-même sans le masque de cette crème qui avait le don de cacher ses taches de rousseur, mais aussi le teint de ses joues. Les trois autres allaient mesurer à quel point ils l'intimidaient et percevoir l'étendue de son manque d'assurance.

Se retenant de relever les yeux, elle accepta la tasse de thé qui lui était proposée et en but une gorgée. Le liquide finit de la réchauffer sans pour autant lui faire oublier où elle se trouvait.

— Il ne faut pas que je tarde...

— J'ai songé à vous raccompagner, déclara la duchesse. La baronne n'osera pas s'en prendre à vous pour être venue me tenir compagnie ce soir. Figurez-vous que je me sentais au plus mal dans cette grande maison vide...

— Si on oublie les domestiques, et accessoirement son mari, ajouta le duc avec sarcasme.

— Nous n'aurons pas vu l'heure et, pour ne pas vous causer de problèmes, j'expliquerai tout cela à la baronne.

— Il me tarde de savoir comment vous allez justifier son départ, répliqua son mari.

— Vous manquez cruellement d'imagination, mon cher !

En entendant une voiture dans la rue, elle se sera postée à la fenêtre. Après m'avoir reconnue, elle m'aura rejointe et suivie…

Abasourdie par l'histoire que la duchesse avait montée de toutes pièces pendant qu'elle se lavait à l'étage supérieur, Louisa observa la réaction des deux hommes. Si l'un paraissait affreusement fier de son épouse, le second restait muré dans une attitude froide et distante.

— Et pour la robe ?

— Je peux être d'une maladresse ! s'exclama Lady Sackville en portant une de ses mains à sa bouche. Moi qui tenais tant à vous faire goûter du café tout droit venu des colonies, voilà que j'en ai abîmé votre robe.

Elle marqua une pause avant de reprendre :

— Oh ! elle est bonne à jeter ! Comme je suis navrée ! Je la ferai changer dès que possible !

Satisfaite de sa prestation, la duchesse mima une révérence sans quitter son fauteuil.

— Mais aucune robe n'aura disparu de mon dressing, lui rappela Louisa.

— Demain, lorsque je viendrais vous rejoindre pour aller faire du shopping, vous me rendrez ma robe et celle de votre choix…

— Du shopping…

— Mademoiselle Jones, je ne sais pas si je devrais dire cela, mais le plan de mon épouse me paraît inattaquable. Effrayant, mais inattaquable.

Cette dernière n'eut d'autre choix que d'acquiescer avant de se souvenir d'un détail :

— Et les habits que j'ai empruntés ? Je ne peux pas rentrer ce soir avec, leur odeur serait difficile à justifier. Et leur absence causerait du tort à quelqu'un.

— Le cocher les jettera dans le jardin après notre départ… Avec la pluie qui n'a de cesse de tomber ces derniers jours, nous pouvons espérer une bonne averse cette nuit.

— Et la raison de leur présence là-bas ?

— Un voleur ! déclara la duchesse. Quand toute cette histoire vous reviendra aux oreilles, vous parlerez de l'ombre que vous avez vue à notre arrivée chez les Skelmersdale.

— Vous me demandez de mentir ? s'enquit Louisa. Je crains que ce ne soit pas dans mes cordes.

— Désirez-vous qu'un de nos valets se tienne dans la rue, non loin de chez vos tuteurs ?

Comprenant que la proposition n'attendait pas de réponse, Mlle Jones but une nouvelle gorgée de son thé et médita sur le tour inattendu qu'avait pris sa soirée. Avec plusieurs heures de retard, elle mesura la stupidité de son entreprise et toutes les conséquences que cela pourrait avoir sur sa vie. Si quelqu'un l'avait reconnue ce soir… Si le comte n'avait pas été là…

— Et si vous nous racontiez, Boyle !

En voyant celui-ci détourner le regard, elle réalisa qu'ils se dévisageaient l'un l'autre depuis… Depuis combien de temps ? Embarrassée par son attitude si peu respectable, elle se redressa et se promit de ne plus faire d'entorse à l'étiquette.

— Un garçon a déposé un prospectus chez M. Cooper. Le détective privé que j'ai engagé pour rechercher ma nièce, ajouta-t-il à l'adresse de Louisa. Il était question d'un théâtre sur les docks. Je m'y suis rendu par curiosité, mais je n'ai rien trouvé là-bas. Enfin, rien, mis à part Mlle Jones habillée en homme.

Il lui adressa un sourire qu'elle ne sut interpréter.

— Et vous, mademoiselle Jones ?

— Un orphelin m'a parlé de l'endroit très succinctement, puisque mère Kathleen se montre toujours décidée à m'interdire l'accès à l'établissement. J'ai profité de la soirée et que tout le monde se soit couché tôt pour sortir discrètement.

Des images de la danseuse de flamenco s'imposèrent à son esprit. Cette danse si sensuelle avait réveillé quelque chose en elle qu'elle ne saurait nommer. Le goût d'interdit de cette promenade nocturne et les mouvements lascifs de la femme sur la scène la troublaient et menaçaient sa raison. Elle ne pouvait pas être attirée par tout cela. Elle n'avait pas été élevée pour cela. Mais qu'était-ce que ce « cela » ?

— Sur place, j'ai vu Colin. Je lui ai fait signe, discrètement, mais il s'est enfui. Alors je l'ai suivi...

— Mlle Jones est passée à côté de moi, et j'ai voulu m'assurer qu'elle ne fonçait pas droit vers un danger encore plus grand que ce théâtre rempli d'hommes avinés.

Mécontente, elle lui adressa une œillade sombre, mais préféra continuer son récit.

— J'ai réussi à l'arrêter, mais notre discussion a été très brève. Vu sa réaction, il n'a pas fugué. Il a répété le mot comme si cela était une mauvaise blague. De plus, il n'était pas au courant pour Eilinn.

Elle croisa les mains sur ses jupes, désespérée par le peu d'informations qu'elle avait à fournir.

— C'est tout ? demanda la duchesse sans cacher sa frustration.

Louisa hocha la tête tandis que le comte reprenait :

— Un homme les a rejoints avant moi. Il a poussé Mlle Jones dans la Tamise et emmené l'enfant. J'ai songé que vous m'en voudriez, Lady Sackville, s'il arrivait quelque chose à votre chère amie.

— Et vu votre tenue, vous n'avez pas plongé comme un noble et preux Highlander !

— N'est-ce pas chevalier, l'expression correcte ? s'enquit-il. Un noble et preux chevalier ?

— Boyle, ma femme ne jure que par l'Écosse, et je crains que ma promesse de l'emmener au printemps dans le clan des MacArty n'arrange rien à cet état de fait.

— Il m'a lancé une corde, déclara Louisa. Et nous voici maintenant chez vous.

— Sans un indice sur la suite à donner, ajouta le comte de Cork.

— Peut-être que nous pourrions nous y rendre demain dans la journée, proposa la duchesse. Colin me connaît et sera plus enclin à me faire confiance que si vous vous présentez à lui, Lord Boyle.

— Ma chère, j'ai de nombreux rendez-vous demain. Je crains qu'il ne faille reporter cette expédition.

— À après-demain ? Nous pourrions y aller le soir pour que je découvre le spectacle de... De quoi était-il question ? Une pièce de théâtre moderne ? Des récitations de poèmes ?

La gêne de Louisa lui interdit de répondre, mais tout le monde n'eut pas cette retenue :

— De la danse... De celles que les douairières n'accepteront jamais dans un salon de la haute société.

Le silence qui tomba dans la pièce permit à chacun de réfléchir à tout cela, surtout à Louisa qui était dorénavant convaincue que les prochains jours seraient décisifs. Si aucun scandale ne venait entacher sa réputation pendant ce court laps de temps, elle resterait la pupille bien sage des Skelmersdale, celle qui est souriante, calme et discrète. Plus aucune sortie sans un chaperon !

— Mademoiselle Jones, il est temps pour moi de vous raccompagner, déclara la duchesse en se levant.

Elle tira sur un cordon, et peu après une bonne arriva et fut chargée de prévenir le cocher.

Avec délicatesse, Louisa quitta son siège et fit mine de remettre convenablement la jupe de sa robe. Malgré son envie de retrouver sa chambre pour réduire les risques de voir des rumeurs naître sur cette soirée, elle peinait à saluer les deux hommes qui étaient toujours plongés dans leurs pensées.

Pour être honnête, elle aurait aimé continuer cette conversation où son avis était pris en compte. Son regard rencontra celui de Lord Boyle, et une petite voix lui souffla qu'elle souhaitait aussi rester à cause de lui et de l'effet qu'il produisait sur elle.

— Bonne nuit, mademoiselle Jones, déclara-t-il.

Sa voix habituellement sèche et départie de toute chaleur parut exceptionnellement douce aux oreilles de la jeune femme. Rendue soudain timide à outrance, elle ne put que lui adresser un hochement de tête accompagné d'un sourire.

Que ressentirait-elle en parlant avec cet homme sans se soucier de l'heure et des convenances ? Du bien, assurément.

— Mademoiselle Jones, nous allons pouvoir y aller, la prévint la duchesse. Messieurs, je vous dis à bientôt.

Son mari la salua chaleureusement, tandis que le comte dévisageait Louisa. Ce dernier détourna les yeux vers l'hôtesse de maison et lui souhaita une bonne fin de soirée avec ce ton détaché qu'il avait en permanence.

Elles sortirent enfin du salon et montèrent dans la voiture où la discussion porta sur la soirée du lendemain chez Lady Eckhart à laquelle ils étaient tous invités. Il fut beaucoup question du repas et du cuisinier hors pair qui les régalait à chaque fois. La duchesse était tant sous le charme des mets raffinés qu'il proposait qu'elle continua à chanter ses louanges durant tout le trajet.

— Un jour, il nous a préparé un gâteau aux fruits des plus exquis. Il fondait sur la langue et...

Elle s'arrêta là, sans donner plus d'explications.

— Nous sommes arrivées. Êtes-vous prête ?

— Non, mais ai-je réellement le choix ? répondit Mlle Jones.

Toutes deux sortirent et marchèrent vers la porte d'entrée. Elle s'ouvrit sur le majordome qui ne cacha pas sa surprise de trouver la pupille de ses maîtres à l'extérieur de la maison. Professionnel, il les fit entrer et demanda à la duchesse d'attendre dans le salon que la baronne la rejoigne.

— Lady Sackville, quelle surprise de vous trouver ici à une heure aussi tardive ! s'exclama celle-ci d'une voix mielleuse.

Habillée d'une robe de maison des plus ordinaire et qui contrastait avec le faste des toilettes qu'elle mettait pour les différents événements où elle était invitée, elle paraissait sur le point de rejoindre son lit. Louisa ne doutait pas que cette visite impromptue de la duchesse lui serait reprochée.

— Lady Skelmersdale, figurez-vous que je vous ai kidnappé votre charmante pupille un peu plus tôt dans la soirée sans penser aux conséquences. Je tenais donc à réparer mes torts. La prochaine fois, je vous ferai prévenir comme l'imposent les règles de bienséance.

— Et j'espère que Louisa aura la décence de ne pas s'esquiver de nouveau de la maison sans m'en informer !

Le ton discourtois de la baronne n'échappa à personne.

Le mensonge, quoique peu développé pour ne pas risquer de s'emmêler dans une pluie de détails inutiles, ne semblait pas convaincant.

— Bonsoir, dit Abigail en entrant. Votre Grâce, ajouta-t-elle en esquissant une révérence. Veuillez m'excuser, je n'ai pas prévenu ma mère… Je suis remontée dans ma chambre pour déposer mon livre et j'ai bêtement été subjuguée par les découvertes sur…

— Ne me dites pas que vous lisiez encore un livre sur ces stupides animaux ! la coupa sa mère.

— Les dinosaures sont des créatures fascinantes !

— Et pensez-vous qu'ils vous aideront à trouver un mari ?

Estomaquée par la virulence de cette attaque, Louisa ouvrit la bouche sans trouver quoi répondre. Par chance, la duchesse intervint :

— Avec mon mari, nous avons de passionnantes conversations autour de la mythologie. Je vous souhaite, mademoiselle Skelmersdale, de rencontrer un homme capable de partager avec vous votre intérêt pour… les dinosaures.

— Merci, madame, dit Abigail, reconnaissante. Et encore désolée de ne pas avoir été une bonne messagère.

— Ce n'est pas grave. Peut-être pourriez-vous nous accompagner demain, pour faire les boutiques ? J'ai l'intention de remplacer la robe de Mlle Jones que j'ai ruinée ce soir avec ma maladresse légendaire.

— Nous en serions ravies, dit la baronne en retrouvant toute sa suffisance.

— Mademoiselle Skelmersdale, je me réjouis à l'idée que nous passions l'après-midi toutes les trois ! Je comptais inviter Mlle Jones dans un charmant salon de thé où les gâteaux sont de grande qualité. Me ferez-vous l'honneur de nous y accompagner également ?

— Avec joie, répondit Abigail.

— Voilà qui est décidé. Lady Skelmersdale, je viendrai chercher ces deux jeunes femmes demain en début d'après-midi.

Elle salua tout le monde et disparut dans un élégant froissement de tissu. Louisa ne se permit de sourire qu'une fois à l'abri dans sa chambre.

Cette soirée avait été riche en émotions. Le spectacle de flamenco et la sensualité de la danseuse l'avaient troublée, et non choquée comme la bienséance l'aurait voulu. Mais ce qui l'avait particulièrement touchée était l'aide qu'Abigail lui avait fournie de manière spontanée et l'attitude de Lord Boyle. Cet homme était un mystère a bien des égards, mais sa présence éveillait en elle des sensations déroutantes. Et, loin d'être la jeune fille bien élevée qu'elle pensait être, elle se surprit à rêver de lui.

# 11

Malheureusement, le lendemain, les conséquences de sa soirée agitée étaient bel et bien visibles. Le nez rouge de s'être trop mouchée, Louisa descendit au petit déjeuner et fut surprise d'y trouver le baron. En la voyant apparaître sur le pas de la porte, il posa ses couverts et se leva ainsi que la bienséance l'imposait. Seulement c'était bien la première fois qu'il se pliait à cet usage si tôt le matin.

— Bonjour, ma chère enfant ! Comment allez-vous ?

— Bonjour, monsieur ! Je crains d'avoir attrapé un petit refroidissement, mais je ne doute pas d'être en forme pour assister au repas de Lady Eckhart ce soir.

— Nous pourrions toujours vous excuser auprès de notre hôtesse si votre état nécessitait que vous restiez dans votre lit.

Elle acquiesça. Touchée par la sollicitude de son tuteur, elle se défendit néanmoins pour éviter de rester cloîtrée dans sa chambre alors que les enfants étaient toujours dans la nature. Enfin, non, pire : ils étaient dans les rues de Londres !

— J'ai entendu dire que son cuisinier était des plus raffiné, déclara-t-elle en prenant un toast. Il me tarde de savoir si tout cela est vrai.

Le baron eut un sourire amusé qui poussa la jeune femme à se demander ce qu'elle avait pu dire de si drôle.

— Ma chère, il n'est pas courant qu'une femme s'extasie sur

les compétences culinaires d'un domestique, même si celles-ci sont connues et reconnues de tous.

— Est-ce parce qu'une femme doit seulement picorer et ne pas se montrer trop gourmande ?

— En effet.

— Et en quoi est-ce si terrible que j'avoue sans aucune honte aimer les bons plats ? Une femme ne doit pas avoir d'opinion, même sur un sujet aussi trivial ?

S'essuyant les coins de la bouche avec application, et dans le but certain de gagner du temps, le baron l'étudia de sa place. Elle l'observa tandis qu'il cherchait ses mots, prêt à lui expliquer qu'une femme bien née se devait d'être aussi insipide qu'un verre d'eau.

— Il est juste malséant pour une femme de parler de... plaisirs. Et la nourriture en est un quand elle est décrite avec admiration.

— Êtes-vous en train de me dire qu'une femme ne doit pas éprouver de plaisir ?

Regrettant ses mots au moment même où ils sortaient de sa bouche, Louisa se pinça les lèvres. Comment pouvait-elle reformuler sa question pour ne pas paraître insolente et dépravée ?

— Excusez-moi, je trouve injuste de ne pouvoir m'extasier sur les talents d'un cuisinier sous prétexte que cela signifie que j'ai pris du plaisir à manger.

— La gourmandise fait partie des sept péchés capitaux, déclara-t-il d'un ton ferme. Et une femme de noble extraction ne doit céder à aucun d'eux. Quand vous serez mariée, peut-être votre mari acceptera-t-il que votre gourmandise s'exprime.

— Mais ce ne sera qu'avec son accord et dans l'intimité de notre maison, termina la jeune femme pour lui.

— Exactement.

Est-ce que le comte... Surprise de songer à lui en de telles circonstances, elle s'agita sur son siège. Ne devrait-elle pas plutôt s'interroger sur le baronnet ? Sur la liberté qu'il lui laisserait ? Bizarrement, l'idée qu'elle n'en aurait aucune s'imposa à son esprit. Il n'avait pas cherché à la garder auprès de lui, se pliant aux règles de la bonne société sans sourciller. S'il était dit quelque part qu'une femme ne pouvait éprouver de plaisir, alors il n'accepterait aucune concession. Quant à sa mère…

Mlle Jones l'avait rencontrée brièvement dans le Merseyside. Elle lui avait paru avenante, mais par des biais détournés celle-ci avait posé beaucoup de questions sur l'éducation de Louisa. À quel point son avis pesait dans les décisions ? Un homme comme Lord Boyle décidait par lui-même et… Et il était issu d'une vieille famille d'aristocrates, sans oublier qu'il s'était illustré sur les champs de bataille.

Et pourquoi comparait-elle maintenant les deux hommes ?

— Je suis désolée de vous avoir choqué avec mes propos, déclara-t-elle avec fermeté. Cela ne se reproduira plus.

— Tout comme votre sortie d'hier soir, je l'espère.

Elle sursauta, embarrassée qu'il soit au courant de sa présence dans un théâtre des bas quartiers. Comment avait-il fait ? Qui l'avait dénoncée ?

— Vous vous doutez bien que la baronne a tenu à m'informer de la visite impromptue de la duchesse, lorsque je suis rentré de mon club. Elle a tenu à me rappeler qu'il serait particulièrement malséant que quelqu'un vienne à apprendre que vous avez quitté cette maison sans qu'elle en soit informée.

Refusant de mentionner Abigail et de l'incriminer pour une faute qu'elle n'avait pas commise, la jeune femme baissa la tête. En elle pourtant bouillait une force nouvelle. Pour la première fois de sa vie, elle se retenait d'agir et de réagir. Qu'il était pénible de vivre parmi les nobles et leurs règles établies ! Bien sûr, sa mère lui avait appris à bien se tenir, mais tout avait un sens avec elle.

Ne pas se promener seule la nuit, ne pas adresser la parole à un homme inconnu, prévenir de ses déplacements et ne pas s'attarder plus que nécessaire. Tout cela s'expliquait simplement et n'avait pour but que sa sécurité. Mais de là à lui reprocher de parler de nourriture, ou de ce que le qu'en-dira-t-on pourrait se mettre sous la dent…

— J'étais avec la duchesse, dit-elle en contenant son exaspération.

— Oui, mais vous auriez dû lui demander l'autorisation…

— Lady Sackville et moi-même sommes très inquiètes pour les orphelins qui ont disparu. Nous désirions en parler pour tenter de comprendre comment deux femmes pouvaient retrouver des enfants qui n'étaient ni les leurs ni de la haute société.

— Et la réponse est facile : rien. Je suis sûr que le duc a prévenu sa femme que toute action de sa part serait impossible.

Outrée par ce qu'elle comprenait derrière ces quelques mots, Louisa déposa sa serviette sur la table avec bien trop de fermeté.

— Il nous faudrait donc oublier que de jeunes enfants ont disparu dans de mystérieuses circonstances, parce que des hommes qui pourraient faire évoluer les choses préfèrent ne pas écouter leurs femmes ?

D'autant que le duc paraissait impliqué. À moins que ce ne soit qu'un artifice pour que Lady Sackville ne se montre pas plus véhémente.

— Suite à notre conversation d'hier, reprit le baron, j'ai beaucoup réfléchi et vous avez raison… Les orphelinats devraient être mieux encadrés. Je vais discuter avec des lords d'une possible loi pour encadrer le travail des enfants.

— Et pourquoi ne pas l'interdire ? répliqua Louisa, hors d'elle.

— Parce que nous avons besoin de main-d'œuvre ! Qui pourrait nettoyer les conduits de cheminée mieux que des enfants pouvant s'y glisser ?

— N'y a-t-il pas quelqu'un qui pourrait inventer un balai qui les remplacerait ?

— Et de quoi vivraient ces miséreux ? Tenez-vous à leur enlever le pain de la bouche ?

L'argument porta. La jeune femme culpabilisa avant de réaliser que pour elle la place d'un enfant passait par l'apprentissage.

— Ne serait-il pas envisageable de les instruire jusqu'à un certain âge pour qu'ils puissent choisir leur métier ?

— Et leur donner le pouvoir de remettre en cause le fonctionnement du pays entier ? En Espagne, la colère gronde. Je ne serais pas surpris que d'ici quelques mois ou quelques années le peuple se révolte. Mais je ne vais pas vous encombrer l'esprit avec ce genre de considérations.

Insultée par cette dernière remarque, Louisa se leva.

— Dois-je comprendre que mon seul but ici est d'attendre que Felicity trouve un mari ? Abigail aussi, je suppose. Entre-temps, je me contenterai d'admirer ces hommes qui ont plus de droits que moi et qui s'en servent à des fins stupides.

— Je ne vous permets pas ! s'écria le baron en quittant sa chaise à son tour.

— Je le sais, et j'ai bien compris que vous régentiez ma vie. J'aurais néanmoins deux questions, monsieur. Pourquoi ma mère m'a-t-elle laissée à vos bons soins ? Et à qui allez-vous me vendre pour assouvir je ne sais quel dessein ? Pour ce dernier point, je ne doute pas que je serai tenue dans l'ignorance la plus complète. Pour ne pas m'encombrer l'esprit.

Ils se défièrent du regard un long moment. Ce fut l'arrivée d'Abigail qui mit fin à tout cela, pour le plus grand soulagement de Louisa qui ne savait d'où lui était venu ce courage d'exprimer ce qu'elle pensait.

*Je dois passer trop de temps avec Lady Sackville*, songea-t-elle sans pour autant se sentir coupable.

— Bon appétit, dit-elle avant de retourner dans sa chambre.

Malgré une matinée qui avait fort mal commencé à la table du petit déjeuner, la journée se déroula magnifiquement à bien des égards. Passer l'après-midi avec la duchesse et Abigail avait été un baume pour le cœur. Les trois avaient discuté avec passion de sujets divers et variés qui auraient certainement outré plus d'un aristocrate. Dans le salon de thé, elles avaient dû même se taire pour ne pas risquer de rire en public.

Et quand Louisa avait parlé à mots voilés de toutes ces règles insupportables qui limitaient les libertés des femmes, Lady Sackville lui avait prêté une oreille attentive. Cette dernière avait ajouté avec un sourire bienveillant qu'il existait en Angleterre des hommes bons, prêts à considérer leur épouse autrement que comme un simple objet d'ornement ou une reproductrice.

Si seulement...

— Mademoiselle Jones, ne pourriez-vous pas sourire ? la gronda la baronne alors qu'elles arrivaient chez Lady Eckhart. Dans votre état, j'aurais dû insister pour que vous restiez dans votre lit.

— Mais la duchesse attend sa venue, intervint Abigail.

Ces heures passées loin de l'influence de la baronne semblaient lui avoir été profitables. Elle rayonnait et ne cachait pas son bien-être. Qu'il était agréable de la voir s'épanouir enfin ! Mais rien ne valait le bonheur qui avait transcendé ses traits quand elle avait parlé de ces fameux dinosaures. À écouter les deux autres discuter de leurs passions, Louisa avait mesuré à quel point elle s'était coulée dans le moule et avait cessé de développer sa curiosité.

— Oui, mais elle aurait compris que la santé de Mlle Jones passait avant toute chose.

Le ton froid de la baronne n'étonna personne. En début d'après-midi, elle avait vainement tenté de les accompagner avec Felicity. Sans surprise, Lady Sackville n'avait pas cédé, tenant là aussi une douce vengeance contre cette dernière qui s'était montrée méprisable lors de leur séjour dans le Merseyside.

À l'époque, la duchesse, qui n'était pas encore mariée, revenait d'Écosse entachée par le scandale. L'aînée des sœurs Skelmersdale s'était alliée avec la fille de leurs hôtes pour dénigrer la jeune femme. Quiconque à sa place aurait rendu les armes dès le deuxième jour !

— Ne vous inquiétez pas pour moi, madame, je me sens bien mieux, déclara Louisa.

*Le comte a raison en affirmant que je maîtrise de mieux en mieux le sarcasme.*

— Je ne voudrais pas que vous contaminiez mes filles. En particulier, Felicity, qui a fait une très bonne impression à Lord Locklear.

Étonnée par une telle annonce, Louisa serra la main d'Abigail pour lui apporter son soutien. Cette dernière se montrait très friande des conversations scientifiques qu'elle entretenait avec le jeune lord. Nul besoin d'être devin pour comprendre que tout mariage entre lui et sa sœur annihilerait le peu d'espoir que la jeune femme avait de s'unir avec un homme partageant sa passion.

— Il me suffit de hocher la tête quand il me parle de ses horribles bestioles, ajouta Felicity avec un sourire convenu. Père a dit qu'il avait plusieurs domaines qui rapportaient une rente suffisante pour nous permettre de vivre à Londres.

— Je croyais qu'il désirait voyager, intervint Abigail.

— Il le pourra ! répliqua sa sœur. Pendant ce temps, je resterai ici à mener la vie qui me chante.

*Quelle vision idyllique du mariage !* Le visage impassible, Louisa mesura à quel point l'ambition de la baronne et de sa fille aînée allait briser des vies. N'était-ce pas un peu trop dramatique comme vision du futur ? Après tout, Lord Locklear ne désirait peut-être pas plus qu'une femme perpétuant son nom sans son intervention.

Déstabilisée par l'ironie mordante dont son esprit semblait être friand maintenant, la jeune femme descendit de la voiture à la suite des trois autres. Comme il était de coutume, elle marcha à l'arrière, laissant Felicity apparaître en premier aux côtés de sa mère, puis Abigail qui avait perdu son beau sourire. Dès que les deux premières se furent éclipsées après avoir salué leur hôtesse, Louisa entraîna Abigail dans un coin pour se montrer agréable et la divertir autant que possible.

— Pourquoi ai-je l'impression qu'une tragédie s'est abattue sur votre tête depuis que nous nous sommes quittées ? demanda Lady Sackville.

Refusant de trahir les sentiments naissants de sa nouvelle amie, Louisa secoua la tête. Qu'il était pénible de soupirer après un homme et de ne pouvoir être avec lui ! La révolte grondait en elle, dirigée vers la baronne qui tenait à tout régenter.

— Lord Locklear s'intéresse à Felicity, avoua Abigail avant de porter son verre à ses lèvres.

— Le même avec qui vous aimez discuter de gros lézards ?

— Dinosaures, souffla Louisa, un brin amusée.

— Oui, mère a dit que...

— Oh ! si c'est elle qui l'affirme, rien n'est sûr ! s'exclama la duchesse en attirant sur elle l'attention des invités les plus proches. Et si nous allions demander son avis au principal intéressé ?

— Je ne peux faire ça ! répliqua Abigail, au bord du malaise.

— Et je crains de ne pas être assez ancienne au poste de duchesse pour me permettre une telle familiarité. Louisa, une suggestion ?

— Aucune.

Elle pinça les lèvres avant de se rappeler un détail dont il avait été question lorsqu'elles faisaient les boutiques un peu plus tôt dans la journée.

— Si ce n'est qu'il est actuellement avec Felicity et que vous teniez absolument à lui parler de cette femme venue faire un exposé à Oxford cette année.

— Lady Hastings ? Je ne vais pas parler d'elle à ce dîner...

— Est-ce celle dont vous nous avez parlé cet après-midi ? Celle qui a été parmi les premières admises à l'Association britannique pour le progrès de la science ? Avec ses crânes de crocodiles et sa carapace de tortue ?

— Richard Owen a expliqué qu'il s'agissait sûrement de dinosaures, rectifia Abigail.

— Brillante idée, Louisa !

Sans attendre, la duchesse saisit le bras de la jeune Skelmersdale et l'attira vers Lord Locklear. De loin, Mlle Jones le vit se redresser en voyant qui se joignait à lui et à Felicity. Rapidement, Abigail et lui se mirent à discuter avec animation.

— Pourquoi ai-je l'impression que Lady Sackville a trouvé comment torturer cette jeune femme ?

Le souffle de Louisa se bloqua dans sa gorge, alors qu'elle réalisait qui se tenait désormais à ses côtés. Déglutissant discrètement pour ne pas perdre la face devant lui, elle lui fit face et admira son profil tandis qu'il continuait à observer les quatre autres un peu plus loin.

— Parce qu'elle a le cœur pur, Lord Boyle.

— Nous parlons bien de l'épouse du duc de Dorset, la stratège la plus puissante de Grande-Bretagne ? Si nous l'avions eue avec nous, la guerre aurait été bien plus courte !

— J'ai du mal à déterminer si vous la complimentez ou l'insultez, déclara Louisa.

Il se tourna enfin vers elle, et leurs regards se croisèrent. Elle se sentit mise à nu et songea qu'ils devaient se donner en spectacle. La honte, pourtant, ne l'envahit pas. À la place, elle se sentit belle, désirée… Tant de choses inconnues pour elle, que Louisa sursauta quand il reprit la parole :

— J'aime garder un peu de mystère… Comme vous aimez cacher vos taches de rousseur.

— Et là, vous m'insultez.

— Pourquoi cela ? s'enquit-il, surpris.

— Parce qu'il est inconvenant de mentionner les défauts d'une femme à moins de désirer la rabaisser.

— Ou de vouloir souligner qu'elle dissimule une coquetterie des plus ravissante.

Les joues de la jeune femme s'échauffèrent. Venait-il de dire à demi-mot qu'il trouvait ses horribles taches ravissantes ? Incapable de réagir à ce qui ressemblait douloureusement à une mauvaise plaisanterie, elle salua froidement Lord Yaglew.

— Voilà un accueil fort peu chaleureux ! dit ce dernier d'un ton sec.

— Je vais aller prendre l'air, si vous voulez bien m'excuser…

— Je vous accompagne, déclara Lord Boyle en posant d'autorité la main de Louisa sur son bras.

Ne pouvant se permettre de créer un esclandre, elle le suivit jusqu'au couloir au bout duquel la porte d'entrée était obstinément ouverte pour accueillir les derniers invités. Ils s'installèrent sur un banc et restèrent silencieux jusqu'à ce qu'il rompe le silence à mi-voix.

— Est-ce à cause de la Tamise ?

— Qu'est-ce qu'un fleuve a à voir avec...

— Vous ne vous sentez pas bien à cause de...

— Un coup de froid ?

Il hocha la tête, son visage restant de marbre. Et peut-être que son manque d'émotion fut la goutte qui fit déborder le vase. La poussière qui entraîna des réactions en chaîne que nul n'aurait pu prédire.

— Ne puis-je pas être simplement énervée ? N'ai-je pas le droit comme tout le monde d'en avoir assez de toutes ces simagrées, de devoir coller à un idéal féminin déterminé par des hommes imbus d'eux-mêmes et de leur prétendu pouvoir ?

— Je me suis juste étonné que vous cachiez vos taches de rousseur, se défendit le comte. N'y voyez là que de la curiosité. Je me demandais ce qui vous poussait à les dissimuler.

— La baronne. La bonne société. D'où je viens, personne n'y portait attention. Dès que je suis arrivée à Londres, les gens ont été offusqués par leur présence. Beaucoup m'ont donné des conseils pour m'en débarrasser, ou les recouvrir de cette affreuse crème.

— Pourquoi ai-je l'impression que vous cherchez à satisfaire des gens qui n'ont que faire de vous ? Et avant que vous ne me menaciez de m'arracher la tête, sachez que la mode chez les nobles anglais est de se préoccuper uniquement de ses intérêts.

Préférant ne pas entrer dans ce débat, elle hocha la tête et réfléchit à ces derniers mois passés chez les Skelmersdale. Le comte avait raison. Chacun dans cette famille œuvrait pour ses propres intérêts, bien que ceux d'Abigail soient assez troubles.

Soudain, tout cela lui parut au-dessus de ses forces. Supporter la pression et se taire l'avaient fatiguée du rôle qu'elle jouait dès qu'elle n'était plus seule. Bien que...

Sans réfléchir à l'insolence de son comportement, elle fixa le comte et détailla chaque parcelle de son visage. Elle s'attarda sur ses lèvres qui avaient le don de dire des vérités sans les entourer de fioritures. Si ses propos avaient parfois heurté sa sensibilité, Lord Boyle n'avait jamais cherché à la changer. Il ne lui avait même adressé aucun reproche quant à sa présence sur les docks.

Elle contempla sa bouche, esquissa un léger sourire et ses pensées prirent une tournure plus indécente. Le souvenir d'un baiser lui revint rapidement, mais sans que les traits du baronnet ne s'imposent à elle. Non, elle se demandait sans aucune pudeur ce qu'elle ressentirait en embrassant le comte. L'effet de ses bras autour d'elle lui était déjà connu, et il suffisait qu'elle y songe pour que des sensations de chaleur et de sécurité l'envahissent de nouveau.

Mais ses lèvres... Quels effets auraient-elles sur les siennes ? Sur son corps ? Et sur son âme ? Parce que, oui, ce baiser ne toucherait pas seulement son cœur, il s'immiscerait bien plus loin en elle.

Au loin une cloche tinta, signe que le repas n'allait pas tarder à être servi. Ils se levèrent dans un bel ensemble, malgré les jambes fébriles de la jeune femme. S'admonestant pour ses pensées, elle releva le menton et accepta de s'appuyer sur le bras que le comte lui offrait. À pas mesurés, ils se dirigèrent vers la salle à manger où tous prenaient place autour d'une table magnifiquement dressée. L'argenterie brillait de mille feux, et les assiettes n'étaient pas sans rappeler la nacre de certains coquillages.

Louisa vit Abigail, discutant avec Lord Locklear. Le plaisir que tous les deux tiraient de cet échange était évident et renforçait l'espoir que son amie puisse, si ce n'est l'épouser, être liée à un homme qui la soutiendrait dans sa passion. Et elle, en avait-elle seulement une ? Cette question la rongeait de l'intérieur alors que Lord Yaglew prenait place à sa gauche. À sa droite, Lord Boyle s'installa sans lui adresser un regard.

Que les humeurs de celui-ci l'étourdissaient ! Il pouvait se montrer courtois, compréhensif, ouvert... puis apparaître avec une expression glaciale qui refroidirait les contrées les plus polaires du globe.

Tandis que ses deux voisins l'ignoraient, elle mangea avec délices ce qui lui fut servi. Néanmoins, elle s'assurait que son assiette ne reparte jamais totalement vide pour ne pas contrarier la baronne qui surveillait les moindres de ses faits et gestes de l'autre côté de la table. Il allait bientôt être temps de se lever pour assister au concert de harpe prévu par Lady Eckhart quand le comte de Cork lui demanda si elle avait été satisfaite de son repas.

Se rappelant les mises en garde de son tuteur le matin même, elle réfléchit à une réponse qui ne froisserait pas Lady Eckhart si elle venait à la surprendre et ne choquerait pas la bonne société. Le comte avait raison, elle se pliait encore et toujours à ce que les autres attendaient d'elle sans prendre en compte ce qu'elle désirait vraiment au fond d'elle-même.

— Il était correct.

— Est-ce tout ce que vous avez à dire ? s'exclama Lord Boyle, impassible.

— C'est tout ce que je suis en droit d'exprimer, répliqua-t-elle d'un ton un peu sec.

— Comment cela ?

Comprenant qu'il souhaitait l'inviter à s'imposer un peu plus et à se défaire du carcan dans lequel elle se tenait elle-même prisonnière, elle lui adressa un léger sourire.

— J'ai appris pas plus tard que ce matin qu'une femme bien née ne peut s'extasier sur toute source de plaisir sans s'offrir à l'opprobre de notre si belle société.

Il hocha discrètement la tête. L'espace d'une seconde, Louisa perçut de l'approbation dans son regard. Cela l'encouragea à poursuivre, certaine qu'il ne lui en tiendrait pas rigueur.

— Je ne pourrai donc pas parler de la cuisson de la viande qui était parfaite et a permis de rehausser les saveurs des herbes qui l'accompagnaient. De même, mentionner les légumes fondants et délicieux serait un péché qui pourrait me coûter ma réputation.

Les lèvres du comte frémirent.

— Et le gâteau ? s'enquit-il le plus sérieusement du monde.

Ce badinage pourrait lui causer d'affreuses heures de sermon de la part de Lady Skelmersdale. Pourtant, elle répondit sans hésitation :

— La baronne allumerait elle-même le bûcher si je venais à décrire le délice que c'était.

Il sourit un bref instant, et le cœur de la jeune femme s'emballa. Le spectacle de ses lèvres courbées de la sorte l'avait troublée par sa sincérité et émue. Qui pouvait se vanter d'avoir un jour vu le comte de Cork sourire, mis à part elle ?

— Vous avez raison alors, n'en parlez pas ! Je m'en voudrais d'avoir votre mort sur la conscience suite à cette question des plus innocente, ajouta-t-il sans dissimuler son amusement.

Désireuse de profiter toujours plus de son attention et de la conversation, elle se pencha vers lui. Il l'imita, plongeant son regard dans le sien.

Était-elle en train de flirter ?

Depuis son arrivée chez ses tuteurs, elle avait participé à bon nombre de réceptions, de bals et autres événements mondains. Parmi ces soirées dont beaucoup lui avaient paru interminables, elle avait observé les invités et remarqué les femmes qui se montraient intéressées. Et voilà qu'elle reproduisait leur attitude ! Et qu'elle n'avait nulle envie de s'arrêter là. Aussi se permit-elle de lui demander plus d'explications sans pour autant s'écarter :

— Ma mort ou la dépense de tant de bois de chauffage ?

— Votre mort, ma chère. Après tout, ce n'est pas moi qui payerai le bois !

Ils se fixèrent un instant, scellant tacitement une complicité dont la jeune femme aurait été incapable de savoir si c'était une bonne chose ou pas. Elle se redressa et contempla son assiette dans laquelle il restait une partie du gâteau.

*Vous ne devez jamais finir votre assiette !* lui avait ordonné la baronne. Et jamais jusqu'à ce soir cela n'avait été un tel crève-cœur tant le dessert s'était révélé divin aux papilles de la jeune femme.

Avant qu'elle ne cède à sa gourmandise, Louisa se retourna vers Lady Eckhart qui proposait à ses invités de rejoindre le salon où aurait lieu le concert. Lord Boyle lui tira sa chaise et lui tendit son bras. Derrière elle, Lord Yaglew maugréa, mais elle n'en avait que faire. Elle cala son pas sur celui du comte, profitant de sa présence à ses côtés. Les autres discutaient en avançant dans le couloir, mais eux restaient silencieux, plongés dans leurs pensées.

— Mademoiselle Jones ! l'appela Lady Skelmersdale.

Cette dernière lui fit signe de venir s'asseoir à ses côtés. Les festivités étaient finies, il était temps de revenir à la réalité.

Louisa se tourna vers Lord Boyle qui la regardait de cet air impassible qu'il avait toujours en société. Leurs yeux se détachèrent sans que Louisa ne puisse saisir ce qui venait de se passer entre eux. Et peut-être était-ce pour le mieux...

# 12

Le découragement roulait dans les veines de Louisa, le lendemain matin. Pendant toute la soirée, elle avait souri, répondu avec politesse et un brin de cette naïveté qu'elle s'appliquait à garder en société pour que ses interlocuteurs ne se plaignent pas de ses prises de position. Elle avait tenu son rôle puis, entre deux accords du quatuor, la jeune femme avait senti sa patience céder et elle s'était murée dans le silence.

À partir de cet instant, elle avait observé les nobles présents. Leurs egos emplissaient l'espace, menaçant d'étouffer tout le monde. Seuls le comte et le duc paraissaient indifférents à tout cet étalage de savoir, de luxe et d'anecdotes ridicules. Ils avaient échangé avec les autres, se contentant de les écouter pérorer comme Louisa le faisait avec les orphelins qui recherchaient son attention.

Le baron de Skelmersdale n'avait pas dépareillé dans l'assistance, se mêlant aux conversations avec une telle suffisance que sa pupille en était restée coite. Son tuteur avait paradé tel un paon dans un jardin, s'exhibant sans avoir quelque chose d'autre à apporter que sa seule présence.

Ce fut pour cette raison qu'elle descendit plus tard pour le petit déjeuner, prête à prétexter une fatigue intense pour ne pas s'attarder si par malheur il se trouvait toujours dans la salle à manger.

Soulagée de ne trouver que les trois femmes de la maison

attablées devant des assiettes bientôt vides, elle s'installa après les avoir saluées. Avec élégance, et pour ne pas s'attirer les foudres de la baronne si tôt dans la journée, elle déplia sa serviette et prit un toast.

— Qu'avez-vous pensé de la soirée, mademoiselle Jones ?

— Le repas et le concert étaient divins, répondit-elle.

— Une femme ne parle jamais de ça ! Il est inconvenant de parler de nourriture et de l'associer à quelque chose de divin !

— Ne pas le faire reviendrait à insulter Lady Eckhart, répliqua Louisa. Son menu était parfaitement équilibré, et son cuisinier excelle dans la maîtrise de son art. Complimenteriez-vous la harpiste sur sa robe sans mentionner son adresse à créer des mélodies avec son instrument ?

— Vous voyez, mademoiselle Jones, c'est pour cela que vous ne trouvez pas de prétendant.

Le ton sec de la baronne laissa la jeune femme sans voix. Que dire face à une telle assertion quand tout était fait pour qu'elle restât dans l'ombre de Felicity et d'Abigail !

— Et vous, Lady Skelmersdale, comment avez-vous trouvé la soirée ?

Loin de se soucier de l'avis de cette dernière, Louisa désirait surtout faire dévier la conversation. Il était bien trop tôt pour s'entendre reprocher tout un tas de torts imaginaires.

— Décevante ! s'exclama-t-elle avec un air mélodramatique qui agaça cette dernière. Felicity n'a pu s'isoler avec Lord Locklear pour qu'il puisse se déclarer. Cela devient très frustrant, d'autant que le comte…

— Ah non, mère ! intervint Felicity. Il est hors de question que j'épouse le comte de Cork ! M'imaginez-vous venir aux événements mondains avec cet homme sombre et diminué ?

Si l'avis de Louisa s'accordait à dire que Lord Boyle était en effet mystérieux et dérangeant, elle n'était pas certaine que le qualificatif de diminué lui convienne. Lady Sackville n'avait pas caché son admiration pour le comte et son adresse au combat.

De plus, malgré sa canne, il dégageait une impression de

force. Ses mâchoires carrées montraient son côté intraitable, et une lueur dans ses yeux rappelait qu'il avait vu de quoi sont capables les hommes sur un champ de bataille. Si elle avait dû le décrire, elle aurait plutôt mentionné l'aura d'autorité qu'il dégageait. Cependant, elle aurait gardé pour elle ses remarques sur la tendresse qu'il laissait entrevoir quand il parlait de sa nièce, cette enfant qu'il ne connaissait pas et pour laquelle il se démenait jour et nuit.

— Felicity ! Je ne vous permets pas de parler ainsi d'un pair du royaume, ajouta la baronne. Il a combattu aux côtés du duc de Dorset et est un de ses plus proches amis, voilà qui devrait vous suffire !

Abasourdie par la superficialité d'une telle conversation, Louisa prit une bouchée de l'omelette qu'un valet venait de déposer devant elle. Bien que ce ne soit pas la première fois qu'elle entendait ce genre de discours dans cette maison, elle fut surprise de sentir poindre en elle la colère. Jusque-là, le sentiment prépondérant avait été la surprise, teintée d'un peu d'indifférence étant donné l'attitude hautaine des hommes dont il était question, mais aujourd'hui cela l'agaçait.

Et elle n'était pas la seule, vu la petite mimique d'Abigail. Ce mouvement des lèvres avait été fugace, mais pas suffisamment pour échapper à Louisa.

— Devoir m'exhiber auprès de cet homme...

La contrariété suintait de chacun de ses mots et s'accompagnait d'une bonne dose de dégoût.

— Felicity, le comte a un titre et des terres...

— En Irlande, mère ! Pensez-vous que je veuille m'éloigner de Londres ?

— Vous trouverez les arguments pour qu'il reste parmi nous. Il vous suffit de lui donner rapidement un héritier et il vous laissera tranquille.

— Comme père, répondit sa fille pleine de fiel. Malgré la présence d'un héritier, Abigail et moi sommes la preuve qu'il ne vous a pas laissée tranquille !

— Cette conversation est particulièrement inconvenante pour une jeune femme de votre condition. Et le baron espérait un deuxième héritier, pour le cas malheureux où un drame comme celui qui a touché Lord et Lady Winston advienne dans notre famille.

Embarrassée par la tournure que prenait la conversation entre les deux aînées, Louisa se pressa de finir. La prochaine fois, elle attendrait que tout le monde soit parti pour descendre aux cuisines. Là-bas au moins, elle n'aurait pas à supporter tant de chamailleries. Dès qu'elle eut fini son assiette, elle s'essuya la bouche et se leva sans attirer l'attention. Dans le couloir, elle se permit de soupirer d'aise.

— Allez-vous à l'orphelinat aujourd'hui ?

Surprise, Louisa sursauta. Abigail se tenait à ses côtés et attendait sa réponse avec une certaine impatience.

— Oui.

Les deux jeunes femmes montèrent l'escalier en silence. Arrivées à l'étage, elles se séparèrent, chacune entrant dans sa chambre. Louisa soupira d'aise tout en s'interrogeant sur son programme de la journée. Si elle avait bien l'intention de rendre une visite aux enfants, elle craignait sincèrement que mère Kathleen se montre encore une fois opposée à cette idée.

Un petit coup retentit contre sa porte et la sortit de ses réflexions.

— Entrez, dit-elle en réalisant qu'elle se trouvait encore debout au beau milieu de sa chambre.

Abigail pénétra dans la pièce, avec cette attitude réservée qu'elle conservait en tout temps dans cette maison. Qu'il était étrange de la voir ainsi alors qu'elle n'hésitait pas à parler librement en présence de la duchesse de Dorset !

— Puis-je faire quelque chose pour vous ? s'enquit Louisa avec amabilité.

— Je me demandais s'il me serait possible de parler des dinosaures aux enfants. Je sais que c'est un sujet qui n'intéresse pas grand monde, mais...

Abigail marqua une pause et joua avec ses doigts avant de

les croiser sur l'avant de sa jupe. Nerveuse, elle baissa les yeux et attendit.

— Mais ça devrait leur plaire, déclara Louisa avec un beau sourire.

— C'est ce que j'ai pensé... À force d'entendre mère me dire que tout cela est ridicule, je ne sais plus si je dois en parler ou me taire.

— Hier, je vous ai vue avec Lord Locklear.

— Malheureusement ! répliqua Abigail tristement. Mère n'a eu de cesse de me faire des reproches avant votre arrivée à la table ce matin. Il paraît que je le distrais de Felicity. Qu'avec ma présence j'incommodais tout le monde et que Lord Locklear était bien trop poli pour me suggérer de cesser mes bavardages.

Accablée par les propos tenus par la baronne, elle s'assit au pied du lit, bientôt imitée par Louisa. Cette dernière se sentait particulièrement touchée par le désespoir de sa nouvelle amie. Il faut dire que trouver quelqu'un partageant son attrait pour les sciences et acceptant d'en discuter malgré son sexe était un fait si rare qu'il n'était pas étonnant que la jeune femme en profite.

— Il ne semblait pas mécontent de discuter avec vous de dinosaures, déclara Louisa.

— C'est même lui qui m'a suggéré d'en parler aux enfants.

— Ne sont-ils pas trop jeunes ?

— Je le crains, mais si je réussissais à présenter ça comme une histoire d'aventure ? Vous savez, j'ai eu entre les mains le livre de Mary Shelley et... Savoir qu'une femme a pu inventer une telle histoire me pousse à espérer que j'ai en moi une once de son talent pour raconter ce que je sais sur les dinosaures. De plus, les enfants sont moins exigeants.

Elle se redressa et demanda confirmation :

— Ils se montreront bienveillants, n'est-ce pas ?

— Vous vous entraînerez avec moi, et nous en discuterons pour que tout soit au mieux le jour J, répondit Louisa en recouvrant de sa main celle de son amie. Comme nous vous l'avons dit hier avec Lady Sackville, mère Kathleen ne nous laisse plus entrer dans l'orphelinat. Dès que tout sera rentré dans l'ordre, vous pourrez venir partager avec eux votre passion.

— Cela me laisse un peu de temps pour déterminer comment leur présenter cela.

— Oui.

Elles se sourirent, heureuses et légères. Soudain la bonne humeur d'Abigail se fana.

— Pensez-vous que Felicity va épouser Lord Locklear ?

— Votre mère parle du comte de Cork désormais, lui rappela Louisa.

Le silence s'invita dans la pièce tandis que quelque chose se serrait dans sa poitrine. L'idée que l'aînée des filles Skelmersdale puisse devenir l'épouse de Lord Boyle ne l'emplissait pas de joie. Si elle désirait être parfaitement honnête, elle aurait même avoué être jalouse.

Dans le couloir, des bruits de pas se firent entendre. Felicity remontait dans sa chambre et n'hésita pas à claquer sa porte pour montrer un quelconque mécontentement. Son tête-à-tête avec sa mère n'avait pas été à son goût, suivant toute vraisemblance.

— Elle préférerait Lord Locklear, déclara Abigail, mais il a prévu de quitter Londres dès que possible pour le continent. Il tient à rencontrer des scientifiques travaillant sur le sujet.

— Il n'est donc pas dans l'optique de se marier.

La jeune Skelmersdale secoua la tête et poussa un soupir présageant de sentiments plus profonds que de l'admiration.

— Quand je repense à la partie de campagne dans le Merseyside, dit-elle à voix basse, je comprends les raisons de votre chagrin. Je réalise, un peu tard, que je n'ai pas été la meilleure des personnes alors que vous êtes si gentille avec moi.

— Le principal n'est-il pas que vous ayez changé ?

— À quel prix ? murmura-t-elle. Mon cœur est si douloureux à l'idée que dans quelques jours, ou dans quelques semaines, je ne pourrai plus le voir. Pardon, se reprit-elle. Je ne voulais pas me montrer si indiscrète. Je...

— Calmez-vous et parlez sans crainte !

Avec un sourire engageant, Louisa l'invita à continuer. Il était si doux d'avoir une amie, une confidente et aussi une alliée. Elle l'écouta décrire avec un bonheur communicatif les dinosaures, les découvertes sur le sujet et les livres que Lord Locklear lui conseillait et promettait de lui prêter.

Si beaucoup de débutantes étaient ravies d'obtenir un bouquet de fleurs ou des rubans de la part d'un homme, il ne faisait aucun doute à Louisa qu'Abigail s'éprenait un peu plus de lui à chaque conversation. Elle l'écouta telle une amie, relançant le sujet par des questions habiles et polies.

— Je dois vous ennuyer avec mes histoires, conclut la jeune Skelmersdale. Il est si facile de se confier à vous. Peut-être parce que vous ressentez également tout cela.

Était-ce vrai ? Éprouvait-elle cette myriade d'émotions quand elle était avec le baronnet ? Se rappelait-elle de conversations passionnées au point d'en oublier l'heure et le lieu ? Avaient-ils à ce point ignoré le monde qui les entourait quand ils se promenaient tous les deux ?

*Non.*

À l'inverse, dès qu'elle se trouvait en présence du comte, tout s'embrouillait dans son esprit.

Elle ne pouvait plus compter le nombre de fois où elle l'avait observé à la dérobée. Et leurs conversations ? Elle aimait sa façon unique de l'encourager à donner son opinion malgré la bienséance et le rôle imparti à la femme dans la société.

Mais ce qu'elle aimait aussi, c'étaient ces silences où elle percevait un lien entre eux. Et que dire des sensations que la simple présence du comte créait en elle ? Ou encore tous ces regards qu'ils échangeaient et dont il lui était de plus en plus difficile de se détourner.

— Louisa, me permettez-vous d'être directe, et peut-être un peu inconvenante ?

Indécise, elle donna néanmoins son aval avec un entrain qu'elle était loin de ressentir.

— Allez-y !

— Hier, quand Lord Locklear m'a annoncé partir bientôt, mon souffle s'est coupé. Depuis, j'ai l'impression qu'un poids pèse sur ma poitrine et m'étouffe à petit feu. C'est un peu mélodramatique ! Shakespeare ou Lord Byron le décriraient sans doute mieux que moi, mais je ne sais pas comment je vais survivre à son absence.

Troublée par la profondeur de l'attachement de son amie, Louisa déglutit et repoussa toutes ses réflexions sur le comte.

— Comment faites-vous pour vivre avec ce trou béant dans la poitrine ? insista Abigail.

— J'espère, dit-elle sans trop y croire.

Plus tard, alors qu'elle se trouvait dans la voiture avec Elsie, elle ressassait cette conversation. Avait-elle perdu l'esprit ?

— Mademoiselle Jones ?

— Oui, Elsie ?

— Pensez-vous que la mère supérieure vous laissera entrer ?

— Ce n'est pas un couvent, Elsie. Je ne suis même pas certaine que mère Kathleen soit réellement une femme de Dieu.

La domestique se signa avant de rappeler à sa maîtresse que ce genre de propos pourrait lui valoir des ennuis.

— Depuis quand êtes-vous si pieuse ? demanda Louisa en se tournant vers elle.

Les joues rouges et le regard fuyant, sa femme de chambre hésita à répondre avant de fixer son attention sur le panier qu'elle tenait sur ses cuisses.

— Vous pensez qu'il y aura assez de gâteaux pour les enfants ?

— Vous ne répondez pas à ma question…

Les deux femmes attendirent que l'autre se décide à rompre le silence. La voiture passa dans un trou, les faisant sauter sur leur banquette réciproque.

— Je ne pense pas qu'elle nous laissera rentrer aujourd'hui, déclara Louisa avec une pointe d'amertume. Ni même les jours suivants. Quelque chose la pousse à nous interdire l'accès à l'orphelinat, ou aux enfants.

— Peut-être craint-elle que vous ne découvriez un secret.

Louisa acquiesça, consciente qu'elle avait déjà une idée du secret en question. Et l'empêcher de venir ne calmerait en rien son envie de savoir où les enfants avaient disparu, plus spécialement Colin et Eilinn. Une vague d'affection la prit au dépourvu alors qu'elle songeait à eux deux. Comme elle souhaitait que la fillette soit bien la nièce du comte ! Un tel lien familial lui garantirait une vie à l'abri de la rue et des vices.

Avec délicatesse, la voiture s'arrêta et bien vite le cocher leur ouvrit la porte.

— Nous sommes arrivés, déclara-t-il en les aidant à descendre.

À quelques pas de la porte, Louisa sentit un poids s'abattre sur ses épaules. Hier, occupée à faire les boutiques avec Lady Sackville et Abigail afin de ne pas attirer les soupçons de la baronne sur son retour tardif, elle avait négligé les enfants, et cela la chagrina. Pourtant, rien ne prouvait qu'elle aurait pu continuer ses leçons. Tout comme aujourd'hui, elle ne pouvait être certaine d'entrer.

— Mademoiselle ?

— Je priais un peu pour que mère Kathleen me laisse les voir.

La domestique hocha la tête et resserra sa prise autour de l'anse du panier.

— Allons-y !

D'un pas qu'elle espérait assuré, la jeune femme atteignit la porte de l'orphelinat et utilisa le heurtoir avec un peu trop de force. Le coup résonna dans son bras, mais elle ne montra rien de la douleur qui l'élançait maintenant dans le poignet. Pour dissimuler sa fébrilité, elle regarda autour d'elle, notant que le rideau de la salle où elle avait pris l'habitude d'enseigner aux enfants remuait discrètement.

Quand l'attente devint trop longue, elle frappa une nouvelle fois, mais veilla néanmoins à ne pas se blesser plus. Cette fois-ci, elle obtint une réponse, criée au travers de la porte.

— Rentrez chez vous !

— Mère Kathleen ?

Rien. Agacée par la tournure des événements, Louisa abattit de nouveau le heurtoir contre la porte. Elle était prête à rester sur le seuil tout l'après-midi si cela s'avérait nécessaire. Pour faire bonne mesure, elle réitéra tout de suite son geste, sans prendre la peine de patienter. Soudain, mère Kathleen apparut devant elle, furieuse.

— Je vous ai dit de rentrer chez vous ! Nous n'avons nul besoin de vous ou de la duchesse.

— Mais les enfants...

— Les enfants n'ont pas besoin de toutes vos leçons ! Vous venez ici pour vous donner bonne conscience, mais eux savent très bien que vous ne faites ça que pour briller aux yeux de la haute société.

— Mais je...

Déjà la porte s'était refermée. Frustrée de ne pas avoir eu le temps de se défendre ou de faire entendre raison à la religieuse, elle inspira profondément et releva la main.

— Mademoiselle, murmura Elsie alors qu'elle allait toquer de nouveau pour exiger qu'on l'écoute. Mademoiselle, un garçon vous fait signe un peu plus loin.

— Un garçon ?

— Oui, un orphelin. Willy, si je me souviens bien.

Oubliant les explications qu'elle tenait absolument à avoir avec mère Kathleen, elle se tourna dans la direction que lui montrait sa femme de chambre. Au coin de la rue, la tête décoiffée de l'enfant dépassait tandis que sa main l'incitait à le rejoindre. Il lui avait permis de retrouver Colin dans ce théâtre sordide, avait-il des nouvelles d'Eilinn ?

# 13

Pour calmer son irritation, le comte de Cork avait passé une partie de la matinée avec le duc de Dorset à la salle d'escrime. Il avait tout donné, au point que sa jambe l'élançait à chaque pas qu'il faisait. Tout homme intelligent se serait posé pour la journée dans un fauteuil avec un bon verre de scotch et un journal pour connaître les nouvelles du front et de la Bourse. Bien que cette dernière activité soit un passe-temps réprouvé par les aristocrates anglais, Lord Boyle y trouvait une logique qui n'était pas sans l'apaiser.

Mais il ne pouvait rester assis à ne rien faire alors que sa nièce était peut-être à portée de main. Alors, dès qu'il fut de nouveau vêtu après son bain, il partit vers l'orphelinat pour tenter d'arracher des réponses à mère Kathleen. Sans parvenir à planifier une stratégie qui convaincrait la religieuse de parler, il tourna à l'angle de la rue et découvrit Mlle Jones et sa bonne.

La jeune femme était devenue une obsession, la plus délicieuse qui soit. Son allure simple et douce dissimulait un caractère qu'il adorait découvrir à chacune de leur conversation. Son sourire était une douce torture. Il désirait plus que tout embrasser cette bouche, cette peau...

Depuis qu'il l'avait tenue contre lui, trempée, il rêvait de la dévêtir pour... Il ferma les yeux et se sermonna. Il ne pouvait se permettre de l'imaginer nue sous lui. Elle était la pupille d'un baron, une femme dont le destin était de faire un bon mariage.

Avec quelqu'un qui apprécierait le cadeau qu'elle était. Mais est-ce qu'un tel homme existait ?

Il secoua la tête, se répétant maintenant que tout cela n'était pas ses affaires, qu'il était là pour Eilinn et seulement pour elle. Pas pour savourer le trouble que Mlle Jones engendrait en lui.

Au loin, il l'observa frapper à la porte, une fois, puis une deuxième. Elle se raidit et recommença son manège. La porte s'ouvrit enfin, pour se refermer aussitôt. Nul doute que rien n'avancerait aujourd'hui.

Hésitant sur la suite à donner, il observa la jeune femme. Vêtue d'une tenue simple, elle paraissait à la fois à sa place et totalement étrangère à son environnement. Décontenancé par la paix qui se répandait en lui à cette simple vue, le comte la suivit des yeux alors qu'elle marchait vers l'autre bout de la rue. Curieux de savoir pourquoi elle s'éloignait dans cette direction, il se pencha et découvrit quelqu'un qui agitait la main au loin.

La domestique resta en retrait tandis que Mlle Jones s'approchait de ce qui lui semblait être un garçon d'une petite dizaine d'années. Ils parlèrent tous les deux un moment, puis l'enfant s'enfuit à toutes jambes. Réalisant que la jeune femme demeurait immobile, il la rejoignit pour en savoir plus.

— Bonjour, mademoiselle Jones.

Elle sursauta avant de le dévisager avec cet air innocent qu'elle avait en toutes circonstances. Il en fit de même, notant malgré lui qu'elle avait recouvert son visage d'une crème dissimulant ses taches de rousseur aux yeux de tous. Déçu de ne pouvoir les contempler à nouveau, il posa son regard sur ses lèvres légèrement entrouvertes.

— Lord Boyle ! Quel plaisir de vous voir !

— Un plaisir partagé.

Sa curiosité l'emportant, il se tourna vers l'endroit où se tenait le jeune garçon. Allait-elle lui en parler ou devait-il l'interroger pour connaître le contenu de leur conversation ?

— Y a-t-il du nouveau ? demanda-t-il pour rompre le silence qui s'installait entre eux.

— Pour ?

— Je préfère quand vous ne jouez pas à... la débutante.

Il prononça les deux derniers mots avec un déplaisir manifeste. Elle se redressa, piquée dans son orgueil, exactement la réaction qu'il souhaitait provoquer.

— Mère Kathleen a refusé de me laisser entrer.

Elle jeta un rapide coup d'œil vers le coin de la rue.

— Vous l'avez vu, murmura-t-elle.

— Et j'attends.

— Le garçon à qui je parlais près du théâtre avant d'être poussée dans l'eau est venu hier. Il a confié un message à Willy et m'a donné rendez-vous.

— Où ?

— À Vauxhall Gardens.

— Il ne pourra jamais y entrer ! répliqua le comte en haussant le ton.

— Pas dans la partie réservée... Pas celle où nous avons l'habitude de nous rendre.

La main de Lord Boyle se resserra autour du pommeau de sa canne. Déjà, il la voyait déambuler parmi des gens de basse extraction. Pas qu'il soit comme ses contemporains à croire que sa naissance et son sang avaient plus de valeur que ceux de l'artisan travaillant du matin au soir pour nourrir sa famille ! Mais il ne doutait point que Mlle Jones serait une cible de choix pour toutes sortes de vauriens si elle venait à se présenter là-bas.

— Je viens avec vous.

Son ordre claqua entre eux tel un coup de fouet. De nouveau, elle redressa le menton et le fusilla du regard. Cette femme aux abords si doux se révélait être une tigresse. À moins que tout cela ne soit dû qu'à son attachement pour Colin et Eilinn.

— Colin ne vous connaît pas, répliqua-t-elle avec fermeté. Il risque de s'enfuir, si tant est qu'il vienne aujourd'hui. Je vous rappelle que le rendez-vous était pour hier, et...

— Et pourquoi n'êtes-vous pas venue hier ? s'enquit-il.

Le nez de Mlle Jones se fronça, ce qui attisa le désir du comte.

La voir debout devant lui prête à se battre lui donnait des envies très contradictoires. Une partie de lui souhaitait la coucher sur ses genoux pour la fesser et lui interdire de se mettre de nouveau en danger. La soirée au théâtre ne lui avait donc pas suffi ? Une autre l'admirait pour la passion qu'elle mettait à prendre soin des siens et brûlait de l'aider à accomplir sa mission.

— Lady Sackville s'en est tenue à son histoire pour expliquer... pour justifier que je ne portais pas mes vêtements.

Elle ravala sa salive, démontrant par là une certaine gêne. Avait-elle les joues rouges sous cette crème ? Après tout, si cette dernière était capable de recouvrir ses taches de rousseur, elle pouvait dissimuler aussi ce genre de réaction. Et cela agaça le comte. Il se sentit privé d'un délicieux spectacle, mais se promit de le contempler un jour. Comment ? Il s'en occuperait à ce moment-là.

— Devant la baronne de Skelmersdale, la duchesse m'a invitée à faire les boutiques pour remplacer la robe qu'elle avait prétendument ruinée.

— Et vous n'avez pas eu l'idée de venir ici ? s'exclama-t-il. Vous avez préféré perdre du temps chez la couturière plutôt que de prendre des nouvelles des orphelins.

— Lord Boyle, je n'apprécie pas votre ton.

Elle lui adressa une œillade noire qui réveilla quelque chose en lui. Seulement, loin de chercher à déterminer ce dont il s'agissait, il la toisa. En colère, elle lui paraissait encore plus fascinante. Pourquoi cette femme détenait-elle un pareil pouvoir sur lui ?

— Vous jugerez peut-être cela superficiel, reprit-elle avec fermeté, mais je tiens à ma réputation. Alors, oui, j'ai joué le jeu et j'ai passé un après-midi avec deux amies. Comment aurais-je pu deviner que Colin chercherait à me joindre après qu'il eut été enlevé par cet homme, cette même personne qui m'a poussée dans la Tamise ?

— Je suppose que...

Il se tut un instant, réfléchissant à ses prochains mots. Depuis leur rencontre, il considérait Mlle Jones comme une jeune femme avec le cœur sur la main. Elle n'avait jamais élevé la voix ou créé de scandale. Non, elle n'était pas superficielle, sinon Lady Sackville ne l'aurait jamais prise sous son aile. Même le duc de Dorset en parlait en des termes élogieux, enfin d'autant que cela fût possible.

— Allons voir ce Colin ! ordonna-t-il. Nous débattrons de tout cela après.

Pendant un instant, il crut qu'elle allait refuser, qu'il allait devoir se montrer plus autoritaire que jamais. Mais elle finit par acquiescer et le dépassa sans un mot. Comprenant qu'elle rejoignait sa voiture, il la suivit et s'installa sur la banquette, face à elle.

— Elsie, cessez de vous agiter, dit Mlle Jones en soupirant.

— Madame la baronne... Je ne suis pas sûre qu'elle serait d'accord. Vous n'êtes pas mariés, pas même engagés...

— Nous ne faisons que partager une voiture, et vous êtes là pour nous chaperonner.

— Elsie, reprit le comte, je vous promets de ne pas nuire à la réputation de votre maîtresse.

Cette affirmation énoncée d'une voix ferme aurait pu suffire s'il n'avait eu ce petit sourire en coin qu'il savait déstabilisant. Il l'avait souvent utilisé auprès de la gent féminine, puis de son régiment. Seul le duc n'était pas tombé dans ce piège grossier.

— Cessez donc, le réprimanda Mlle Jones. Vous ne voyez pas qu'elle craint pour sa vie à l'idée d'entrer dans un orphelinat, alors une voiture avec un lord anglais !

— Un noble est donc plus dangereux qu'une bande d'enfants livrés à eux-mêmes ?

— Les orphelins ne sont pas livrés à eux-mêmes, puisqu'ils ont mère Kathleen qui veille.

— Et qui n'hésite pas à leur trouver du travail en échange de quelques pièces, ajouta-t-il avec cynisme.

— Nous n'avons pour l'instant aucune preuve qu'elle est impliquée dans un quelconque trafic. De plus, un aristocrate se croit au-dessus des lois du fait de sa naissance et de ses relations.

Certains n'hésitent pas à salir la réputation de jeunes femmes naïves, tout en sachant que le blâme retombera sur elles.

— Sauf si le mariage s'impose, lui rappela-t-il.

— Là encore, certains s'en tirent à bon compte.

— Et je ne suis pas sûre que ce soit une conversation très appropriée à avoir avec un monsieur, déclara Elsie avec une certaine timidité. Enfin, un comte.

Bien que respectueux de la demande de leur chaperon improvisé, Lord Boyle se sentait grisé par cette conversation innocente, mais fort différente de celles dont il avait l'habitude avec les débutantes.

— Pensez-vous qu'il viendra ? demanda Louisa.

Sa voix contenait cet infime espoir qui chatouilla les manières chevaleresques du comte. Qui était donc cette femme pour l'émouvoir de la sorte ? Ne pouvait-il pas rester imperméable à ses yeux et à ses lèvres ? Serait-il un jour capable de la voir sans penser à ses taches de rousseur ?

*Je la désire*, réalisa-t-il avec horreur.

Lui qui s'était promis de ne pas se marier, ni d'imposer son infirmité, cherchait dorénavant à se convaincre du bien-fondé de tout cela. Pourtant, dans quelques semaines tout au plus, il serait en Irlande, et elle... N'avait-il pas été question d'une région reculée d'Angleterre ? Il tourna la tête vers la fenêtre et se mura dans le silence. Non, il ne pouvait pas contrevenir à ses propres décisions. Le titre et tout ce qui y était rattaché reviendraient à un cousin. Lui veillerait juste sur sa nièce, qu'elle soit à l'abri en mémoire de ses parents.

Alors qu'il était en train de s'interroger sur la suite à donner à son enquête si la petite orpheline qu'il cherchait actuellement s'avérait ne pas être son Eilinn, la voiture freina puis s'arrêta. À l'extérieur, la luminosité avait diminué, signe qu'un orage se profilait à l'horizon.

— Nous devons nous presser, dit-il avec fermeté.

Le cocher ouvrit la portière, et le comte sortit rapidement. Il tendit la main pour aider Mlle Jones avant de regarder vers le ciel. Les nuages gris s'accumulaient au-dessus de leurs têtes, et un vent plus froid s'était levé.

— Dépêchons-nous avant que vous ne vous trouviez de nouveau trempée ! ajouta-t-il en l'aidant à descendre à son tour.

Il garda sa main et la posa sur son bras. L'impression d'être à sa place le saisit fugacement, bientôt remplacée par l'idée que tout cela était trop agréable pour ne pas avoir de graves conséquences. Mais lesquelles ? N'avait-il pas conclu un peu plus tôt qu'il ne la reverrait plus après tout cela ? Il pouvait profiter le temps d'un après-midi de sa présence, de sa douceur, mais aussi de son esprit vif et de sa langue audacieuse.

*Sa langue...*

Un élancement dans son entrejambe le ramena à la réalité, à cette partie du parc fréquentée par le peuple et des gens qui envisageraient peut-être de les voler. Soulagé qu'elle le suive sans se plaindre de sa claudication, il fut néanmoins surpris de la sentir le pincer.

— Dois-je comprendre que je marche trop vite ? s'enquit-il.

Instinctivement, il baissa l'allure.

— Étiez-vous obligé de mentionner ma chute dans la Tamise devant ma bonne ? Comment vais-je justifier cela auprès de la baronne quand Elsie lui aura tout raconté ?

Il chercha dans sa mémoire ce qu'il avait dit et convint qu'il avait été fort maladroit.

— Vous n'aurez qu'à citer une promenade qui s'est terminée sous la pluie.

— Je suis une très mauvaise menteuse, répliqua-t-elle. Je deviens tellement nerveuse que je ne contrôle plus ce que je dis.

Amusé par cet aveu candide, il esquissa un sourire en coin. Qu'il aimait être avec elle ! Depuis combien de temps n'avait-il pas ressenti cette légèreté qui désormais coulait dans ses veines ? Des années, bien avant l'achat de sa charge d'officier. L'image fugace d'une prairie en Irlande lui revint. Des cheveux d'un noir profond qui flottaient dans le vent à ses côtés. D'elle, si belle et calme.

Le souvenir le blessa bien moins qu'il ne l'aurait cru possible, mais il laissa une cicatrice dans son humeur actuelle. Alors il afficha de nouveau une expression détachée et demanda avec une pointe de fermeté qui tranchait avec l'aspect taquin de sa question :

— Y a-t-il une anecdote que vous aimeriez me conter à ce sujet, mademoiselle Jones ?

Il la sentit se raidir, preuve s'il en est qu'il y avait derrière tout cela des instants de honte, de gêne et peut-être de rires. Avait-elle quelqu'un pour qui son cœur se consumait ? Espérait-elle épouser un des prétendants ? En avait-elle seulement ? Oui, il était évident que beaucoup se pressaient autour d'elle pour attirer son attention, mais la baronne de Skelmersdale veillait à ce que les choses n'aillent pas trop loin. Était-ce pour choisir le meilleur parti ou la priver d'un bon mariage ?

— Pas spécialement.

Ramené au moment présent par une réponse sibylline, il comprit qu'elle ne se sentait pas à l'aise pour lui confier de telles histoires à son propos. Et n'était-ce pas pour le mieux ? Ne devrait-il pas la remercier de mettre fin à ce début de flirt à la fois inconvenant et totalement déplacé puisqu'il n'avait aucune intention de se lier à une femme ? Pourquoi alors avait-il cette impression tenace de plonger dans l'inconnu ?

— Quel dommage ! murmura-t-il.

Le sourire qu'elle lui adressait annihilait ses facultés mentales. Il était perdu dans un maelstrom d'émotions toutes plus vives et plus douces que les autres.

— Willy a parlé d'un arbre fendu en deux, déclara-t-elle en détournant le regard. D'après lui, la foudre est tombée dessus il y a des années. Beaucoup pensent que cette partie du parc est maudite, et nous y serons tranquilles.

— Tous les éléments pour un rendez-vous clandestin, répliqua-t-il avec une pointe de sarcasme. Il ne manquerait plus qu'une bonne averse et nous nous retrouverons dans un roman peu recommandé aux âmes sensibles.

— Aux femmes, le corrigea-t-elle sèchement. Le monde change, monsieur le comte ! Mary Shelley a bien écrit une histoire d'épouvante.

— Vous parlez de *Frankenstein ou le Prométhée moderne* ?

Elle acquiesça, le menton relevé dans une attitude de défi délicieuse.

— Ce ne sont que des spéculations. Cet ouvrage a été publié anonymement, et certains aimeraient que l'auteur soit une femme pour servir des desseins politiques.

— Lord Byron lui-même l'affirme ! Il est l'instigateur de ce pari et...

— Elle n'avait que dix-neuf ans, mademoiselle Jones. Pensez-vous réellement qu'un être aussi...

— Pitié, ne dites pas « sensible », sinon je hurle ! déclara-t-elle les dents serrées.

— ... aussi jeune, poursuivit-il en insistant sur le dernier mot, ait pu écrire un roman gothique ? Ne croyez-vous pas qu'il faut avoir vécu de longues années pour imaginer de telles choses et les formuler avec tant d'adresse ?

Ils marchèrent un instant sans qu'aucun des deux ne prononce le moindre mot. Campés tous les deux sur leurs positions, ils cherchaient comment convaincre l'autre. Le comte avait réussi à obtenir un exemplaire de ce roman si controversé, pourtant déjà traduit. Il l'avait lu avec curiosité avant d'être horrifié par l'histoire en elle-même.

Et voilà que la douce Mlle Jones lui en parlait. Cette femme était un tel paradoxe qu'il se sentait prêt à découvrir toutes les facettes de sa personnalité, surtout celles qu'elle taisait pour se fondre dans le paysage aristocratique dans lequel elle évoluait désormais.

— D'après Willy, l'arbre devrait être dans cette direction, s'exclama-t-elle.

Il la vit discrètement jeter un coup d'œil par-dessus son épaule. Peut-être cherchait-elle à s'assurer que sa domestique les suivait toujours et préservait ainsi sa réputation.

— Je suis désolée de m'être montrée aussi impertinente, ajouta-t-elle aussitôt.

— Vous n'avez fait qu'énoncer vos opinions, lui rappela-t-il avec bienveillance.

— Et vous savez qu'une jeune femme ne doit pas se comporter ainsi. De plus, la baronne...

Elle se tut brusquement, attisant la curiosité du comte.

— Qu'a-t-elle ?

— Elle n'apprécierait pas d'apprendre que je me trouve ici, en votre compagnie, à tenir des propos qui ne sont pas dignes de...

— De la fille d'un baron ? termina-t-il pour elle.

— Je ne suis pas...

— Lord Boyle ? interpella une voix masculine que le comte reconnut aussitôt.

Cet après-midi allait de mal en pis. S'il y avait bien un homme qu'Alastar aurait aimé ne pas rencontrer dans cette partie de Vauxhall Gardens, c'était bien...

— Lord Pembrook ! dit-il en adoptant un ton froid.

L'aristocrate ne dissimulait en rien son amusement. Il était de notoriété publique qu'il entretenait au moins deux maîtresses à Londres et refusait de se remarier. Son héritier, un cousin bien trop éloigné pour qu'il s'en soucie réellement, se frottait les mains d'avance. Un libertin qui se jouait des rumeurs qui couraient sur son compte.

— Si j'avais su que Mlle Jones aimait frayer avec le peuple dans un tel parc, je me serais intéressé à elle bien avant.

— Avez-vous conscience que je vous entends, monsieur ? s'enquit cette dernière d'un ton plus sec que celui qu'elle utilisait d'habitude.

— Et cela vous plairait ? répliqua l'intrus.

Le regard de ce dernier s'arrêta sur ses lèvres et les contempla avec tant d'insistance qu'un frisson de malaise la parcourut. Visiblement satisfait de l'avoir déstabilisée, Lord Pembrook continua de la détailler, s'attardant sur sa cape qui masquait sa robe et ses formes.

— Je vous offrirai une cape bien plus chaude si vous acceptez de me laisser vous servir de guide.

— Je crains que cela ne soit impossible, intervint le comte. Si vous voulez bien, nous allons reprendre notre promenade.

Le lord acquiesça avec un sourire entendu qui déplut à Alastar. Seulement, ils n'avaient pas de temps à perdre, encore moins avec un noble aux mœurs dissolues. Il s'assura que la bonne était toujours à quelques pas derrière eux et contourna le malotru.

— Je crois déjà entendre la baronne de Skelmersdale me dire que mon exil dans le Wiltshire est avancé, murmura Mlle Jones.

*Et moi, les cloches d'une église*, songea Lord Boyle sans ressentir la moindre colère ou frustration à l'idée de voir son avenir irrémédiablement lié à sa compagne.

# 14

La perspective de quitter Londres pour la campagne anglaise réveillait en Louisa un mélange assez déroutant de joie et de déception. Elle ne pouvait nier que s'éloigner des Skelmersdale ne la chagrinait pas le moins du monde. Loin des yeux réprobateurs de la baronne, elle pourrait enfin souffler.

Mais elle ne le verrait plus.

Elle coula un discret regard vers le comte dont le visage exprimait la colère. Les sourcils froncés, il regardait droit devant lui sans se soucier d'autre chose. Était-ce leur rencontre avec Lord Pembrook qui le contrariait ainsi ? Oserait-elle croire que c'était la mention de son départ imminent de Londres si Lady Skelmersdale apprenait tout cela qui le plongeait dans de si intenses réflexions ? Et si tel était le cas, regretterait-il leurs joutes verbales et leurs échanges ? En plus de tout cela, il y avait aussi les sensations. Éprouverait-elle de pareils troubles avec un autre ?

Morose à la perspective de ne plus le côtoyer, elle fut tirée de ses réflexions par Lord Boyle :

— N'est-ce pas l'arbre où vous aviez rendez-vous ?

Elle observa le parc autour d'elle. En cette saison, les fleurs avaient laissé place à des bosquets ternes qui paraissaient presque menaçants. L'entretien de la pelouse n'était pas aussi rigoureux que dans la partie réservée aux nobles, mais cela donnait à l'ensemble un air sauvage qui lui rappela un instant le village où elle avait grandi.

Une bourrasque agita le feuillage au-dessus de leurs têtes. L'hiver était à la porte. Bientôt la pluie serait remplacée par de la neige et les flaques par des plaques de verglas sur lesquelles il ne ferait pas bon de marcher. Les manteaux deviendraient plus épais et agrémentés de fourrure. Les femmes paraderaient avec leur dernière acquisition, ne louant plus la délicatesse des tissus mais la robustesse des vêtements.

— Mademoiselle Jones ?

— Oui, Lord Boyle, je vous ai entendu, répondit-elle, pensivement.

Elle ôta sa main de sa manche et s'approcha de l'arbre dont Willy lui avait parlé devant l'orphelinat. La petite branche cassée en trois pendait lamentablement. Le tronc était bien scindé en deux, formant un V bien net. La partie de gauche reposait sur un splendide chêne tandis que celle de droite menaçait à chaque coup de vent de s'effondrer.

— Pensez-vous que Colin va venir ?

— Il me paraît difficile de répondre à une telle question, mademoiselle Jones.

— Et pourquoi cela ? s'enquit-elle en lui faisant face.

— Je ne connais pas ce jeune homme. Je ne saurais prédire sa réaction en ne vous voyant pas vous présenter hier. De plus, s'il vous a vue tomber dans la Tamise l'autre soir, il peut être parvenu à une conclusion plus funeste.

Acceptant sans sourciller le raisonnement terriblement terre-à-terre de son compagnon, elle déglutit et redressa le menton.

— Pourquoi ne pas avoir prétendu que tout allait bien se passer ? N'importe qui aurait soutenu que Colin nous rejoindrait sans tarder avec toutes les informations qui pourraient nous être nécessaires dans cette affaire.

Les lèvres du comte s'ourlèrent un instant. Ce fut si bref que Louisa crut avoir rêvé. Un homme aussi taciturne que lui ne pouvait éprouver autre chose que la lassitude qu'il affichait constamment sur son visage.

— Je crains de ne pas être ce genre de personne. Peut-être oserai-je le dire plus simplement : je ne suis pas n'importe qui.

— Oh ! ça, je le sais ! s'exclama-t-elle.

Aussitôt que les mots eurent franchi ses lèvres, elle s'en voulut. Pourquoi fallait-il qu'elle s'affranchisse des règles de bienséance en sa présence ? Certes, elle devait parfois faire des efforts pour ne pas exposer son irritation, mais avec lui... Son sang bouillait, et sa bouche s'exprimait sans demander l'approbation de sa tête... Peut-être perdait-elle ses esprits ?

— Puis-je me permettre de vous interroger sur la raison d'une telle réaction de votre part ?

— Rien, dit-elle.

Pour couper court à cette conversation, elle s'éloigna et regarda de l'autre côté de l'arbre. Colin allait-il apparaître comme par magie pour lui assurer la paix ?

— Je me vois contraint d'insister, mademoiselle Jones, déclara Lord Boyle.

Sa voix bien trop proche l'effraya au point qu'elle fit un pas de côté. Son pied se posa dans la terre meule et roula de telle sorte que sa cheville prit un angle douloureux avant de revenir à la normale. Louisa retint un cri avant de s'admonester. Pourquoi cherchait-elle à sauver les apparences, ici au beau milieu des jardins publics, et déserts, de Vauxhall Gardens ?

— Allez-vous bien, mademoiselle Jones ? demanda le comte en tendant la main vers son coude.

— Très bien.

Elle releva un peu plus le menton comme pour lui prouver qu'elle n'éprouvait pas le plus atroce des tiraillements dans une de ses chevilles.

— En êtes-vous sûre ?

— Et vous, souhaitez-vous réellement que je vous décrive avec force détails tout ce que je ressens à l'heure actuelle ? Êtes-vous prêt à entendre une femme s'étendre sur sa fragilité ? Sur ce sol instable et salissant ? Ou encore sur la météo de ces derniers jours ?

— La vérité me suffit.

Surprise par la franchise qui transparaissait dans sa voix, elle hésita. Que risquait-elle à se montrer à son tour honnête avec lui ? Personne ne serait témoin de son manque de savoir-vivre, de ce laisser-aller qui lui coûterait tant s'il advenait dans un salon.

— Alors non, ça ne va pas et à bien des égards. Je crains de m'être tordu la cheville au point que le retour à la voiture sera une épreuve pour moi. J'ai l'intuition que Colin ne se présentera pas à nous aujourd'hui et qu'il nous faudra retourner à ce théâtre pour le retrouver. Mais plus que tout...

Sur le point de lui parler de son statut de pupille et de femme dont elle se sentait de plus en plus la prisonnière, elle remarqua une chose, un détail terrible.

— Où est Elsie ?

— Elsie ? répéta le comte avant de regarder à son tour vers le sentier d'où ils venaient. Votre camériste ne nous a pas suivis. Voilà qui est bien fâcheux !

— Fâcheux ! C'est une catastrophe, vous voulez dire !

— Mademoiselle Jones, elle était avec nous quand nous avons croisé Lord Pembrook. C'est une bonne chose !

— Lord Boyle, comte de Cork, nous savons aussi bien vous et moi que si nous venions à être découverts tous les deux dans cette partie reculée de Vauxhall Gardens sans chaperon cela signerait la fin de ma réputation.

— Et de la mienne ! s'écria-t-il.

— Et nous avons déjà discuté de la facilité étonnante avec laquelle les nobles sortent glorieux de ce genre de situation alors que les femmes...

— Vous vous affolez pour rien...

— Et bientôt, vous me direz que je suis hystérique. Les hommes disent toujours cela quand les femmes tentent de leur prouver qu'ils font fausse route.

Ils se défièrent, chacun restant buté sur sa position. D'habitude d'humeur confiante, la jeune femme sentait monter en elle la crainte que sa domestique n'ait été agressée. En venant dans cette partie du parc, elle savait mettre sa réputation en danger, mais Louisa n'était pas la seule à risquer sa vie.

— M'demoiselle Lou ?

À l'évocation de ce doux surnom, elle sentit son visage perdre toute trace de colère. Elle esquissa un sourire sincère en se tournant vers l'arbre derrière lequel se tenait Colin. Ses vêtements paraissaient être les mêmes que ceux qu'il portait à l'orphelinat. Leur couleur plus foncée et les taches qui maculaient son veston poussaient à croire qu'il ne les quittait jamais.

— Colin ! Comment vas-tu ?

Louisa fit un pas dans sa direction avec l'intention manifeste de le prendre dans ses bras. Son pied se posait à peine sur le sol que la douleur manqua de la faire tomber. Aussitôt elle sentit une prise se resserrer autour de son coude.

— Prenez garde ! dit le comte d'une voix sèche.

— Oui, admit-elle avant de l'entraîner vers le jeune garçon. Comment vas-tu ?

— J'ai eu peur pour vous, m'demoiselle Lou. J'ai vu le gros Robert vous pousser à l'eau, mais j'ai pas réussi à ce qu'il m'lâche.

— Ce n'est rien. Monsieur le comte, ici présent, m'a aidée à sortir de la Tamise.

Elle tut l'épisode de son retour chez les Skelmersdale qui ne concernait en rien l'enfant. Réalisant que le temps leur était compté, elle se pencha vers Colin et lui sourit.

— Lord Boyle... Monsieur le comte, se reprit-elle pour ne pas embrouiller le garçon, il pourrait être l'oncle d'Eilinn. Elle a aussi disparu de l'orphelinat...

— Je sais, admit Colin. Elle travaille dans une taverne non loin du théâtre. Ils la forcent à nettoyer en dessous des lits. Comme elle est petite, ils l'obligent à faire le ménage. C'est pour cela que je suis venu vous voir à l'orphelinat. Je voulais que vous alliez la chercher.

Les lèvres de Louisa vacillèrent sous l'impact. Il avait une telle confiance en elle qu'il la pensait capable de sortir la fillette de l'enfer. Si seulement cela était vrai ! Si elle pouvait aller dans cette taverne et la prendre comme Felicity choisissait ses rubans chez la couturière !

Elle bredouilla et fut heureuse que le comte intervienne.

— Mlle Jones ne peut retourner dans le quartier où tu résides désormais. Je vais t'accompagner pour que tu me montres où se trouve Eilinn.

— Votre nièce ?

Louisa remarqua que Lord Boyle ne répondait pas à cette question. Après tout, comment allait-il s'assurer que cette enfant était bien celle qu'il recherchait si ardemment ?

— Et si ce n'est pas elle ? demanda Colin. Si mon Eilinn n'est pas la vôtre, allez-vous l'aider ?

*Pourquoi le ferait-il ?* songea la jeune femme. En quoi l'avenir de deux orphelins pouvait-il l'émouvoir, lui, le héros de guerre ? Discrètement, elle étudia son profil pour tenter de déterminer la teneur de ses pensées. Mesurait-il l'importance de sa réponse pour le garçon devant lui ?

— Nous en discuterons plus tard, déclara-t-il d'une voix calme.

Consciente qu'il s'agissait là d'une feinte, Louisa tendit le bras pour saisir la main de Colin. D'une voix qu'elle espérait ferme, elle ajouta :

— Nous trouverons une solution, je te le promets !

L'enfant acquiesça, prouvant là encore la confiance aveugle qu'il avait en elle. Profitant de l'instant, elle l'étudia sous toutes les coutures. Elle remarqua ses joues sales mais aussi plus creuses. Ses cheveux étaient en désordre, et ses doigts aux ongles noirs de crasse plongeaient régulièrement dedans pour gratter. Des poux.

Ce fut cette constatation qui attira les larmes aux yeux de Mlle Jones. Comme une goutte qui ferait déborder le vase, savoir que des parasites nichaient au sein des boucles du petit garçon ruina toute sa retenue. Discrètement, elle essuya ses joues, mais les deux autres ne furent pas dupes. Si l'aîné choisit de ménager l'amour-propre de la jeune femme, le plus jeune se montra moins délicat :

— Pourquoi pleurez-vous, m'demoiselle Lou ?

— Parce que je suis heureuse de te revoir, répondit-elle.

Difficilement, elle lui sourit pour qu'il ne l'interroge pas plus.

— Comment vas-tu ?

— Bien, m'demoiselle Lou. Mon travail est dur, mais j'apprends !

L'abnégation du garçon la sidéra.

— Et les autres ?

Il haussa une épaule.

— Parfois, je croise Willy ou Hugh. Mais on n'a pas le temps de parler, il faut qu'on obéisse.

— Est-ce eux qui t'ont dit de quitter l'orphelinat pour travailler ?

— Non, m'demoiselle Lou. Un matin, mère Kathleen m'a demandé de l'accompagner pour faire des courses. Nous sommes allés voir un homme qui m'a embauché. Et il va râler si je traîne trop...

Désemparée, Louisa acquiesça et laissa la place au comte.

— Sais-tu où Eilinn sera ce soir ? demanda ce dernier.

— À la taverne, très certainement. Quand le spectacle est fini au théâtre, les clients vont là-bas pour boire. Parfois les danseuses les rejoignent et prennent des chambres dans l'hôtel à côté. Je le sais parce que mon patron veut que je leur montre les chambres. Ce matin, j'ai même renvoyé un monsieur chez lui. Il était allongé sur une dame et lui faisait mal. Elle poussait des cris bizarres.

Fière de ce petit homme qui tenait à cœur le bien-être des autres, Louisa le félicita. N'entendant rien venir de la part de Lord Boyle, elle se tourna vers lui. Son visage paraissait gravé dans le marbre. Les ombres créées par la luminosité décroissante renforçaient son côté sombre. Pourtant, loin de se sentir mal à l'aise, la jeune femme s'attarda sur son sourcil droit qui paraissait plus relevé qu'à l'ordinaire.

— Un problème ? s'enquit-elle.

— Non. Nous allons vous reconduire jusqu'à votre voiture, puis Colin et moi partirons à la recherche d'Eilinn.

— Je vous accompagne !

— Il en est hors de question, déclara-t-il d'un ton si posé qu'elle en eut froid dans le dos.

— Pourquoi ne voulez-vous pas comprendre que je peux vous aider ? De plus, je tiens moi aussi à retrouver cette petite pour m'assurer qu'elle est en bonne santé et bien traitée.

Ravie d'avoir su s'imposer sans bafouiller, elle redressa le menton. Malheureusement, au regard qu'il posa sur elle, Louisa sut tout de suite qu'elle était loin de l'avoir convaincu.

— Colin, prends ce chemin. Nous te suivons dans quelques instants. Mlle Jones et moi-même avons à discuter.

Le garçon acquiesça, adressant un sourire désolé à la jeune femme. Bon gré, mal gré, elle s'appuya sur le bras du comte afin de soulager sa cheville douloureuse. Quand Colin fut à trois bons mètres devant eux, Lord Boyle reprit :

— Avez-vous conscience que la taverne où travaille Eilinn est plus proche d'un lieu de perdition que d'une maison d'hôtes à Bath ?

— Je ne suis jamais allée à Bath.

Réalisant avec un temps de retard l'ineptie de sa repartie, elle insista une nouvelle fois pour se rendre avec lui dans les bas quartiers. Elle usa à nouveau de l'argument qui lui paraissait le plus important :

— Elle ne vous connaît pas. Vous risquez de l'effrayer.

— À force de répéter de telles choses, je vais finir par croire, mademoiselle Jones, que je vous fais peur.

— Non ! s'exclama-t-elle.

Colin se retourna vers eux, certainement alerté par son petit cri. Elle lui fit signe de reprendre sa route.

— Vous ne me faites pas peur, Lord Boyle ! Je vous accorde un certain pouvoir pour impressionner les gens et les mettre mal à l'aise...

— Mon infirmité aide énormément.

— Non, votre aura dégage une énergie très forte. L'autorité et la colère...

— Je ne vous croyais pas adepte de ces contes de vieilles femmes.

— Figurez-vous que, moi non plus, je ne me pensais pas ouverte à de telles choses, mais après notre première rencontre j'ai été contrainte de revoir mon avis sur la question. Certes, vous marchez avec une canne, mais si vous la mettiez dans les mains de... Lord Pembrook il resterait un paon aussi creux qu'une jarre.

— Vous voilà bien agressive !

— Cessez de vouloir tourner au ridicule mes dires, monsieur ! Je tiens à poursuivre ces investigations avec vous, et rien de ce que vous pourrez me dire ne changera quoi que ce soit. Ma décision est prise !

Furieuse, elle s'arrêta pour pouvoir le défier. Elle plongea son regard dans le sien et ne céda pas d'un millimètre quand il se pencha vers elle.

— Et qu'en sera-t-il de votre réputation, mademoiselle Jones, quand quelqu'un vous aura reconnue en ma compagnie dans une taverne où les femmes vendent leurs charmes ? Pensez-vous réellement que la duchesse de Dorset pourra une nouvelle fois la sauver ?

Prête à répliquer, elle ouvrit la bouche, mais n'eut pas le temps de répliquer.

— Que croyez-vous que Colin a interrompu ce matin entre cet homme et cette femme ?

Le souffle court et les joues brûlantes, elle cilla. Sa timidité revenait avec force, tout autant que son innocence la poussait à se murer dans le silence.

— Maintenant, songez que, pour nous fondre dans la masse des clients d'un tel établissement, je devrai me montrer familier avec vous. Vous toucher plus que la bienséance n'approuve. Sur des parties de votre corps où seul votre mari aura le droit de poser ses doigts.

— Lord Boyle...

— Peut-être devrai-je vous embrasser pour parfaire la

comédie… Apprécierez-vous de sentir mes lèvres dévorer votre bouche, douce mademoiselle Jones ?

Elle déglutit en tentant de refouler une vague de chaleur inopportune qui embrasait ses sens. Quel effet cela lui ferait-il d'être embrassée par un tel homme ? De sentir ses mains sur sa taille, ses hanches… Des souvenirs de la voisine de sa mère lui revinrent en mémoire. Au printemps, elle et son mari se tenaient parfois si proches que Louisa restait cachée dans les fourrés pour découvrir à quoi ressemblait la vie maritale.

— Pour être certain que vous avez bien compris pourquoi il est hors de question que vous quittiez la demeure de vos tuteurs ce soir, imaginez que Lord Pembrook ou un noble du même acabit nous découvre tous les deux dans un tel lieu.

— Le mariage, murmura-t-elle.

— En effet. Vous verriez votre vie irrémédiablement liée à un noble infirme et peu enclin à rester à Londres.

S'il cherchait à lui faire peur, cela n'eut pas l'effet escompté. Et c'est bien cela qui effraya le plus Louisa.

# 15

Avec un mouvement sec, Louisa reposa son éventail sur sa coiffeuse et observa son reflet sans pour autant le voir. Ce soir, elle se rendrait à une réception où les conversations seraient encore et toujours vides de sens, où son attitude correspondrait en tout point à ce que l'étiquette imposait aux femmes de la haute société et où l'ennui la tuerait. Agacée par son humeur sombre, elle s'imposa des pensées plus enjouées qu'elle peina à rassembler.

Depuis la veille, elle n'avait pas eu de nouvelles de Lord Boyle. Si cela n'était pas une surprise en soi, elle craignait que ce ne soit un très mauvais présage. Sur le moment, savoir qu'Eilinn travaillait dans une maison de perdition – enfin, une auberge aux mœurs légères – l'avait surtout inquiétée pour sa réputation de débutante. Le soir venu, elle avait réalisé les risques qu'encourait la petite, et son sommeil avait été aussi bref que tourmenté.

— Êtes-vous prête, mademoiselle ?

Elsie lui sourit timidement.

En revenant du rendez-vous, ils avaient retrouvé la caméristе au bord de l'hystérie. Lord Pembrook l'avait retenue pour tenter de lui soutirer des informations sur sa maîtresse. Quand elle avait réussi à s'en défaire, Louisa et Lord Boyle avaient disparu.

Elle avait donc attendu qu'ils reviennent, regardant dans toutes les directions sans oser appeler sa maîtresse de peur d'attirer l'attention sur elles. Dans la voiture qui les raccompagnait chez les Skelmersdale, les deux jeunes femmes s'étaient accordées pour ne rien révéler aux tuteurs de Louisa et ne pas mettre en péril le poste de l'une et la réputation de l'autre.

— Je pense, oui.

Avec élégance, Louisa quitta son tabouret non sans avoir vérifié une dernière fois qu'aucune de ses taches de rousseur n'était visible. Tout devait être parfait, d'autant que Lord Pembrook serait des invités et pourrait se montrer indiscret.

*Si la baronne apprend ça, je vais finir dans un couvent écossais sur l'île la plus au large. Ou en Irlande.*

Honteuse de ressentir une pointe d'envie, elle baissa le regard sur sa jupe. Le trouble que le comte créait à chacune de ses apparitions était si délicieux qu'elle souhaitait le ressentir plus souvent, et peut-être même plus intensément. Hier soir, elle s'était demandé à quoi ressemblerait sa vie en tant qu'épouse de Lord Boyle. Serait-il, à l'instar de ses contemporains, un homme volage et peu enclin à passer du temps avec sa femme ? Ou, au contraire, resterait-il à la maison comme le duc aimait à le faire maintenant ? Et feraient-ils que parler ?

— Mademoiselle Jones…

Elsie la fixait dans l'attente d'une réponse qu'elle aurait été bien en mal de donner. Finalement, était-elle réellement prête à se rendre à cette réception ? Et si le comte ne se présentait pas ? Vu l'implication malheureuse des Sefton dans le mariage de Thea[1], les Dorset n'avaient pas prévu de se montrer ce soir. Lord Boyle, en bon ami de ces derniers, pouvait très bien choisir de refuser l'invitation.

Comment saurait-elle pour Eilinn ? Avisant un peu tard qu'un simple message envoyé à la duchesse aurait suffi à obtenir toutes les réponses, elle fronça le nez et s'admonesta. Au lieu de rêvasser et de supporter les reproches à peine dissimulés de sa tutrice, elle aurait eu tôt fait de prendre la plume. Ou de se présenter

1. . Voir Le duc arrogant de Mily Black, paru dans la collection Victoria.

chez eux à l'improviste. Non, elle devait cesser de se comporter avec tant de familiarité.

— Mademoiselle Jones...

— Oui, Elsie.

Sa réponse avait claqué, dévoilant l'état de nerfs dans lequel elle se trouvait. Lord Pembrook, le comte... Tous ces hommes bien nés allaient faire de sa vie un enfer si elle ne réussissait pas à se sortir de toute cette affaire. Pour un peu, elle aurait été pressée de rejoindre le Wiltshire et l'anonymat que la campagne lui promettait. Sa mère et sa vie d'avant ne lui avaient jamais autant manqué qu'aujourd'hui.

Avec un sourire contrit, elle quitta sa chambre et rejoignit le baron de Skelmersdale qui attendait patiemment dans le hall. Il la salua chaleureusement, lui adressant un compliment sur sa robe et son teint resplendissant.

*Quelles fadaises !* eut-elle envie de répliquer. À cet instant précis, elle se sentait affreusement vieille et fatiguée, tout le contraire d'une débutante s'apprêtant à passer la soirée avec des aristocrates pour rencontrer celui auquel elle lierait son destin.

— Merci, monsieur ! dit-elle en faisant une petite révérence.

D'un petit mouvement de la tête, il montra son approbation devant son attitude servile. Cette preuve supplémentaire qu'il était attendu d'elle bien peu de choses renforça tant son agacement qu'elle serra discrètement les poings.

— Louisa, je vois que vous êtes enfin prête ! s'exclama la baronne en apparaissant en haut de l'escalier.

Retenant une remarque acerbe qui n'avait pas sa place dans sa bouche ou encore dans une maison de nobles, Louisa acquiesça. Que tout cela devenait dur à supporter ! Si elle n'avait pas tenu à savoir les enfants en sécurité, peut-être aurait-elle insisté pour partir séance tenante dans le Wiltshire. Là-bas, elle aurait pu se vêtir plus simplement et se promener sans avoir à sourire perpétuellement.

— Bonsoir, dit Abigail en les rejoignant à son tour.

Elle se posta aux côtés de Louisa et lui montra discrètement un accroc dans sa jupe. Cette dernière bougea les plis de telle sorte à dissimuler le trou minuscule qui pourrait ruiner sa soirée si Lady Skelmersdale le découvrait. Pour plus de sécurité, elle laissa sa main dessus et observa Felicity qui descendait lentement les marches de l'escalier.

— Vous êtes magnifique, ma chère ! déclara la baronne en la contournant. N'est-elle pas un joyau ? demanda-t-elle à son mari.

Celui-ci opina du chef plus pour obtenir la paix que par réel souci d'esthétisme. Les manigances de sa femme pour marier ses filles ne semblaient pas le toucher.

— Allons-y !

Tous se mirent en route. Les quatre femmes s'installèrent dans la voiture, étalant autant que possible leurs robes pour éviter de froisser les tissus. Le baron, quant à lui, monta sur son cheval et ouvrit le chemin jusqu'à la résidence des Sefton. Tous à Londres savaient que son estomac était mis à rude épreuve quand il circulait à l'abri des regards, et personne ne lui reprochait ses arrivées.

Que Louisa l'enviait ! Dans l'atmosphère feutrée de la voiture, l'air était tout simplement irrespirable. Les parfums, les crèmes et les différentes poudres se mêlaient en une odeur qui soulevait le cœur de la jeune femme. Sans parler de l'appréhension qui lui serrait le ventre.

— Louisa, cessez de froncer vos sourcils ! la réprimanda la baronne.

— Oui, madame.

Elle tâcha de se détendre, mais ses pensées revenaient inlassablement aux enfants et au comte. Son esprit romanesque s'enflammait, imaginant les pires histoires. Dans chacune, l'un était blessé, introuvable ou encore irrémédiablement choqué.

*Ça pourrait être pire*, pensa-t-elle, déclenchant en elle une nouvelle angoisse. Déjà, elle entrevoyait le comte mortellement touché. Allongé sur le sol à fixer le ciel étoilé, il songerait à tout ce qu'il avait fait, tout ce qu'il n'avait pu réaliser. Serait-elle dans ses regrets ou ses remords ? Elle-même ne savait pas ce qui serait le mieux : se plaindre de l'avoir rencontrée et de toutes les conséquences, ou se lamenter sur cette attirance née entre eux et qu'ils n'avaient pas explorée ?

— Nous sommes bientôt arrivées, déclara Lady Skelmersdale en se redressant. Je compte sur vous pour éviter tout faux pas qui contreviendrait à l'avenir de Felicity.

Cette dernière sourit de plus belle, heureuse d'être une nouvelle fois celle qui serait mise en avant par les deux autres. Abigail acquiesça, obéissante comme toujours. Pourtant, Louisa avait découvert chez la jeune femme un caractère affirmé et déterminé quand il était question de dinosaures.

Avec grâce, elles sortirent de la voiture et se dirigèrent vers la porte. Dans leur dos, des bruits de sabots leur annoncèrent l'arrivée du baron qui sauta à terre avec difficulté, à croire que l'âge le contraindrait bientôt à cesser ses excentricités.

— Mesdames, les salua-t-il.

Il se posta à côté de sa femme et lui offrit son bras.

*Tout cela est si guindé !* pensa Mlle Jones en se souvenant de sa promenade dans Vauxhall Gardens avec le comte. *Enfin, ce n'était pas une promenade !* se corrigea-t-elle immédiatement. Une nouvelle pointe se ficha dans son cœur. Déçue, voilà ce qu'elle était en songeant à ce court moment hors du temps. Ils avaient parlé. Elle s'était appuyée sur lui, tant pour soulager sa cheville que pour retrouver une orpheline à laquelle elle était attachée. Et maintenant ?

Quelqu'un lui pinça gentiment l'avant-bras. Elle releva la tête et découvrit Abigail qui la contemplait avec inquiétude.

— Pardon, murmura Louisa.

Pourquoi s'excusait-elle ? Qu'avait-elle fait de mal pour que celle qui était désormais une amie la rappelle à l'ordre ?

— Vous vous êtes arrêtée de marcher, lui chuchota cette dernière. Cela ne changera en rien la popularité de Felicity auprès des hommes célibataires, mais ma mère ne le verrait pas ainsi.

Elle la remercia d'un sourire et continua son avancée. Le menton relevé, elle franchit le seuil de la maison avec résignation.

S'il ne tenait qu'à elle, elle se rendrait chez le comte pour avoir des explications. Seulement elle n'était qu'une femme, une célibataire qui avait à peine plus de droits que les chiens de chasse du roi. Et encore, ceux-ci avaient plus de responsabilités qu'elle.

— Louisa, Lord Yaglew est ici, l'informa la baronne.

Un frisson lui remonta le long de la nuque. Cet homme ne cachait pas son envie de la prendre pour épouse, et sa tutrice serait ravie de lui accorder sa main une fois Felicity dûment mariée.

— Je vous en conjure, ne vous approchez pas de Lord Locklear, ajouta-t-elle à voix basse.

Un raclement de gorge derrière elles les fit se retourner précipitamment. Le comte de Cork se tenait là, droit comme un général sur un champ de bataille. Bien que son teint soit plus blanc que d'habitude, il paraissait prêt à mener une bataille et à en sortir avec tous les honneurs.

— Bonjour, Lady Skelmersdale !

Il se tourna vers les trois plus jeunes pour les saluer tout aussi poliment. Son regard s'attarda sur Louisa, et celle-ci se sentit rougir. La joie de le voir enfin devant elle, de mesurer à quel point elle avait été stupide de croire qu'il pourrait disparaître sans lui donner plus de nouvelles quant à Eilinn, manqua de la faire défaillir. À cet instant, elle réalisa qu'elle s'était énormément inquiétée pour un homme qu'elle connaissait à peine.

— Lord Boyle ! lança le baron.

Aussitôt il posa des questions sur les années de service du comte dans l'armée. Les deux hommes s'éloignèrent pour ne pas outrer les oreilles innocentes et fragiles des femmes.

Ressentant une pointe d'aigreur, Louisa se dirigea en compagnie d'Abigail vers le buffet et demanda un verre d'eau. Autour d'elle, les invités paradaient, discutaient et s'assuraient à tout instant de ne pas bafouer une règle. Que cette vie lui pesait !

— Mademoiselle Jones, quelle joie de vous voir ! s'exclama Lord Yaglew.

Il marqua une pause pour bien montrer sa préférence.

— Mademoiselle Skelmersdale, ajouta-t-il avec un petit mouvement de la tête.

Ce simple geste semblait inviter cette dernière à partir le plus rapidement possible. Il paraissait prêt à lui faire grâce de tous les boniments qu'elle se devait de dire avant de s'éclipser. Mais, pour le grand plaisir de Louisa, celle-ci resta à ses côtés et participa silencieusement à une conversation des plus ennuyeuse sur les tissus venant des Indes aux motifs si délicieusement exotiques.

— Bonsoir...

Lord Locklear salua tout le monde poliment, se postant aux côtés d'Abigail qui rougit sous le coup. Louisa observa cette dernière qui peinait à cacher le bonheur qu'elle ressentait. Réagirait-elle de la sorte si le baronnet d'Ainsdale apparaissait à cette soirée ? Son regard parcourut l'assistance et s'arrêta en croisant celui du comte de Cork. Son corps se réchauffa, et l'idée que son inclinaison avait changé la frappa de plein fouet.

— Je ne me sens pas très bien..., dit-elle. Je vais aller...

— Je vais vous accompagner, déclara Lord Yaglew.

Il chercha à lui attraper le coude, mais elle l'évita habilement.

— Ne vous inquiétez pas, je ne serai pas longue !

Elle accompagna son mensonge d'un sourire et s'enfuit par le couloir éclairé à sa gauche. La main sur la poitrine, elle songea à tous les bouleversements qu'elle avait connus ces derniers jours et fut bien surprise de ne pas avoir réalisé avant qu'elle s'était attachée au comte. Le baronnet avait longtemps été son idéal, un choix de la raison, mais aujourd'hui elle se devait d'être honnête et de s'avouer que son cœur en avait décidé tout autrement.

D'une main fébrile, elle referma la porte de la bibliothèque derrière elle. Si seulement elle pouvait la fermer à clé pour que personne ne vienne l'interrompre. Avisant un fauteuil qui pouvait accueillir plusieurs personnes, elle s'assit en son centre et baissa la tête vers ses mains jointes sur sa jupe.

Depuis la partie de campagne dans le Merseyside, sa vie se compliquait de jour en jour. Le baronnet et sa résignation face au refus de la baronne de Skelmersdale. Thea et ses idées progressistes qui lui donnaient des envies de liberté. Cette dernière l'avait aidée à remettre en question tout ce qui l'entourait. Depuis leur rencontre, Louisa découvrait une force en elle qu'elle ne pensait pas posséder.

Et à quoi cela la mènerait-il ? À un mariage de convenance avec un homme qui… qui la traiterait comme « un bibelot et une reproductrice ». Les mots de la duchesse de Dorset résonnèrent dans son esprit comme un coup de fusil. Cela lui ôta toute force. Non, elle ne voulait pas de cela. Elle désirait elle aussi un compagnon avec qui parler, rire… Même se disputer semblait attrayant quand elle songeait à toutes ces fois où le duc avait osé s'opposer à sa femme.

Elle n'aurait pas tout cela avec le baronnet. Et avec le comte ? Pourquoi songeait-elle à lui comme à un prétendant possible ? Il ne lui avait témoigné aucune inclinaison particulière. Il lui parlait uniquement pour retrouver une petite fille qui pourrait être sa nièce. Elle devait absolument se ressaisir !

Délicatement, elle posa ses doigts sur ses tempes et les pressa en effectuant de petits cercles. Elle avait déjà vu sa mère faire ce geste et espérait que cela la soulagerait du mal de tête qui la menaçait.

— Mademoiselle Jones !

La bouche sèche, celle-ci se retourna vers la porte où le comte de Cork se tenait. Pourquoi fallait-il qu'il apparaisse quand elle cherchait à mettre de l'ordre dans ses pensées et que tout la ramenait à lui ?

Il referma le battant derrière lui et s'approcha en prenant appui sur sa canne. Ses vêtements étaient simples en comparaison des plumes fichées dans les coiffures de certaines nobles et des tissus aux tons criards dans lesquels les hommes avaient fait tailler leurs costumes. Et elle ne l'en apprécia que plus.

— Lord Boyle, dit-elle d'une voix faible.

Leurs regards se rencontrèrent, et Louisa sut qu'elle était perdue. Si elle s'était crue amoureuse du baronnet, ce qu'elle ressentait pour le comte allait bien au-delà. Si elle avait l'âme d'une poétesse, elle inventerait des mots, des expressions pour tenter de définir ce qu'elle éprouvait en le voyant ainsi devant elle. Seulement elle n'était qu'une orpheline sans grand talent qui souhaitait juste être heureuse et en paix.

— Je vous cherchais, déclara-t-il sans se douter de la portée de sa phrase dans le cœur de son interlocutrice.

Le sourire de cette dernière trembla, tandis qu'elle le détaillait à la recherche de ce qui la chagrinait un peu plus tôt. L'impression était toujours là, en rien changée par ses récentes découvertes. Elle nota qu'il serrait sa canne au point d'en avoir les jointures blanches. Avait-il mal à sa jambe ?

— Vous ne me demandez pas pourquoi ?

— Pourquoi…, répéta-t-elle, toujours dans ses pensées.

— Pourquoi je vous cherchais…

Elle laissa échapper une petite exclamation et se redressa.

— Vous souhaitiez me parler ? demanda-t-elle.

Dès sa question posée, elle songea à leur dernière conversation. À Eilinn, mais aussi à Colin. Voilà la raison de tout cela ! La déception l'envahit au point qu'elle culpabilisa de laisser le sort de ces deux enfants passer après ses sentiments naissants.

— L'avez-vous trouvée ? ajouta-t-elle en se redressant.

Il fronça les sourcils. Ce mouvement fut bref. Pourtant, il déclencha toute une cascade d'événements. Louisa réalisa enfin à quel point le teint du comte était blême. Ses yeux étaient plus froids que d'habitude, comme s'il devait fournir un effort.

*Il est blessé !*

— Avant toute chose, vous devriez vous asseoir, déclara-t-elle.

— Mademoiselle Jones, nous sommes seuls dans une bibliothèque. Cela est déjà des plus inconvenant pour nos contemporains. Alors, s'il me venait l'idée folle de prendre place dans l'unique fauteuil de cette pièce, celui-là même où vous vous tenez, vous n'imaginez pas le scandale.

*Un mariage.* Encore et toujours cette menace qui n'en était plus une aux yeux de Louisa.

— Si vous en veniez à perdre connaissance, m'autorisez-vous à vous gifler ?

Elle-même surprise par sa propre audace, elle releva le menton sans se rétracter.

— Vous passez bien trop de temps avec Lady Sackville.

— Cela ne répond pas à ma question, insista-t-elle.

— Je vous autorise à faire tout ce que vous désirez...

Ses joues s'échauffèrent, mais elle continua à le fixer. Elle flirtait avec lui, et elle aimait ça. Puis elle comprit qu'il venait de confirmer que quelque chose n'allait pas, et son humeur légère changea.

— Les enfants ?

— Ils vont bien, la rassura-t-il. Avec Colin, nous avons retrouvé Eilinn. Ils sont actuellement chez moi.

— Elle est bien votre nièce ?

— Oui.

Une vague de soulagement la traversa. La petite fille allait avoir un endroit où grandir et un oncle pour la protéger et l'élever.

— Et Colin ? murmura-t-elle en réalisant que le pauvre enfant n'avait personne.

— Il est avec elle. Je lui ai proposé de nous accompagner en Irlande.

— Pourquoi ?

Émue par l'offre généreuse qu'il avait faite à un orphelin qu'il ne connaissait que depuis la veille, elle avait laissé son cœur s'exprimer sans mesurer l'impolitesse de sa question.

— Disons que notre mission d'hier soir a été... chaotique et qu'il est préférable que nous partions rapidement tous les trois vers des contrées lointaines.

— Vous partez...

Brusquement, elle eut froid. Elle aurait aimé se replier sur elle-même, mais sa tenue l'en empêcherait et cela ferait désordre. Ses mains se crispèrent sur le tissu de sa robe tandis qu'une douleur irradiait dans sa poitrine. Était-ce donc cela un cœur brisé ? Nulle comparaison avec ce qu'elle avait ressenti en quittant le Merseyside !

— Je crains que rester à Londres ne m'attire des ennuis, déclara-t-il. Les hommes d'hier...

— Qu'y a-t-il ?

— Je pense que ce n'est pas une histoire convenable pour une jeune femme.

— Vous craignez que je ne m'effondre, monsieur le comte ?

— Je crains que la duchesse de Dorset ne m'en veuille atrocement si j'en venais à choquer sa tendre amie.

— Elle vous en voudra de considérer les femmes comme des êtres « tendres », et vous prouvera le contraire...

Il sourit et bougea légèrement. Son teint se fit plus cireux, et ses yeux se fermèrent un instant. Allait-il s'évanouir ?

# 16

Il chancela, s'appuya sur sa canne et inspira profondément. Son flanc le tirait affreusement. Le médecin avait désinfecté la plaie avec grand soin, se rappelant certainement que le duc avait écopé de plusieurs jours de fièvre après une blessure similaire.

— Je peux me lever et contempler le ciel par la fenêtre pendant que vous prenez place dans ce fauteuil, Lord Boyle. Vous semblez avoir plus besoin que moi de vous asseoir.

Son attention se reporta sur la jeune femme assise. Depuis leur première rencontre, elle hantait ses pensées, ses journées et maintenant sa maison. Les enfants ne cessaient de parler d'elle. Ils chantaient ses louanges au point qu'il s'était imaginé l'emmenant avec eux en Irlande.

Quel triste projet que de lui demander de les accompagner ! La famine avait dévasté le pays, et les conséquences de ce malheur étaient encore vivaces. Dans chacun des rapports qu'il lui envoyait, son intendant le suppliait de rentrer. Les métayers mouraient de faim, embarquaient pour les Amériques ou refusaient de payer pour subvenir à leurs besoins. Et qui les en blâmerait ?

— Que s'est-il passé, monsieur ? demanda Mlle Jones.

Il céda une dernière fois et parla librement d'un sujet qu'elle n'aurait jamais dû aborder.

— Il se peut que les patrons d'Eilinn n'aient pas été ravis de ma proposition.

*Quel doux euphémisme !*

— Votre proposition ?

Décrétant qu'il était trop tard pour faire marche arrière, il se redressa en prenant soin de ne pas forcer.

— Je leur ai offert de l'argent en échange de ma nièce. Ils se sont montrés…

Il serra les mâchoires, sans pour autant développer. Le reste de la conversation entre les tenanciers et lui resterait un secret bien gardé qui troublerait ses nuits pendant encore de nombreuses années. Il voulait racheter la liberté de sa nièce ; ils avaient pensé qu'il souhaitait juste « s'amuser ». Combien de temps aurait-il fallu avant qu'un client ne prenne le droit de la toucher, de…

La bile lui monta à la bouche.

— Lord Boyle ?

Il revint au moment présent, à cette femme qu'il aimerait aussi protéger. De ses tuteurs. De ces hommes prêts à tout pour l'avoir. Peut-être même de lui.

— Avec Colin, reprit-il, nous avons donc attendu à l'extérieur qu'une occasion se présente pour emmener Eilinn avec nous. Mais la femme est sortie alors que Colin lui expliquait qu'elle devait me suivre. Le mari est arrivé peu après et…

Les coups avaient fusé et sa dextérité au combat mise à rude épreuve. L'escrime lui avait permis de conserver ses réflexes, mais son adversaire désirait plus que tout garder la fillette pour de sombres projets. Cette idée avait poussé le comte à puiser dans ses réserves. Dès qu'il en avait eu la possibilité, il avait entraîné les enfants à sa suite. Dans leur dos, les cris avaient retenti. Ils se rapprochaient, parfois semblaient loin. Puis il avait trouvé un fiacre pour les ramener chez lui. Les cahots avaient été douloureux…

— Vous avez été blessé, conclut la jeune femme en se levant.

Il hocha la tête, ne souhaitant pas s'attarder sur ce point. S'il n'avait pas été handicapé par sa jambe, il aurait rossé cet homme bien avant qu'il n'appelle des renforts.

— Est-ce…

Touché par la sollicitude qu'il lisait dans son regard, il lui répondit en esquissant un geste de la main destiné à minimiser la suite.

— Le médecin du duc m'a déjà ausculté. Seulement, le détective privé m'a appris cet après-midi qu'une chasse à l'homme avait été lancée.

Le visage de Louisa se figea dans une expression qui lui broya le cœur. Peut-être n'aurait-il pas dû se montrer si honnête.

— Vous ?

— Oui. Je suis venu à cette réception uniquement pour vous porter les dernières nouvelles et vous dire au revoir.

*Enfin, adieu*, se corrigea-t-il.

— Merci de m'avoir permis de retrouver Eilinn, ajouta-t-il en faisant un pas dans sa direction.

Un élancement le força à marquer une pause.

— Sans vous, je serais déjà rentré en Irlande avec un profond sentiment de gâchis.

Son frère lui avait confié son enfant. La fille qu'il avait eue avec… Un prénom se forma au loin sans qu'il le pense réellement, comme un fantôme dans le coin d'une pièce dont on cherche à ignorer la présence. Cela faisait tant d'années qu'il refusait de songer à elle. Parfois sa silhouette se profilait au détour d'un souvenir, mais jamais nettement.

Encore moins ce soir, alors qu'il souhaitait se gorger de Mlle Jones. De la douceur de ses traits, de ses gestes… Son ange, celle qui lui avait rendu une partie de son âme sans qu'il sache même l'avoir perdue.

— Je ne sais comment vous témoigner ma reconnaissance, déclara-t-il.

— Colin… Prenez soin de lui, s'il vous plaît !

Encore une fois elle le surprenait par sa bonté et son dévouement. Malheureusement, ses mots sonnaient aussi comme une insulte.

— Je vous ai dit qu'il venait avec nous en Irlande, lui rappela-t-il. Est-ce pour vous « ne pas prendre soin de lui » ? Avez-vous quelque chose contre l'Irlande ?

La bouche de la jeune femme s'arrondit en une exclamation silencieuse.

— Je n'ai jamais... Je ne prétendrais jamais que...

Elle esquissa un pas vers lui avant de se ressaisir.

— Beaucoup de...

— Nobles ? proposa-t-il d'un ton sec.

— Beaucoup de gens se servent des enfants, et en particulier des orphelins... Je ne veux pas dire que vous faites partie de ceux qui... Veuillez me pardonner, je suis bien maladroite ce soir.

— Je veillerai à ce qu'il ait accès à la meilleure éducation. Peut-être prétendrai-je être son père pour lui ouvrir les quelques portes qu'un enfant illégitime est en droit d'espérer. Il a pris soin d'Eilinn en mon absence, je me dois de lui rendre la pareille. Nous en discuterons sur le chemin de Cork.

— Merci.

Un léger sourire illumina le visage de Mlle Jones. Il aurait pu l'admirer pendant des heures, ou encore discuter avec elle de tant de choses. Mais il devait partir pour s'assurer que ses domestiques empaquetaient bien toutes ses affaires et qu'ils pourraient quitter la ville dans deux jours.

Et ne plus la revoir. Il aurait certainement des nouvelles par Sackville. Il apprendrait son mariage avec un lord choisi par la baronne. Dans la même année, elle deviendrait mère. Une personne comme elle ne pouvait garder tout son amour pour un homme qui ne désirait en rien son affection. Combien d'enfants aurait-elle avant de dépérir et de perdre cette lumière intérieure ?

— Merci à vous, mademoiselle Jones, de m'avoir aidé dans cette entreprise.

Elle baissa le regard, intimidée. Alors il fit un nouveau pas dans sa direction. Il souhaitait relever son visage vers le sien pour en mémoriser chaque détail. Lui voler un baiser serait une douce torture pour les prochaines nuits solitaires, mais aussi un souvenir à chérir.

Au lieu d'une scène d'un romantisme infini, il sentit sa jambe plier sous la douleur. L'élancement lui déchira le flanc et lui fit perdre l'équilibre. Comme un infirme, il atterrit dans ses bras, tremblant et faible. Il nota la délicatesse de ses courbes contre son corps, la note florale de son parfum et la force avec laquelle elle le maintint debout.

— Venez vous asseoir, murmura-t-elle.

Comme on le ferait avec une duchesse douairière, elle l'escorta jusqu'au fauteuil.

— Il serait préférable que vous partiez, déclara-t-il avec fermeté.

— Il serait malvenu de vous laisser alors que…

Elle s'arrêta là dans sa phrase, fixant un point par-dessus son épaule. Avait-elle compris dans un éclair de lucidité l'inconfortable situation dans laquelle ils se trouvaient ?

— Abigail, faites venir votre père ici séance tenante !

Il se retourna vers la baronne qui les scrutait avec une attention malaisante. À moins que Mlle Jones ne soit la destinataire de l'œillade noire de sa tutrice.

— Et s'il ne…

— Dites-lui que j'exige sa présence.

Abigail regarda une nouvelle fois dans leur direction, s'excusant par avance de la conversation qui aurait lieu dès la porte refermée derrière elle. Seulement, les lamentations, les larmes… tout ce à quoi s'attendait le comte de la part d'une femme de la noblesse découvrant sa pupille seule avec un homme dans un endroit clos, rien ne vint. Elle se contenta de rester debout, les bras croisés sous sa poitrine, avec un air bravache qui en aurait découragé plus d'un.

— Je pense que je vous dois des explications, dit le comte. Tout cela est…

— Vous en parlerez à mon mari, l'interrompit-elle.

Le silence s'installa de nouveau. Incrédule face au calme de Lady Skelmersdale, il se tourna vers Mlle Jones qui paraissait au comble du désespoir.

— Que me vaut une telle invitation, très chère ? s'exclama le baron en entrant dans la pièce.

Avisant les personnes présentes, il referma la porte derrière lui et fronça les sourcils.

— Il se passe que votre très chère fille n'a pas pu s'empêcher d'attirer ce pauvre homme dans un piège des plus sournois pour qu'il l'épouse !

Le hoquet de stupeur que Mlle Jones émit prouva à Alastar qu'elle était offusquée par les propos de sa tutrice ou qu'elle n'était pas au courant de ce lien de parenté. Souhaitant rétablir la vérité avant que cette dernière ne subisse l'opprobre des aristocrates invités à cette soirée et de tous ceux qui seraient mis au courant dès le lendemain, le comte intervint.

— Rien de fâcheux ne s'est produit, je vous le jure. Ma jambe me faisait affreusement souffrir, et j'ai pensé m'isoler un peu pour la soulager. Quand je suis arrivé, Mlle Jones…

— Je sais que rien ne s'est produit dans cette pièce entre vous, le coupa le baron. Louisa est une jeune femme qui connaît les règles et qui n'a jamais cherché à les enfreindre.

*Il n'est donc pas au courant pour la tenue d'homme qu'elle avait revêtue, la soirée dans un théâtre des bas quartiers ou encore cette promenade dans Vauxhall Gardens*, songea Lord Boyle avec ironie.

— Dois-je vous rappeler ses origines ? répliqua Lady Skelmersdale avec aigreur.

— Certes, non ! répondit son mari. Je sais que sa mère lui a appris à bien se comporter et que cette rencontre n'est que le fruit du hasard.

— Alors pouvez-vous m'expliquer l'intérêt soudain de Lord Pembrook pour elle ?

Du coin de l'œil, le comte vit Mlle Jones se raidir. La faille dans toute cette affaire était exactement la propension de ce noble à trop parler.

— Tout le monde sait qu'il ne s'intéresse qu'aux femmes…

La baronne buta sur ces mots, mais le sens était compréhensible par tous. L'insulte planait dans la pièce sans que personne ne sache comment rebondir après un tel affront.

— Que préconisez-vous, Lady Skelmersdale ? demanda son époux.

— Que Louisa parte pour le Wiltshire dès demain matin. Ma cousine m'a parlé d'une famille souhaitant partir s'installer aux Amériques et qui chercherait une gouvernante. Avec tous ces après-midi passés dans un orphelinat, je pense qu'elle serait qualifiée pour un tel poste.

— Vous comptez envoyer ma fille à l'autre bout du monde ? Pourquoi ne proposez-vous pas Felicity qui, à l'heure où je vous parle, doit encore taper du pied pour espérer attirer l'attention de Lord Locklear ?

— Elle est notre fille ! Votre fille aînée et légitime.

— Et elle ne l'est que parce que j'ai rencontré la mère de Louisa après notre mariage.

— Elle ne tape pas du pied, poursuivit la baronne. Je venais justement ici pour m'entretenir avec Abigail de sa propension à détourner l'attention de Lord Locklear sur elle quand je les ai découverts.

Lord Skelmersdale secoua la tête, agacé par l'entêtement de sa femme. Alastar s'interrogeait sur les raisons qui poussaient un homme à supporter ce type de vie. Certes, la noblesse vous tombait dessus à la naissance. Parfois, les titres vous arrivaient sur le tard, après des morts que seul Dieu pouvait prévoir. Mais se lier à quelqu'un à jamais ?

Fut un temps, il avait souhaité ajouter son nom à la longue liste des hommes mariés. Mais elle avait tout brisé en un éclat de rire maladroit. Puis la guerre avait eu raison des dernières traces de son romantisme. Enfin, ce lit de camp dans un hôpital militaire avait réduit à néant son envie de se marier.

Alors pourquoi brûlait-il d'envie de se lever du fauteuil pour demander la main de Mlle Jones ?

— Je vais rentrer et... et préparer mes bagages, dit cette dernière.

Elle se mit sur ses pieds, tangua un peu et croisa les mains devant elle. Tout dans son attitude témoignait de sa résignation. Il l'avait vue se battre, enquêter pour des enfants qui n'étaient pas les siens, mais pour son avenir elle baissait les bras sans une seule plainte.

— Nous allons nous marier, s'entendit-il dire.

— Comment ça ? s'exclama la baronne.

— Je dois rentrer de toute urgence en Irlande. Mes affaires m'ont retenu plus que de raison à Londres, et mon domaine a besoin de ma présence. J'ai prévu de quitter la capitale dans deux jours, aussi vous demanderai-je de nous laisser partir en tant que fiancés.

Oui, c'était la meilleure solution. Savoir Mlle Jones à Londres lui convenait. Dans le Wiltshire, il l'imaginait s'épanouissant loin des faux-semblants de la haute société. Mais de l'autre côté de l'océan ? Survivrait-elle aux semaines de bateau nécessaires à la traversée ?

— Ce ne sera pas la peine, affirma froidement la baronne. Ma fille aînée doit être la première à se marier. Si quelqu'un venait à apprendre que…

Sa bouche se déforma en une moue dégoûtée alors qu'elle prononçait le prénom honni :

— Louisa est votre enfant et qu'elle convole avant votre fille légitime, ce serait un véritable scandale !

— Les deux sont légitimes à mes yeux ! rétorqua son mari.

*Mais pas à ceux de la haute société*, corrigea le comte.

— Toujours est-il que nous refusons votre proposition ! s'exclama Lady Skelmersdale. Personne ne vous a surpris, par chance. Nous pouvons donc supposer que toute cette affaire ne sera connue de nul autre.

Agacé par l'entêtement de cette femme, Alastar se releva en prenant appui sur sa canne. Tout son corps se contracta sous l'effort et la vague de douleur qui l'envahit. Son visage se crispa, lui donnant cet air sévère qui avait le don de calmer les soldats sous ses ordres.

— Ce n'était pas une question, déclara-t-il sèchement.

— Nous sommes ses tuteurs et nous avons donc le droit de nous opposer à cette union, répliqua la baronne en quêtant le soutien de son mari. De plus, en vous unissant à Louisa, vous feriez une mésalliance…

Mlle Jones avait raison. Il était si facile pour un noble anglais de ne pas faire face aux conséquences de ses actes. Il pourrait franchir le seuil de cette pièce sans que sa vie en soit affectée, alors qu'elle serait envoyée comme un simple colis dans une maison perdue au milieu de la campagne. Peut-être que tout le monde l'oublierait… mais pas lui.

— Lady Skelmersdale, je tiens à épouser Mlle Jones.

— Cela pourrait attendre que Felicity… Il vous suffirait de revenir au printemps. Lord Locklear s'intéresse à elle et ne devrait plus tarder.

— Je ne pourrai revenir au printemps.

— Nous comprenons que vous ne pourriez pas faire l'effort de…

— Baronne, taisez-vous ! intervint le mari de cette dernière. Louisa, mon enfant, que désirez-vous ?

Alastar se tourna vers elle et la découvrit d'une pâleur extrême. Leurs regards se croisèrent sans qu'il pût décrypter toutes les émotions qui bataillaient en elle. Peut-être n'avait-elle pas envie de l'épouser. Ou encore de l'accompagner en Irlande. Aurait-elle préféré qu'il se taise afin qu'elle quitte Londres rapidement pour le Wiltshire ?

— Ce genre de décision ne dépend pas de…

— Taisez-vous ! tonna le baron. Je veux savoir ce que souhaite Louisa.

D'un ton plus doux, il reprit :

— Souhaitez-vous épouser le comte et vous rendre en Irlande avec lui ?

— Je crois, murmura-t-elle en baissant les yeux vers le sol.

Deux mots qui broyèrent le cœur d'Alastar. Qu'avait-il espéré ? Pensait-il qu'elle se réjouirait à l'idée de se lier avec lui, un Irlandais handicapé et probablement sans rente ?

— Dans ces conditions, nous allons vous trouver un chaperon pour vous accompagner et veiller à ce que tout soit parfait jusqu'au jour du mariage.

— Un chaperon ? s'exclama la baronne. Vous ne comptez pas sur moi pour entreprendre un pareil voyage alors que Felicity...

Son mari leva la main pour l'interrompre.

— Même si cela serait des plus plaisant pour beaucoup d'entre nous, je ne tiens pas à froisser mon premier gendre en lui imposant votre présence. De même, Louisa n'a que trop souffert de vos brimades.

Le comte de Cork observa l'échange entre les deux tuteurs sans pouvoir ignorer la déception causée par la réponse de Mlle Jones.

— Je pourrais demander à ma cousine, Mlle Loods, de les accompagner.

Lord Skelmersdale hocha la tête, scellant leur destin.

— Louisa partira donc avec vous dans deux jours. Le temps pour nous de nous accorder sur sa dot.

— Parce que vous comptez...

La baronne se tut, oubliant de finir sa phrase par la même occasion.

— Maintenant, si vous le voulez bien, j'aimerais retourner auprès des autres invités.

Alastar allait quitter la pièce à la suite des deux autres quand il remarqua que Mlle Jones n'avait pas bougé.

— Un problème ? demanda-t-il.

— Je n'arrive pas à déterminer ce qui me bouleverse le plus, avoua-t-elle avec candeur.

— Est-il vraiment si important de le déterminer ? argua-t-il sèchement.

Elle leva les yeux vers lui. Il y lut tant de questions qu'il fut un instant submergé par sa détresse.

*Je crois.*

Non, il ne devait pas s'attacher à elle plus que de raison. Elle non plus ne l'avait pas choisi.

# 17

Elle allait se marier. L'idée que son avenir était scellé à celui d'un homme ne déclencha pas en elle de panique particulière, ni même de colère destructrice. Si cette dernière aurait été surprenante et contraire à son caractère posé, elle aurait néanmoins eu l'avantage de paraître logique pour la jeune femme.

Alors que son futur époux sortait de la pièce, indifférent aux bouleversements que cette soirée entraînerait dans les jours à venir et pour leur avenir à tous les deux, elle reprit place dans le fauteuil. Accablée par un poids sur ses épaules, elle réalisa que le calme régnait en maître dans son esprit.

*Suis-je devenue folle ? Ai-je atteint mes limites ?*

Tant de questions s'égrenaient dans son esprit, qu'elle finit par ne plus y porter d'attention particulière. Au lieu de ça, elle caressa sa jupe, comme pour lisser un pli invisible au commun des mortels.

*Lady Louisa Boyle, comtesse de Cork.*

Ses lèvres se relevèrent en un discret sourire qui ne tint pas plus d'une seconde. Elle serait liée à jamais à cet homme, et cela l'emplissait d'une douce euphorie. Lady Skelmersdale avait refusé cette union, mais il avait insisté, arguant tenir à l'épouser. Il avait eu plus de courage que le baronnet, et elle ne pouvait que s'en féliciter ! Enfin, ses rêveries et ses questions trouveraient des réponses.

Elle sourit de plus belle avant qu'une idée pernicieuse ne vienne ternir sa joie.

Aurait-il refusé si elle n'avait pas pris le temps de lui prouver que les nobles anglais pouvaient se tirer aisément de ce genre de situation tandis que les femmes voyaient leur réputation changer à tout jamais ? Souhaitait-il vraiment partager sa vie avec elle ou était-ce là une solution logique ?

Troublée par ses pensées, elle se rappela le défilé de la soirée et le « je crois » qu'elle avait formulé à défaut d'un oui franc.

Quand le baron, son père, lui avait demandé ce qu'elle désirait, un doute s'était immiscé en elle, ainsi que l'envie un peu folle d'être choisie pour elle-même et non sous la menace. En entendant le comte déclarer que ce n'était pas une question, l'espoir de contracter une union d'amour l'avait tenaillée.

— Louisa ?

Sortie de ses songes par la voix toute proche d'Abigail, la jeune femme sursauta et releva les yeux de sa robe. Son amie, sa demi-sœur, l'observait avec douceur et une pointe d'inquiétude. Il faut dire que la baronne n'avait jamais été tendre avec sa pupille. Alors la trouver dans une situation aussi inconfortable risquait d'engendrer les pires des représailles.

— Puis-je vous demander si vous allez bien ?

Louisa hocha la tête sans parvenir à articuler un simple mot de remerciement pour cette sollicitude.

— Une chance que mère veuille marier Felicity en premier ! murmura Abigail en prenant place à ses côtés. Je n'ose imaginer votre destin si vous aviez dû épouser le comte !

— Pourquoi dites-vous cela ?

— Lord Boyle me glace le sang. Je sais que je ne devrais pas dire cela de lui, mais il paraît si… froid et autoritaire que vivre avec lui ne doit pas être facile. Il est à l'opposé du baronnet…

Abigail comparait la douceur d'un côté et la dureté de l'autre. Le calme et la colère. L'obéissance et l'aventure. L'ennui et l'inconnu. Louisa se frotta les bras pour se réchauffer et lutter contre le froid qui l'envahissait. Rien à faire, elle se sentait irrémédiablement attirée par l'Irlandais.

Ses manières brusques, un peu rustres, la contrariaient. Elles la poussaient à remettre en cause son attitude servile et sa volonté de ne pas entrer dans la lumière. Jamais il ne lui avait reproché de s'être habillée comme un homme ou d'être allée à Vauxhall Gardens dans ces allées aux fréquentations discutables.

— Louisa ?

— Je vais l'épouser, répondit-elle simplement. Dans deux jours, je quitte Londres pour l'Irlande.

— Mère a accepté ?

L'incrédulité d'Abigail amusa la jeune femme qui réussit à reprendre ses esprits.

— Non, vous devinez bien qu'elle s'y est opposée. Seulement le comte ne leur a pas laissé le choix.

*Et j'en suis heureuse*, eut-elle envie d'ajouter.

Encore aux prises avec la réserve qu'une jeune débutante se doit d'adopter en de pareilles circonstances, Louisa redressa le menton.

— Je vais me marier avant que Felicity ne soit fiancée.

Sa remarque attira un léger sourire sur les lèvres de son amie. Songeant qu'Abigail connaîtrait peut-être la même joie avec Lord Locklear, elle lui prit la main et la serra. Qu'importe si Lord Boyle ne lui avait pas fait la cour, s'il ne lui avait pas lu des poèmes ! Sur le chemin la menant à sa nouvelle demeure, elle aurait tout le temps d'expérimenter avec lui les balbutiements d'un couple.

Que ressentirait-elle quand il lui frôlerait la main ? Quand il l'attirerait contre lui ? Ses joues rougirent au souvenir encore récent d'une étreinte volée alors qu'il perdait son équilibre.

*Il est blessé !* se rappela-t-elle soudain. Aussitôt, elle porta son regard vers la porte. Peut-être ferait-elle mieux de retrouver la grande salle pour lui demander de ses nouvelles, pour s'enquérir des affaires dont elle aurait absolument besoin en Irlande. Quelle était la météo à cette époque de l'année ? À quoi ressemblait sa maison ? Combien de temps leur faudrait-il pour y arriver ?

— Et si nous y retournions ?

Ravie à l'idée de rejoindre les autres invités, et de parler avec le comte, Louisa se leva et s'assura que sa tenue était parfaite. Elle tenait à être irréprochable. À la suite d'Abigail, elle entra dans la salle de réception.

Tous conversaient avec la retenue afférente à leur position sociale. Dans un coin, elle remarqua Felicity qui parlait avec Lord Locklear. Celui-ci répondait poliment, tout en regardant autour de lui.

— Mademoiselle Jones ! s'exclama Lord Yaglew en apparaissant à ses côtés. Il me tardait de discuter avec vous. Un spectacle avec des chevaux est organisé à Vauxhall Gardens dans trois jours. Me feriez-vous l'honneur de m'y accompagner ?

— Je crains que cela ne soit impossible, répondit-elle sans parvenir à dissimuler sa satisfaction.

— Puis-je vous demander pourquoi ? Votre tante m'a dit pas plus tard que tout à l'heure que vous étiez disponible et que ce genre de divertissement vous ravissait.

— Je ne serai plus à Londres.

— Ne pouvez-vous repousser votre départ ?

*Des habitués des docks sont à la recherche du comte avec des intentions peu honorables*, songea-t-elle. Repousser leur départ reviendrait à le mettre en danger. Pour un spectacle avec des chevaux ?

— Non.

Mesurant que sa réponse était un peu sèche, elle ajouta avec un petit sourire qui n'atteint pas ses yeux :

— Lord Yaglew, vous m'en voyez désolée.

*Quelle menteuse !* s'admonesta-t-elle. Ne pouvait-elle pas simplement refuser une invitation sans avoir cette affreuse sensation de contrevenir à toutes les règles diplomatiques et aristocratiques qui régissaient ce pays ? Comment avait-elle fait pour s'y plier alors que maintenant cela lui semblait ridicule et infondé ?

— Permettez-moi d'insister, mademoiselle Jones !

Sa voix avait claqué tandis qu'il tendait la main vers son bras pour s'en saisir. Louisa fit un pas sur le côté et répliqua fermement :

— Je ne vous permets pas, Lord Yaglew.

Les invités les plus proches se tournèrent vers elle, cherchant à connaître la raison de son éclat. Sa réputation de jeune femme discrète et pondérée la précédait dans les salons au point qu'une telle réaction de sa part était déconcertante.

— Votre tante...

— Un problème ? demanda le comte en se postant à ses côtés.

Heureuse de ne plus être seule, la jeune femme réprima le sourire qui menaçait d'apparaître sur ses lèvres et trahirait son émoi à le savoir si près d'elle et prêt à l'épauler.

Lord Yaglew se redressa pour tenter de gagner en autorité. Affichant l'expression ennuyée d'un aristocrate qui n'accepte pas un refus, il répondit d'un ton dénué de toute émotion :

— Je proposais à Mlle Jones de m'accompagner à un spectacle équestre.

— Et Lord Yaglew n'admettait pas mon refus, ajouta Louisa.

Celui-ci se redressa un peu plus, avisant que l'attention de tous se tournait vers eux.

— Et comme je le précisais à Mlle Jones, Lady Skelmersdale m'a donné sa bénédiction.

Sans un mot, le comte posa la main de la jeune femme sur son bras, ce qui lui donna un regain de courage. Était-ce donc ce que l'on ressentait quand on trouvait son âme sœur ? Sa mère lui avait décrit tant de fois ce lien qui l'avait unie naturellement à son père, que Louisa en était venue à penser que tout cela était exagéré. Pourtant...

— Dois-je lui jeter mon gant ? demanda Lord Boyle d'un ton où suintait l'ennui.

— Et pourquoi feriez-vous cela ? s'enquit Lord Yaglew.

— Peut-être parce que votre insistance à inviter ma fiancée pourrait être mal interprétée.

Nul doute que toute l'assemblée avait entendu ses propos et

que leurs fiançailles venaient d'être annoncées sans les formes communément admises dans la bonne société.

Mais Louisa n'en avait que faire. Pas plus qu'elle ne s'émut quand Felicity lui adressa un regard plein de reproches et que Lord Locklear en profita pour fausser compagnie à cette dernière. Elle allait épouser cet homme qui l'attirait depuis leur première rencontre dans le salon des Sackville.

Lady Sefton, en bonne hôtesse, se pressa de complimenter le nouveau couple pour cette heureuse nouvelle. Elle s'arrêta devant eux et répéta ses félicitations.

— C'est un honneur que vous ayez choisi de l'annoncer à ma réception !

Discrètement, Louisa se tourna vers le comte qui serrait visiblement les mâchoires. Se retenait-il d'envoyer la baronne sur les roses ou grimaçait-il de douleur ? Réalisant qu'elle devait prendre la direction de cette conversation avant que tout cela ne vire à la catastrophe, elle glissa sa main sur l'avant-bras de son fiancé.

— Nous sommes désolés de vous avoir pris de cours avec une telle nouvelle.

— Ne le soyez pas, ma chère enfant ! Il me tarde que mon fils partage ainsi son bonheur.

Elles se sourirent et se séparèrent sans qu'un mot de plus soit ajouté.

— Mes félicitations, déclara Lord Locklear avec une petite révérence. Je suis heureux que vous ayez trouvé un fiancé à votre hauteur.

Surprise par la formulation, Louisa l'observa jeter de rapides œillades en direction d'Abigail. Cette dernière regardait ses mains avec application, les joues d'un rose pâle.

— Je vous souhaite la même chose, monsieur.

Il acquiesça poliment avant de proposer à Abigail de la conduire jusqu'à la table des boissons. Une fois qu'ils ne furent plus que tous les deux, Lord Yaglew ayant disparu à l'arrivée de l'hôtesse, la jeune femme sursauta en sentant un souffle sur sa joue.

— La même chose ? demanda le comte avec une pointe d'ironie qui blessa Louisa.

— Oui, une fiancée à sa hauteur.

— Quelque chose me dit que vous ne parliez pas de Felicity.

— Je ne vois pas ce qui vous fait penser de telles choses !

Tous deux échangèrent un sourire complice, le premier. Elle remarqua de fines rides au coin de ses yeux. Depuis combien de temps étaient-elles là ? Il semblait tellement sérieux et impassible que leur présence la troublait et la faisait se sentir chanceuse. Elle les avait vues, et le sourire qui les avait provoquées était pour elle.

Une douce chaleur se répandit en elle, la poussant à lui poser rapidement une question pour qu'il ne puisse mesurer son émoi.

— Vous apprêtiez-vous à partir ?

— Désirez-vous déjà me voir quitter cette réception ?

— Souhaitez-vous perdre connaissance au milieu de tous ces gens ?

— Pourquoi perdrais-je connaissance ? répliqua-t-il sèchement.

— Avez-vous donc simulé votre malaise dans la bibliothèque ? argua-t-elle sans prendre ombrage de son ton.

— Répondez-vous toujours à une question par une question ?

— N'est-ce pas moi qui ai posé la première ?

Il redressa le menton et l'évalua d'un œil critique. Sa bouche ne formait plus qu'un trait fin. Son attitude distante réveilla les insécurités de la jeune femme. Avait-elle été trop loin ? Avait-elle franchi une limite sans le savoir ? Il lui avait permis jusque-là tant de liberté, qu'elle s'était laissé griser.

— Passer du temps avec Lady Sackville vous fait du bien, mademoiselle Jones.

Touchée par ce compliment, elle effectua une discrète révérence et réitéra sa question de manière plus directe :

— Êtes-vous en état de rester à cette réception ?

— Le médecin vous dirait certainement que je serais mieux dans mon lit à me lamenter sur ma faible condition de noble.

— Et vous ?

— Que j'ai connu pire, répondit-il. Et qu'après une telle annonce il serait malvenu de ma part de vous abandonner au milieu de toutes ces personnes à la curiosité exacerbée.

— Dois-je comprendre que vous allez être contraint de souffrir de mille maux pour moi ?

— Allez-vous trouver cela romantique au point de sortir un éventail pour l'agiter devant votre visage ?

— Je n'ai pas d'éventail.

— Dieu merci ! s'exclama-t-il en l'entraînant vers la table des rafraîchissements. Nous n'allons pas tarder à être séparés. Pouvons-nous convenir d'un rendez-vous demain en début d'après-midi ? Nous nous rendrons chez les Sackville pour leur annoncer la nouvelle.

— Vous avez bien conscience qu'ils sont peut-être déjà au courant tant les rumeurs vont vite au sein de la noblesse britannique ? plaisanta Louisa en acceptant le verre qu'il lui tendait.

— La duchesse ne devrait donc plus tarder !

Les sourires qu'ils échangèrent rassurèrent la jeune femme. Le poids qui pesait jusque-là sur ses épaules se fit bien plus léger.

— Puis-je vous demander comment nous allons nous rendre chez vous ?

Il réfléchit un instant avant de répondre.

— Nous allons prendre le train jusqu'à Liverpool. Le trajet durera quatre heures. Nous embarquerons ensuite dans un bateau pour une traversée de nuit qui nous prendra près de vingt-quatre heures. Une fois de retour sur terre, une calèche nous amènera rapidement au manoir.

— Je dois vous avouer que je n'ai jamais pris le train ni le bateau.

Avec appréhension, elle songea au mal qui lui rongeait les entrailles chaque fois qu'elle voyageait. Se ridiculiserait-elle auprès de son fiancé ? Peut-être existait-il des remèdes qu'elle pourrait utiliser afin de rendre tout cela moins déplaisant ?

— Je comprends que la perspective de vous installer en Irlande puisse vous paraître horrible...

— Comment ? s'exclama-t-elle avant de se reprendre. Pour quelle raison pensez-vous cela ?

— L'expression de votre visage, mademoiselle Jones, ne laissait aucun doute quant au contenu de vos pensées.

— Je crains, Lord Boyle, que vous ne me connaissiez trop peu pour prétendre déchiffrer mon visage !

Abasourdie d'avoir adopté un ton aussi sec avec un pair du royaume, elle marqua une pause pour se calmer et poursuivre d'une manière plus civilisée :

— Ce que je vais vous révéler est une source d'embarras pour moi, mais je tiens à ce que vous mesuriez votre méprise. Il se trouve que les voyages ont le don de me rendre malade. Le cocher qui me mène jusqu'à l'orphelinat le fait à allure réduite et veille à éviter autant que possible les cahots. Je suppose que toutes ces précautions seront impossibles, que ce soit sur les rails ou sur l'eau.

— En effet.

Gênée, elle détourna le regard et vit Abigail qui discutait avec passion dans un coin de la pièce en compagnie de Lord Locklear. Tous deux étaient tant concentrés sur leur conversation qu'ils ne remarquaient pas que la baronne de Skelmersdale les observait. Mécontente, cette dernière secouait inlassablement la tête au point d'attirer l'attention de l'hôtesse.

Louisa comprit que le scandale n'allait pas tarder à exploser. Ne pouvant s'en prendre à elle, sa tutrice libérerait sa fureur contre sa fille cadette. Si son désir de continuer à discuter avec le comte était grand, l'envie de protéger son amie se fit pressante.

— Monsieur, je vais devoir vous laisser.

En relevant la tête vers lui, elle vit qu'il observait lui aussi le couple plus loin.

— Je suppose que vous souhaitez sauver votre sœur de la colère de sa mère.

*Ma sœur...* Le mot tourna en boucle dans son esprit, ne sachant quel sentiment cette constatation devait engendrer.

Avoir Abigail pour sœur était un cadeau du ciel, mais il venait avec une contrepartie non négligeable : Felicity.

— Si elle devait marier les deux plus jeunes avant l'aînée, cela risquerait de la contrarier, ajouta le comte.

— Détecterais-je une pointe d'amusement dans votre ton ?

Il ne prit pas la peine de répondre, se contentant de hausser un sourcil.

— À demain, mademoiselle Jones.

Avec une révérence parfaitement effectuée, elle le salua à son tour et rejoignit Abigail. Elle se glissa auprès d'eux avec discrétion et intervint quand il fut clair que la baronne s'apprêtait à venir dans leur direction.

— Abigail, je crains qu'il ne soit tard et que nous devions rentrer.

Si cette dernière ne comprit pas sur l'instant la raison de cette remarque hautement impolie, elle céda en apercevant le regard torve de sa mère.

— Je suis désolée, ajouta Louisa, mais l'annonce de mes fiançailles m'a bouleversée...

Quelle autre raison aurait-elle pu utiliser pour justifier son comportement ? La bonne société pardonnait facilement à une femme ses excès quand il était question de mariage ou d'enfants. Elle sourit à Lord Locklear qui parut circonspect :

— Mlle Felicity ne devait-elle pas être la première à se marier ?

— Le comte n'était pas de cet avis, répondit-elle avec une pointe de fierté.

— Toutes mes félicitations, mademoiselle Jones ! Je manque à tous mes devoirs.

— Et moi, je vais me montrer insistante. Peut-être pourrions-nous considérer que l'affaire est close.

— Si tel est votre désir.

Lord Locklear les salua toutes les deux, s'attardant un peu plus sur Abigail qui paraissait maintenant effrayée.

— Ma mère va m'envoyer dans un couvent, murmura-t-elle en suivant Louisa vers la sortie.

— Ou dans le Wiltshire, chuchota cette dernière.

Ses fiançailles risquaient de causer du tort à son amie, mais qu'y pouvait-elle ?

# 18

Le lendemain matin, alors que ses yeux s'ouvraient sur un nouveau jour, Louisa se sentit différente. Pour la première fois depuis la mort de sa mère, elle envisageait les heures suivantes comme une succession de contraintes et de faux-semblants. Aujourd'hui serait le dernier jour à Londres. Elle devait préparer ses affaires et dire au revoir aux quelques personnes qu'elle appréciait réellement.

Il ne lui restait qu'à déterminer la conduite à tenir avec le baron, son père. En se couchant la veille, elle avait peiné à trouver le sommeil tant elle se sentait stupide de ne pas avoir songé à cela avant. Il avait fallu que cette information lui soit jetée au visage pour qu'elle réalise qu'elle tenait là l'unique raison de sa présence au sein d'une famille de nobles.

Finalement ce n'était pas tant le mensonge que son aveuglement qui l'agaçait. Elle avait depuis des années toutes les pièces du puzzle sous les yeux et pourtant elle n'avait jamais cherché à les rassembler. Sa vie la satisfaisait ainsi, sans l'ombre d'un père absent et infidèle.

Avec le recul, elle comprenait qu'on l'ait laissée dans l'ignorance les premières années de sa vie. Mais pourquoi sa mère ne lui avait-elle pas confié ce secret sur son lit de mort ? Elle aurait pu lui expliquer pourquoi elle vivrait dorénavant à Londres avec des inconnus ou presque.

Ainsi, elle aurait tout de suite compris l'inimitié de la baronne qui croisait tous les jours la preuve de l'inconstance de son mari. Ressentant de la peine pour une femme qui se montrait dure avec elle, Louisa se concentra sur Lord Skelmersdale.

Souvent, ils petit-déjeunaient ensemble. Combien de fois aurait-il pu mentionner le lien qui les unissait ? Au lieu de cela, il avait préféré se taire, fuyant une nouvelle fois ses responsabilités. Point qu'elle ne pouvait reprocher au comte vu l'ardeur qu'il mettait à rechercher sa nièce !

Délicatement, elle sortit un bras de sous son édredon et tira sur la corde près de sa table de chevet pour faire mander Elsie. Elle patienta quelques minutes avant de quitter l'étreinte chaude de son lit pour se placer devant la coiffeuse. Assise face à son reflet, elle contempla le sourire qui ornait ses lèvres de bon matin. L'idée d'épouser le comte l'emplissait de joie, mais un doute l'envahit : était-ce pour l'homme ou pour l'opportunité de quitter cette demeure.

Une petite voix lui souffla que la question ne se poserait pas s'ils s'étaient embrassés au bord de la Tamise, à Vauxhall Gardens ou à toute autre occasion. Se répandrait-il en excuses comme le baronnet l'avait fait ?

Non ! Il se montrerait conquérant, sûr de lui et plein d'entrain. Ils allaient se marier après tout, et il n'était pas de ces nobles endimanchés qui paradaient dans Hyde Park.

Surprise par la véhémence de ses pensées et sa ferveur, elle songea à ce premier baiser qui ne devrait plus tarder, et un trouble l'envahit et colora ses joues. Qu'il était inconvenant d'imaginer de telles privautés ! Mais que cela promettait d'être délicieux !

Soudain, elle se sentit frustrée de ne pas connaître la sensation de la bouche de Lord Boyle sur la sienne.

— Bonjour, mademoiselle Jones !

Surprise par l'arrivée de sa caméiste, elle sursauta et manqua de renverser la crème nécessaire pour dissimuler ses taches de rousseur. Lord Boyle voudrait-il qu'elle continue à s'en recouvrir le visage, ou pourrait-elle dire adieu à cette dépense aussi faramineuse qu'inutile ?

— Comment désirez-vous vous habiller, mademoiselle Jones ?

— Je vais mettre une simple robe de maison pour l'instant. Après le petit déjeuner, je vous demanderai de me préparer un bain. Le comte de Cork doit m'emmener rendre visite cet après-midi au duc et à la duchesse de Dorset.

La femme de chambre releva ses cheveux et l'aida à enfiler une tenue convenable pour descendre à la table du petit déjeuner. Quand elle fut prête, Louisa ne put s'empêcher de questionner Elsie plus avant :

— Pensez-vous que l'idée de me suivre en Irlande vous déplairait ?

Consciente qu'elle n'entretenait pas un lien aussi particulier avec sa camériste que Thea avec la sienne, elle souhaitait savoir si un visage connu – et presque ami – accepterait de l'accompagner dans sa nouvelle vie.

— En Irlande ? répéta la domestique sans comprendre.

— Je suis fiancée au comte de Cork, et nous comptons partir nous installer sur ses terres. Je sais que vous avez été embauchée à mon service, et... je voulais savoir si je devais insister pour que vous restiez à Londres, dans le cas possible où Lord et Lady Skelmersdale vous demandent de partir avec moi.

— Je ferai ce qu'ils me diront, déclara Elsie avec tant de servitude que Louisa se sentit mal à l'aise.

Contrairement à beaucoup de jeunes femmes qu'elle avait appris à côtoyer ces derniers mois, elle ne pouvait se résoudre à ignorer le déracinement de sa femme de chambre. Avait-elle de la famille à Londres ? D'où venait-elle ? Quel âge avait-elle ? Si ces questions lui étaient souvent venues aux lèvres, jamais elle n'avait osé les poser. Sa position dans la famille interdisait de telles familiarités et, jusqu'à peu, elle se pliait de bonne grâce à toutes les règles régissant la bonne société.

— Très bien.

La tête droite, la jeune femme quitta sa chambre et rejoignit la salle à manger où le petit déjeuner l'attendait. Le baron se leva après avoir replié son journal, et la salua chaleureusement.

— Vous êtes bien matinale, ajouta-t-il avec un petit sourire.

— Il se trouve que j'ai beaucoup à faire avant la venue de Lord Boyle cet après-midi.

— Vos bagages, je suppose.

— Entre autres choses, en effet.

Elle remercia d'un mouvement de tête le valet qui venait de déposer devant elle une assiette de fruits et quelques toasts encore chauds.

— Je comptais aussi vous poser des questions sur le lien que j'ai appris hier par hasard.

Le baron porta à sa bouche un morceau de saucisse et le mâcha consciencieusement. Par chance, Louisa était de nature patiente.

— J'avais promis à Lady Skelmersdale que jamais ce lien filial ne vous serait... communiqué.

— Je n'en ai aucun, monsieur.

— À mes yeux, si, répliqua-t-il, agacé. Pendant des années, j'ai fourni à votre mère tout l'argent nécessaire à votre bien-être à toutes les deux. J'ai aussi veillé à ce que vous ayez une éducation digne de votre rang. Il était convenu que je vous fasse venir ici, comme la fille d'une cousine, et que je vous introduise dans le monde.

Il marqua une pause avant d'ajouter d'un ton qui trahissait son émoi :

— Le destin en a choisi autrement.

Le silence s'installa entre eux. Chacun plongea dans ses souvenirs auprès d'une femme désormais morte. Des rires du temps passé résonnèrent dans leur tête, symbole d'un bonheur perdu.

— Puis-je vous demander comment vous vous êtes rencontrés ? s'enquit Louisa, jouant avec un coin de sa serviette.

— C'était après la mort d'un oncle qui m'avait nommé comme son héritier. Je me suis rendu sur son domaine pour en prendre pleinement possession. Tous les papiers étaient en ordre et les finances menées d'une main experte par l'intendant.

Il déglutit et posa les mains bien à plat sur la table.

— Nous étions à la fin du printemps, et je n'ai jamais été très friand de la ville à cette période. J'ai donc choisi de retarder mon retour. Et je l'ai croisée en rendant visite à un voisin. Elle était couturière et venait prendre les mesures de la dame de la maison.

Il sourit, l'air absent.

— Elle m'est rentrée dedans au pied du perron. Au lieu de s'excuser, elle a râlé contre les contretemps. Pendant des années, elle m'a surnommé son contretemps, ajouta-t-il d'une voix émue. J'ai fait mon possible pour ne pas céder à mon désir. Mais tous les mois, je ne pouvais m'empêcher de retourner là-bas pour le bonheur de la croiser.

— Vous l'aimiez, déclara Louisa, stupéfaite.

— Elle était la seule pour moi, répliqua-t-il, la gorge nouée. Quand elle a accepté le peu que je pouvais lui offrir, je n'ai jamais été aussi heureux. Nous avons tout fait pour qu'elle ne tombe pas enceinte, mais Dieu en a décidé autrement.

La jeune femme se sentit blessée par cette révélation et baissa les yeux sur la nappe.

— Ne vous méprenez pas, Louisa. Vous avez été une bénédiction, la preuve de mon amour pour votre mère. Mais elle avait tant à perdre... Nous avions réussi à dissimuler notre relation aux yeux de tous, mais vous...

Il lui parla de la grossesse, de l'accouchement difficile auquel il n'avait pas assisté parce qu'il était à Londres, inconscient de ce qui se jouait à des miles de là. Puis de ses premiers mois. Il lui décrivit la joie qu'il avait à les retrouver toutes les deux, les berceuses qu'il lui chantait et la vie simple qu'ils menaient tous les trois une semaine par mois.

— Si seulement j'avais eu le courage de m'opposer à elle et de tout abandonner comme je le désirais !

Surprise, Louisa le dévisagea pour comprendre ce qu'il sous-entendait.

— Votre mère a refusé que j'abandonne mon titre au profit de mon fils. Elle m'a convaincue qu'il était préférable que je garde mes privilèges pour pouvoir vous offrir une belle vie. Pour moi, c'était l'unique moyen de rester avec elle.

Sa voix laissait transparaître tant de peine que la jeune femme sentit les larmes lui monter aux yeux. Ses parents s'étaient réellement aimés, sa mère n'avait pas imaginé tout cela.

— Vous deveniez une petite fille adorable, et il n'était plus qu'une question de semaines avant que vous ne trahissiez notre secret avec l'innocence de votre âge. Alors elle a choisi de m'écarter. Nous avons continué à nous voir discrètement, mais je n'avais plus la joie de partager votre maison à toutes les deux.

Il se racla la gorge, mais le mal était fait, sa douleur était évidente aux yeux de qui le regarderait.

— La dernière fois que je l'ai vue, elle m'a annoncé sa maladie et nous avons tous les deux compris que le pire était à craindre. Je l'ai suppliée de me suivre à Londres.

— Je l'ai entendue refuser de vous suivre, déclara Louisa. Je ne savais pas que c'était pour cela...

Sa mère s'était montrée si dure dans le choix de ses mots que la jeune femme s'en souvenait encore près d'un an plus tard. Elle se rappelait les jours qui avaient suivi, les larmes, puis ce renoncement. Peu de temps après les funérailles, il était apparu sur le seuil de la maison et l'avait emmenée loin de tout. Il avait tenu la promesse qu'il avait faite à sa mère, par amour pour cette dernière mais aussi parce qu'elle était son enfant au même titre que les trois autres.

— Est-ce que Felicity savait ?

— Felicity ? Pourquoi donc lui aurais-je confié pareille chose ? s'exclama-t-il en reprenant contenance. Si vous tentez d'expliquer son comportement, je crains que la vérité soit tout autre. Et bien peu flatteuse pour elle, ajouta-t-il.

— J'espérais garder le contact avec Abigail, sous réserve qu'elle en émette le souhait. Pensez-vous que cela sera possible ?

— Je vous promets d'empêcher autant que possible la baronne d'intervenir, répondit-il avec fermeté. C'est malheureusement la seule chose que je puisse faire.

La porte menant à la cuisine s'ouvrit discrètement, laissant un valet entrer avec une assiette contenant un œuf brouillé et des haricots. Il la posa devant Louisa et disparut aussi rapidement qu'il était arrivé.

— Puis-je vous demander si vous êtes satisfaite de votre future union avec le comte de Cork ? demanda-t-il, intéressé.

— Lord Boyle est un héros de guerre. Toute femme serait heureuse d'être son épouse.

— Vous ne répondez pas à la question, répliqua le baron d'un ton sec.

— Que voulez-vous réellement savoir, monsieur ?

— Vous avez montré une inclinaison certaine pour le baronnet d'Ainsdale et, sans vouloir offenser qui que ce soit, ils sont tous deux fort peu semblables. Il me paraît donc pertinent de m'assurer que vous êtes toujours certaine de vouloir partir dès demain en Irlande avec cet homme.

Touchée par l'attention de Lord Skelmersdale quant à ses sentiments, elle se surprit à ne pas réfléchir longtemps pour défendre sa décision.

— Je pense que Lord Boyle est le compagnon de vie idéal.

— Pardonnez-moi d'insister, mais je ne tiens pas à vous confier à n'importe qui. De plus, j'ai remarqué qu'il était un peu rustre, ajouta-t-il avec une pointe de désapprobation.

— Il se bat pour obtenir ce qu'il veut.

La poitrine de la jeune femme se serra. Si l'un s'était montré doux et avenant, l'autre pouvait être autoritaire, froid et déroutant, mais il se donnait les moyens pour arriver à son but.

— J'ai longtemps regretté d'avoir cédé à madame la baronne dans le Merseyside. La mélancolie qui vous a envahie à votre retour a été un poison qui ne me rappelait que trop sévèrement celui que j'avais connu des années plus tôt. J'avais promis à votre mère de prendre soin de vous et voilà que je vous brisais le cœur en piétinant vos sentiments. Vous semblez plus sereine, peut-être même plus affirmée, et cela me ravit.

Il posa ses couverts et s'essuya la bouche comme pour regrouper ses pensées.

— Je ne me suis pas montré très empressé pour aider les

orphelins. Je suis loin de défendre les droits des femmes. Mais je suis heureux que vous ayez hérité du caractère et de la personnalité de votre mère.

— Sachez, monsieur, que je ne suis pas la seule à être ainsi. Abigail est une érudite qui ne sait comment vous plaire sans avoir à renier ses passions.

— J'ai ouï dire qu'elle se plaisait à parler d'animaux morts, dit-il, le visage fermé.

— Et elle a la chance d'avoir trouvé un interlocuteur de valeur. Elle aussi mérite de connaître la joie de vivre avec son âme sœur.

Le baron tiqua sur son choix de mots, une expression qu'il avait dû entendre il y a des années dans la bouche de sa mère, à moins qu'il n'ait été lui-même le premier à l'utiliser pour parler du lien qui les unissait tous les deux.

Consciente qu'elle ne pouvait se permettre d'intercéder plus en faveur d'Abigail et de Lord Locklear, elle préféra retourner à son petit déjeuner et mangea une bouchée de son omelette qui fondit sur son palais, libérant le doux goût des aromates.

— Bonjour, Lord Skelmersdale ! Louisa...

La baronne s'installa à sa place sans un mot supplémentaire, tandis que le valet arrivait les mains chargées.

— Je crains que Felicity ne soit au plus mal par votre faute.

— Et qu'ai-je fait ? demanda le baron en reprenant son journal.

— Vous avez accepté que votre... pupille se marie avant elle. Et pour parfaire le tout, avec un de ses prétendants !

— Vous avez bien conscience que jamais Lord Boyle ne s'est intéressé à notre fille.

— Tout comme il ne montrait aucune inclinaison pour Louisa jusqu'à hier soir...

Cette dernière baissa la tête pour ne pas être prise à partie et finit son assiette. Poliment, elle s'excusa et remonta dans sa chambre où Elsie regroupait ses vêtements pour préparer son départ.

— Désirez-vous emporter les tenues que vous mettiez à

l'orphelinat ? lui demanda-t-elle en montrant une jupe marron taillée dans un tissu plus grossier que le reste de sa garde-robe.

Songeant qu'elle serait en Irlande avec Colin et Eilinn, elle acquiesça. Courir la campagne serait plus agréable dans des vêtements robustes. Au printemps, elle apprendrait aux enfants à s'occuper d'un potager comme sa mère l'avait fait avec elle. Durant l'été, elle trouverait un point d'eau pour qu'ils apprennent tous les trois à nager.

Avant toute chose, elle œuvrerait pour que ce premier Noël ensemble soit un beau souvenir. Pour l'instant, elle n'avait aucun moyen de décider comment rendre ce jour féerique, mais elle ne doutait pas de réussir. Dans un mois, ils seraient une vraie famille réunie autour d'un bon repas !

— Je vais prévenir mademoiselle.

Le majordome esquissa une petite révérence et quitta le salon où le comte de Cork venait de prendre place. Son entretien avec le baron de Skelmersdale avait été un franc succès, bien plus qu'il ne l'aurait pensé après les nouvelles qui lui étaient parvenues ce matin même. Le noble avait pourvu sa fille d'une dot substantielle et tenait à s'assurer du confort de cette dernière. Se rappelant la confidence de la jeune femme la veille au soir, il fut heureux que son père prenne cela à cœur.

Impatient de quitter cette demeure, il se plaça devant l'âtre et regarda une bûche s'embraser. Ignorant les moyens déployés par les anciens patrons d'Eilinn pour les retrouver, il avait hâte que toute cette affaire soit derrière lui.

— Bonjour, Lord Boyle !

— Mademoiselle Jones.

Arraché à ses pensées de la plus douce des façons, il esquissa un sourire sincère en découvrant sa fiancée sur le seuil du salon. Soigneusement coiffée et habillée, elle paraissait aux antipodes des débutantes frivoles qu'il avait fréquentées au gré des bals et des réceptions. Si de prime abord il était aisé de croire qu'elle n'était que douceur et fragilité, il avait appris qu'elle portait en elle une force de caractère peu commune. Quelle femme se déguiserait en homme pour se rendre seule dans un théâtre des bas quartiers ?

Et quel homme se féliciterait d'en être l'époux ?

— Êtes-vous prête ?

Louisa acquiesça, lui adressant un sourire lumineux.

*Je crois.*

Comment pouvait-elle prononcer ces deux horribles mots et paraître maintenant aussi heureuse de le retrouver ? Elle lui avait fait remarquer, à raison, qu'il ne savait pas décrypter ses pensées. Cela voulait-il dire qu'elle était une bonne comédienne ou lui un mauvais observateur ?

Repoussant ses questions à plus tard, il la suivit dans le hall, où elle mit sa cape qu'elle noua seule. Encore une différence avec tous ces jeunes nobles qui attendaient d'être servis en toutes circonstances. Dans la rue, il l'aida à monter dans un phaéton qu'il avait loué pour l'occasion. Tout le monde pouvait les voir, inconvénient majeur quand une chasse à l'homme menace votre quotidien mais nécessaire pour que les mauvaises langues ne déversent pas leur fiel.

— Lord Boyle, j'aurais une question des plus futile à vous poser.

— Marron.

Le silence s'installa au point qu'il osa jeter un regard vers sa passagère. Elle le dévisageait sans comprendre.

— Ma couleur préférée.

— Oh ! s'exclama-t-elle. Vert.

Il allait pour l'interroger quand il comprit qu'elle venait à son tour de lui répondre.

— Je crains que ma question soit encore plus frivole que cela, déclara-t-elle en posant ses mains sur ses cuisses.

Troublé par la présence à ses côtés de la jeune femme, il resserra sa prise sur les rênes et se concentra sur la route menant à la demeure des Sackville.

— Ma curiosité est touchée, mademoiselle Jones.

— Serait-ce un problème pour vous si je cessais de cacher mes taches de rousseur ?

Décontenancé par le tour intime pris par cette conversation, le comte se redressa et répondit d'un ton qui lui parut un peu brutal.

— Oui.

— Oh ! je vois.

Le reste du trajet se fit sans qu'aucun mot ne soit ajouté. Le comte la retint alors qu'elle s'apprêtait à descendre.

— Ai-je dit quelque chose qui vous a contrariée ?

— Non, monsieur.

Le sourire qu'elle esquissa lui démontra le contraire, mais il ne tenait pas à perdre plus de temps dans la rue. Il lui tendit la main pour qu'elle prenne appui dessus, et ils se rendirent tous deux jusqu'à la porte. Le majordome ouvrit rapidement et les conduisit auprès de leurs hôtes.

— Quelle bonne surprise ! s'exclama la duchesse en les accueillant.

— Ma chère, dit son mari en quittant son fauteuil, vous avez utilisé le qualificatif d'étrange pas plus tard que ce matin en recevant le message du comte. Et encore ce midi après que...

— Je pense qu'ils ont compris, déclara Lady Sackville.

— Je propose alors que nous ne perdions pas de temps, intervint le comte d'un ton brusque. Nous sommes fiancés.

L'annonce fut suivie d'un silence que le futur couple ne sut comment interpréter. La duchesse le rompit avec une remarque qu'elle seule oserait formuler :

— Louisa, loin de moi l'idée de vous offenser, mais je pensais que vous choisiriez un mari que vous pourriez mener par le bout du nez.

— Comme vous ? intervint Lord Boyle.

— Je ne peux répondre en toute franchise à cette question, monsieur, puisque mon époux se trouve justement avec nous.

— Vous pouvez affirmer haut et fort me mener par le bout du nez, l'inverse est tout aussi vrai.

— Je le crains, répliqua-t-elle d'un ton dramatique.

Soudain, la duchesse reprit une attitude plus policée et attrapa les mains de son amie pour les serrer tendrement.

— Je suis si heureuse pour vous.

— Merci, murmura Louisa en prenant place à ses côtés dans le fauteuil.

Une bonne se présenta sur le seuil avec un plateau de petits sandwichs et du thé. Elle servit tout le monde et repartit aussi discrètement qu'elle était arrivée.

— Je suppose que Lady Skelmersdale n'a pas bien pris la nouvelle, dit Lady Sackville. Elle qui tient tant à ce que Felicity trouve chaussure à son pied en premier, elle a dû tomber en pâmoison. Si c'est le cas, je vous demande de tout me décrire dans le moindre détail.

— Étonnamment, il n'a même pas été question de couvent.

— Une chance !

— Notre départ pour l'Irlande en est probablement responsable.

Elles se sourirent sans que la pointe de tristesse disparaisse totalement de leurs yeux. Le comte s'en voulut brièvement de couper des siens Mlle Jones. Avait-il pris la bonne décision en lui imposant ce mariage ? Est-ce pour cela qu'elle avait tant hésité dans la bibliothèque des Sefton ?

— Tout comme vous me manquerez atrocement. Pourquoi faut-il que toutes les femmes dignes d'intérêt fuient loin de Londres ? se lamenta la duchesse.

— Abigail reste ici, lui rappela Louisa. Et elle espérait enseigner aux enfants ce qu'elle sait sur les dinosaures. Nous devions nous entraîner toutes les deux, mais les derniers événements en ont décidé autrement.

— Je veillerai sur elle.

— Merci.

Encore une fois, il fut troublé par l'altruisme de la jeune femme. À aucun moment, elle ne s'était plainte du coup du sort qui la frappait, de la découverte de ses origines ou de ce mari qu'elle se voyait plus ou moins imposer. Un infirme de surcroît !

— Alastar, si nous laissions nos dames à leurs larmes pour discuter dans mon bureau ? proposa le duc en se levant.

Sa *dame*. Il contempla sa fiancée, s'interrogeant sur la couleur de ses joues. Pourquoi avait-il refusé qu'elle arrête de porter cette crème affreuse ? Plus que tout, il souhaitait admirer ses taches de rousseur, son teint de porcelaine… Mais cela aurait de terribles conséquences. Il pourrait s'attacher à elle. Réellement. Et de manière irrémédiable.

— Je pense qu'il est préférable que nous restions ici. Si je venais à vous parler en privé de ce que j'ai appris ce matin, je crains que Lady Sackville ne veuille jouer de la canne sur moi.

— Une mauvaise nouvelle ? demanda celle-ci en se raidissant.

— Une complication, répondit-il.

# 19

Tous attendirent qu'il s'explique, mais il fit durer le silence, profitant de cet état de grâce où sa fiancée se croyait encore prête à partir pour Cork pour y vivre une belle vie loin de la baronne.

— Faut-il vous secouer pour que vous poursuiviez, Lord Boyle ? s'exclama la duchesse en se levant. À votre expression, je devine une nouvelle qui va me faire froid dans le dos. Pourtant, je vous remercie de ne pas nous écarter toutes deux pour une raison aussi futile que notre sexe.

— Hier, j'ai envoyé un télégramme à l'homme de loi de la famille pour qu'il se prépare à mon retour définitif en Irlande, avec deux enfants, dont ma nièce, et ma fiancée.

Il marqua une pause et nota que Mlle Jones attendait la suite avec impatience.

— J'ai reçu sa réponse ce matin et je crains de ne pas avoir de bonnes nouvelles.

— Boyle, tout le monde sait que l'Irlande a été sévèrement touchée par le mildiou, déclara le duc.

— L'Écosse aussi, ajouta sa femme. Lizzie me disait qu'ils peinent à s'en sortir, mais ils ont bon espoir.

— De ce que m'a conté Lord Sackville, le clan est dirigé par Laird MacArty. Sa poigne de fer empêche toute dérive, tout comme leur fierté d'appartenir à un peuple guerrier pour lequel l'honneur prime sur tout.

— Que voulez-vous dire ?

— M. O'Connell m'a fait part de débordements à Cork qui le poussent à craindre le pire. Il songe lui-même à venir s'installer à Liverpool pour mettre sa famille à l'abri et…

— Et ? s'enquit le duc.

— Les gens ont faim. Nous savons tous les deux qu'il s'agit là d'une raison suffisante pour pousser un peuple à mal se conduire. Les vols se multiplient en l'absence des habitants, mais de plus en plus souvent cela se finit dans le sang.

Il se tut, doutant que révéler le pire de ce télégramme en présence de deux femmes n'ayant pas connu les atrocités de la guerre soit une bonne chose. Il s'en voudrait longtemps d'étouffer l'étincelle d'innocence qu'il voyait encore briller dans les yeux de son ange.

— Vous ne nous dites pas tout, souffla cette dernière en fronçant les sourcils.

— Une rumeur enfle… La viande se fait rare…

Voilà, il n'en dirait pas plus. Chacun en tirerait ses propres conclusions.

Lord Sackville sauta sur ses pieds et se posta devant la fenêtre. Son compagnon de régiment l'observa, remarquant ses épaules affaissées. Il avait compris qu'il était question d'hommes en mangeant d'autres pour survivre.

— Vous ne pouvez rentrer en Irlande, finit-il par dire.

— Mais je ne peux demeurer ici, lui rappela le comte. Ce serait mettre trop de monde en danger ! Imposer aux enfants de rester à demeure est aisé avec le temps d'hiver qui s'installe, mais qu'en sera-t-il au printemps, quand le soleil les invitera à aller se dépenser à l'extérieur ? Et pour vous, mademoiselle Jones, il serait injuste de…

Il s'arrêta en la voyant se lever et croiser les bras sur sa poitrine.

— Nous allons vous laisser discuter tous les deux, déclara la duchesse. De notre côté, nous allons commencer à réfléchir à une solution… Parce qu'il doit bien y en avoir une !

Nerveuse, elle prit le bras de son mari et sortit de la pièce sans un regard en arrière. Lord Boyle était persuadé qu'elle échafaudait déjà un plan de son cru pour éradiquer ceux qui menaçaient Eilinn, mais aussi la famine de tout l'Empire britannique.

— Que comptez-vous faire ? demanda soudain Louisa.

— J'ai prévenu le baron de ce changement et que je vous l'annoncerais aujourd'hui.

— Lord Boyle, je parlais de ces hommes qui vous en veulent et chercheront à vous nuire et à récupérer Eilinn. J'aurais aimé partir en Irlande dès demain mais, s'il me faut attendre quelques années, je suis prête à patienter le temps nécessaire. Mais nous devons mettre au point une stratégie pour...

— Je m'en occupe, déclara Lord Boyle d'un ton sec.

— Monsieur, nous avons fait équipe pour retrouver les enfants, et cela a été un franc succès. Ne pensez-vous pas qu'unir nos forces pourrait être une bonne chose ?

— Je crains qu'il n'y ait malheureusement que peu de choses à faire.

Il se leva et prit appui sur le manteau de la cheminée à défaut de sa canne. Dans le bureau du baron, il avait été incapable de renoncer à elle. La veille au soir, ils annonçaient leurs fiançailles. Pourquoi n'avait-il pas eu ce télégramme plus tôt ? Il n'aurait pas couru la rejoindre pour l'informer de cette mauvaise nouvelle. Non, il aurait attendu un moment plus opportun, sans se soucier d'un départ imminent qui les aurait séparés à jamais.

— J'aurais dû me conduire comme ces nobles que vous détestez tant et qui fuient sans se soucier de la réputation de la femme compromise.

— Je n'étais pas compromise, lui rappela-t-elle.

— Mais j'étais prêt à vous arracher à une maison confortable et chaude pour un manoir sinistre et froid, dans un pays en plein déclin.

Touchée par ce qu'elle devinait derrière ces mots, elle se leva et le rejoignit. Doucement, elle posa une main sur son dos pour le réconforter. Elle avait répété ce geste plusieurs fois par jour à l'orphelinat pour soutenir ou encourager un enfant. Seulement là, sous sa paume, le ressenti était tout autre. Les muscles étaient ceux d'un homme habitué à se battre. Ils étaient durs et éveillèrent un trouble chez la jeune femme.

Ses joues s'échauffèrent, heureusement dissimulées par la crème de la baronne. Une chance ! Lord Boyle se retourna et, avec une intensité inédite, détailla son visage. Il remonta son regard jusqu'à ses yeux, les fouillant à la recherche d'une réponse dont elle ne connaissait pas la question.

— Vous me permettez de quitter une maison où je n'avais pas ma place, pour une famille où tout le monde en aura une, dit-elle dans un souffle.

— Louisa...

Elle pouffa nerveusement.

— Je ne sais même pas votre prénom.

— Alastar, murmura-t-il en se penchant vers elle.

Rêveusement, elle le répéta. Ses lèvres s'ourlant de plus en plus en un sourire béat alors qu'elle mesurait le trouble que cela créait en son vis-à-vis. Et en elle. Rester immobile lui demandait un effort de concentration qu'elle peinait à maintenir. Seulement elle ne savait pas si elle devait reculer avant que quelqu'un apparaisse et les accuse tous deux d'un comportement licencieux, ou si au contraire elle devait profiter de l'instant.

— Je devrais partir, déclara-t-il sans esquisser le moindre mouvement.

*Non !* hurla la conscience de Louisa. Elle voulait connaître l'effet de sa bouche sur la sienne. Insidieusement elle se demandait à quel point l'expérience serait meilleure qu'avec le baronnet. Alors elle posa une main sur la joue du comte et se mit sur la pointe des pieds. Ce faisant, leurs lèvres se frôlèrent. La sensation était divine au point que les paupières de la jeune femme menacèrent de se fermer.

— Regardez-moi ! lui intima-t-il d'une voix rauque.

Elle obéit, s'agrippant à ses épaules quand il caressa son cou du bout des doigts, remontant de sa clavicule à sa mâchoire avec une lenteur calculée. Son pouce suivit l'arrondi de sa joue avant de revenir vers sa bouche dont il en traça les contours. Enveloppée dans des sensations nouvelles dont elle ne savait les tenants et les aboutissants, elle murmura son prénom comme une plainte.

— Alastar.

— Je suis là, mon ange.

Leurs lèvres s'effleurèrent, attisant le désir de la jeune femme. Comment un bref contact pouvait-il la rendre aussi fébrile ? Leurs souffles se mêlaient, mais tous les deux restaient dans l'attente de la suite, profitant du moment.

Puis il n'y tint plus. À moins que ce ne soit elle qui ait amorcé le mouvement. Leurs bouches se soudèrent mais, loin d'exercer des pressions comme le baronnet avait fait timidement, le comte se montra conquérant. Sa langue caressa les lèvres de la jeune femme qui gémit à sa plus grande honte. Seulement elle n'y mit pas fin et chercha à comprendre ce qu'il était attendu d'elle en de pareilles circonstances.

Bien vite, elle répondait au baiser avec ardeur. Son corps brûlait d'un feu nouveau et quémandait toujours plus d'attention. Quand ils se séparèrent pour qu'elle puisse reprendre son air, elle grogna de frustration.

— Louisa, il nous faut arrêter.

Son ton n'était pas aussi assuré que d'habitude, ce qui poussa la jeune femme à relever les yeux vers les siens.

— Pourquoi ? s'enquit-elle.

— Parce que nous ne sommes pas mariés.

Délicatement, il caressa sa joue tandis que sa main posée sur les reins de la jeune femme desserrait légèrement sa prise.

— Que nous sommes dans un salon et que n'importe qui pourrait nous découvrir, lui rappela-t-il en suivant la courbe de sa lèvre inférieure du pouce.

— Auriez-vous peur de Lord Sackville ?

Amusé par le ton moqueur qu'elle avait utilisé, il sourit discrètement avant de répondre :

— Je crains plutôt les commentaires de la duchesse si elle nous voyait ainsi.

— Ce serait en effet très mauvais, dit-elle.

Elle s'écarta légèrement, mais laissa ses mains sur ses épaules. Puis elle les remonta le long de son cou, jusqu'à la lisière de ses cheveux.

— Très mauvais ? répéta-t-il en levant un sourcil circonspect.

Toujours un peu troublée par leur baiser et par l'intimité de leur posture, elle le regarda sans comprendre avant de répliquer avec un petit rire :

— Cherchez-vous les compliments, monsieur ?

— Il se peut...

Louisa allait pour lui répondre quand la porte s'ouvrit. Aussitôt, ils reculèrent tous les deux d'un pas et observèrent Lady Sackville entrer, suivie par son mari.

— Je viens de réaliser que je manque à tous mes devoirs de chaperon en vous laissant seuls dans une pièce alors que vous n'êtes pas mariés et que vous pourriez en profiter pour...

— Vous arrivez trop tard ! dit le duc sans cacher son amusement.

Sa femme lui adressa un regard noir et reprit place dans son fauteuil.

— Nous avons réfléchi et, hormis déposer une plainte à Scotland Yard, il nous paraît très difficile de convaincre ces gens de cesser de vous chercher.

— Et de quoi les incriminerais-je ? Ils prétendront avoir adopté Eilinn et qu'en échange du vivre et du couvert elle devait travailler. Personne ne trouvera quoi que ce soit à y redire. En revanche, qu'un noble arrache une fillette à une famille sans offrir de dédommagement...

— Mais vous l'avez fait ! s'écria Louisa.

— Ils prétendront le contraire, répliqua Lord Sackville. Ce sera parole contre parole.

— Mais on sait que les aristocrates gagnent toujours dans ces cas-là, argua-t-elle.

— Sa réputation sera à jamais ternie, intervint la duchesse.

Êtes-vous prête à vivre comme une paria dans cette ville ? Souvenez-vous...

Chacun plongea dans ses pensées, songeant à des événements pas si lointains qui avaient rendu la vie dure à l'actuelle Lady Sackville. Beaucoup lui avaient tourné le dos, répandant les pires horreurs à son sujet. Tous étaient convaincus que son mari la méprisait et s'octroyait le droit de la rudoyer.

*Qu'en sera-t-il pour Louisa une fois qu'elle m'aura épousé ?* se demanda Lord Boyle. Il admira la jeune femme qui n'avait pas encore conscience de la cruauté de ses pairs. Quoique... Elle avait rencontré la duchesse quand le scandale lié à son séjour en Écosse sévissait et était restée malgré tout aux côtés de son amie. Aurait-elle la même loyauté envers lui ? De tout cœur, il l'espérait sans pour autant vouloir se résoudre à la plonger volontairement dans le déshonneur.

— Je comprendrais que vous décidiez de rompre nos fiançailles, s'entendit-il proposer.

Mlle Jones le dévisagea avec surprise et une pointe de douleur. Il venait à peine de l'embrasser que déjà il cherchait à l'écarter. Pourquoi avait-il cédé à l'appel de ses sens ? Certes, elle le troublait et lui apportait ce calme qu'il peinait à trouver depuis qu'il était parti se battre dans les Indes. Mais il devait se rappeler qu'elle n'avait pas accepté ce mariage de gaieté de cœur.

« Je crois. »

— Mon cher, vous apprendrez bien assez tôt qu'il y a des fois où le silence est la meilleure réponse avec votre femme, déclara Lord Sackville.

— Puis-je savoir ce que cela signifie ?

— Qu'il faut choisir ses batailles, ma chère, répondit-il à son épouse. Et que mon ami vient juste de mettre le feu aux poudres. Une chance que Mlle Jones soit plus posée que vous.

— Je ne suis pas plus posée, affirma cette dernière avant de nuancer, juste moins prompte à réagir quand je suis insultée.

Ma condition de pupille m'a contrainte à ne pas créer d'agitation autour de moi. Enfin ma position, et les menaces de la baronne sur un avenir dans le Wiltshire ou encore dernièrement aux Amériques.

Avec une déception clairement marquée, elle contempla Lord Boyle qui se sentait de plus en plus mal à l'aise. Il secoua la tête lentement avant de se défendre :

— Je ne vous ai pas insultée.

Il tenait à ce qu'elle sache que tel n'avait pas été son but, même si après réflexion il comprenait que sa proposition puisse être mal interprétée.

— Pourtant, vous avez insinué que je pourrais rompre nos fiançailles.

— J'ai dit cela uniquement pour que vous ne vous sentiez pas piégée.

— Très bien, répliqua-t-elle d'un ton ferme. Pouvons-nous chercher un moyen de mettre tout le monde à l'abri ?

Ils débattirent pendant un moment, chacun proposant une solution que les autres contraient avec des arguments solides. Le découragement se faisait ressentir quand Lady Sackville demanda à s'entretenir en tête à tête avec son amie. Devant la surprise que provoqua sa requête, elle mentionna les préparatifs pour le mariage.

Alastar regarda sa fiancée quitter le salon avec élégance et discrétion. Quel couple étrange ils faisaient ! Elle était tout en douceur, en gentillesse, alors qu'il avait mené des hommes au combat et tué des assaillants pour recommencer le lendemain. Il avait vu de ses propres yeux ce que l'âme humaine avait de plus sombre, tandis qu'elle représentait la lumière.

Il ne pouvait nier être heureux qu'elle se soit montrée aussi opposée à l'idée de mettre fin à leur engagement, mais serait-il capable de lui offrir une vie digne d'elle ? Ses finances lui permettraient de louer une maison sans prétention dans un quartier de Londres où les nobles séjournaient. Seulement ils ne pourraient recevoir pour une réception ou encore un bal, et bien vite les invitations se raréfieraient.

— Je ne sais à quoi vous pensez, mon ami, intervint Lord Sackville, mais je vous propose d'aller dans mon bureau pour boire de ce merveilleux whisky que m'a fait parvenir Laird MacArty. Un pauvre bougre qui a épousé lui aussi une femme avec du caractère.

— Je ne pense pas que vous vous en plaigniez, répliqua le comte.

— Tout comme vous apprécierez la vie à deux avec quelqu'un qui n'hésite pas à vous secouer comme nous avions l'habitude de le faire avec nos recrues les plus récalcitrantes !

Alastar sourit, malgré le doute qui restait là, tapi dans son esprit. Pourrait-il un jour avoir une telle relation avec une femme qui n'était pas certaine de vouloir l'épouser ?

Dans le couloir menant à la bibliothèque, Louisa observa d'un œil distrait les tableaux, les bibelots et les meubles dépourvus de poussière. Tout dans cette maison respirait le calme et le luxe, mais sans excès. Elles croisèrent une bonne qui fit une révérence avant de poursuivre son chemin. Pas de peur ou d'appréhension, juste du respect.

— Comme je suis heureuse de participer à vos noces ! s'exclama la maîtresse des lieux. Il va vous falloir choisir les fleurs, dresser la liste des invités...

— Je n'ai aucune idée du type de cérémonie que désire le comte, avoua Mlle Jones.

— Avant d'en parler avec lui, il vous faut déjà déterminer ce que vous souhaitez !

La jeune femme referma la porte derrière elle et continua son chemin jusqu'à l'étagère la plus proche. Des livres de mythologie avaient été posés sur le devant, attendant de reprendre leur place.

— Le savez-vous ?

— Quoi ? Oh ! mon mariage !

La duchesse acquiesça et s'assit dans un fauteuil sans détourner le regard de son amie. Embarrassée d'être le sujet de tant d'attention, Louisa croisa les mains sur le devant de sa robe et s'enquit d'une voix timide :

— Puis-je parler en toute liberté ?

— Bien sûr ! Rappelez-vous que dès notre rencontre je vous y ai encouragée !

— Était-ce avant ou après avoir rudoyé le duc sur ce balcon ?

La duchesse rit et l'invita à prendre place dans le fauteuil à ses côtés.

— Qu'y a-t-il ?

— Dans le Merseyside, je me sentais bien avec le baronnet. Tout était évident et facile avec lui.

— Et pas avec Lord Boyle, finit Lady Sackville pour elle.

— Depuis que je le connais, j'ai l'impression de ne plus savoir où je vais, qui je suis... Avant, je pensais épouser un homme bon, sur qui je pourrais compter et qui me traiterait avec déférence.

— Le comte est...

— Oui, je sais qu'il est tout cela ! s'exclama-t-elle. Pardon, je ne voulais pas m'emporter.

— Ce n'est pas grave, Louisa.

— Thea, quand je vivais encore auprès de ma mère et qu'il me prenait l'envie de rêver à mon avenir, je visualisais une vie simple avec un homme doux à mes côtés. Nous aurions eu une maison où les rires de nos enfants auraient rythmé nos journées, où je n'aurais pas craint pour la vie de mon mari. Je ne sais pas si je vais supporter tout cela !

La duchesse tendit son bras et serra délicatement la main de la jeune femme. Ce geste l'emplit d'une chaleur réconfortante qui ne chassa pas la peur de l'avenir.

— Je vais m'autoriser à vous poser une question que notre très chère société n'admettrait pas. Avez-vous envie d'épouser le comte ou faites-vous cela uniquement pour quitter votre tutrice ?

La timidité de Louisa la paralysa un instant. Puis, comme une vague qui reflue sur la grève, la gêne diminua pour laisser place à une colère qu'elle jugula du mieux possible. L'idée qu'on puisse croire qu'elle se mariait avec le comte uniquement pour mettre de la distance entre elle et la baronne était une injure à son fiancé. Or la duchesse était une amie qui ne cherchait qu'à l'aider à y voir plus clair ; lui répondre sous le coup de l'émotion n'était pas une bonne idée.

— L'épouser me permet de m'éloigner des Skelmersdale.

— Mais…

— Nous avons les mêmes valeurs. Il me laisse m'exprimer sans me juger. Il ne m'a pas reproché ma sortie sur les docks, alors que… Même moi, je ne cesse de me réprimander d'avoir osé une telle folie !

Si ces mots pouvaient paraître dénués de tout sentiment, Louisa avait parfaitement conscience qu'il en était tout autrement. Lord Boyle lui était devenu essentiel au point qu'elle ne souhaitait qu'une chose : que le temps accélère.

La duchesse lui tapota le bras.

— Je crois, Louisa, que vous avez trouvé le mari idéal. Un homme doux et une vie simple ? Quel ennui ! ajouta-t-elle.

Les deux femmes échangèrent un regard complice.

— Et maintenant, qu'en est-il de ses baisers ?

Les joues de Louisa s'échauffèrent alors que les sensations lui revenaient. Elle sentait de nouveau sa main contre le bas de son dos, ses muscles sous ses paumes…

Oui, elle en était sûre, elle épousait le comte pour lui et non pour s'éloigner de la baronne.

# 20

Trois jours qu'elle était fiancée et tout autant qu'elle essuyait les reproches de la baronne. Cette dernière était furieuse de ne pas marier Felicity en premier, mais avait eu la mauvaise nouvelle d'apprendre que, loin d'être débarrassée de Louisa, elle allait devoir encore composer avec sa présence.

Et il n'était plus question de l'envoyer dans le Wiltshire dans quelques jours ! Non, la jeune femme resterait à Londres. Elle séjournerait parmi eux jusqu'à ses noces puis s'installerait non loin, comme la preuve évidente de ses échecs. Tout cela lui était répété deux à trois fois par jour.

Agacée par la situation, elle prit son livre qu'elle avait laissé sur son lit et le déposa précautionneusement sur sa table de chevet. Dans son dos, elle entendit la porte de sa chambre s'ouvrir et se fermer avec délicatesse ainsi que des pas légers qu'elle reconnut aussitôt.

— Encore un sermon de ma mère ? demanda Abigail.

Prenant le temps de maîtriser son ton avant de répondre, Louisa se dirigea vers la fenêtre et observa la rue. La pluie avait cessé de tomber, et le vent avait fini par diminuer jusqu'à n'être plus qu'une brise dont il serait facile de se protéger.

— Il faut comprendre que chez Lord et Lady Sefton j'ai publiquement refusé l'invitation de Lord Yaglew de l'accompagner au spectacle où Lord Boyle désire m'emmener ce soir. Et si vous vous posez la question, je doute que cela soit une coïncidence.

— Prétendez-vous que votre fiancé aurait pu vous proposer d'assister à ce numéro de voltige à Vauxhall Gardens uniquement pour contrarier Lord Yaglew ?

— Non ! s'exclama Louisa. Votre mère, pas Lord Yaglew. Quoique, en y réfléchissant, il souhaitait peut-être énerver les deux.

Abigail la rejoignit et contempla à son tour l'extérieur. Dans le reflet de la vitre, il était évident qu'un lien de famille liait les deux femmes, mais Louisa aurait bien été en mal de déterminer pourquoi elle ne l'avait pas remarqué avant.

— M'autorisez-vous à le remercier néanmoins ?

— D'agacer votre mère ? répliqua Mlle Jones sans comprendre.

— Aussi, mais essentiellement parce que grâce à lui je vais croiser Lord Locklear et lui parler du livre qu'il m'a discrètement confié à la réception chez les Sefton.

Heureuse que son amie tire un quelconque avantage de ce qui promettait d'être une soirée ponctuée de longues leçons de morale et de soupirs mélodramatiques, Louisa lui sourit.

— À condition de ne pas lui dire expressément. Je ne tiens pas à ce qu'il pense avoir fait une bonne action.

Abigail acquiesça et changea de conversation, parlant de leurs tenues et de la cape qui leur permettrait de ne pas attraper froid. Si la pluie avait adouci les températures, elles restaient basses pour la saison et n'encourageaient pas aux longues promenades une fois le soleil couché. Ce spectacle serait sûrement le dernier avant le printemps prochain, une raison supplémentaire d'y parader, selon les dires de la baronne de Skelmersdale.

Et cela se comprit à l'opulence de la toilette que portait Felicity. Si l'assemblage devait être chaud, il était aussi clinquant et un peu trop apprêté pour une soirée en extérieur. La robe balayait le sol en un bruissement agréable sur un parquet, mais qui à Vauxhall Gardens n'aurait aucun autre effet que d'endommager le tissu définitivement.

— Je remarque que le comte est en retard, déclara la baronne d'un air méprisant. Il fait peu de cas de vous...

— Il lui reste dix minutes, madame, répliqua Louisa poliment.

Priant pour qu'il soit ponctuel, elle surveilla la pendule du salon où tous attendaient la venue de son fiancé. Bientôt, elle entendit le majordome inviter quelqu'un à entrer et à le suivre jusqu'à elles.

— Mesdames, le comte de Cork.

Et il fut là, sur le seuil de la porte. Appuyé sur sa canne, il paraissait encore plus impressionnant que dans son souvenir. Elle contempla son costume taillé sur mesure qui rehaussait encore et toujours sa musculature, celle qu'il avait acquise dans les Indes et qui le différenciait de ses pairs. Son visage exprimait une pointe de satisfaction et aussi d'admiration.

Comprenant qu'elle était destinataire de ce regard plein d'envie, elle détourna les yeux pour que tous ne puissent pas mesurer à quel point elle était attachée à lui.

Deux jours qu'elle ne l'avait pas vu, et déjà elle songeait à lui en se désespérant. Au début, elle avait pensé que son ego la poussait à regretter la présence de Lord Boyle. Elle souhaitait être partie prenante dans l'enquête qui mènerait à l'arrestation du couple qui avait refusé de lui rendre Eilinn avant de lancer tous les malandrins de Londres à sa recherche. Il était donc hors de question pour elle d'être mise de côté ! Puis elle avait réalisé que leurs conversations et le sentiment de paix qui l'envahissait en sa présence étaient les raisons de son mal-être.

— Bonsoir, mesdames !

Et aussi le trouble qu'elle ressentait au simple son de sa voix. Il lui avait suffi de deux mots pour qu'elle se sente de nouveau attirée par lui, prête à traverser la pièce pour se blottir contre lui, comme sur les docks, après sa chute dans la Tamise.

Il exécuta une brève révérence, sans quitter Louisa des yeux. Oserait-elle croire qu'elle lui avait manqué ? Ou avait-il perçu toutes les émotions qui se bousculaient en elle à cause de lui ?

— Vous êtes ravissantes, ajouta-t-il avec un sourire en coin.

Felicity, loin d'avoir décelé l'ironie ou encore qu'il ne s'agissait là que d'une phrase de politesse, se répandit en éloges sur sa couturière et le soin que celle-ci avait mis à lui préparer cette robe à la fois chaude et élégante. Elle énuméra les différents tissus utilisés et la raison pour laquelle chacun avait été choisi.

— Voilà qui est très instructif, dit-il en la dépassant pour rejoindre Louisa.

Celle-ci lui tendit la main, s'attendant à un baisemain comme elle avait pu en observer entre fiancés, mais il ignora son geste et se posta à son côté pour lui présenter son bras.

— Le duc et la duchesse de Sackville nous attendent à Vauxhall Gardens, annonça-t-il.

Son ton sec n'autorisait aucune contestation. Pourtant, la baronne ne put s'empêcher de le retenir.

— La bienséance m'interdit de vous laisser partir seuls tous les deux à une heure aussi tardive. Nous devons attendre Lord Skelmersdale pour…

— Je comprends. Peut-être qu'une de vos filles pourrait nous accompagner.

— Oui, Felicity pourrait…

— Très bien ! l'interrompit-il. Mademoiselle Abigail, me feriez-vous l'honneur de nous accompagner jusqu'à Vauxhall Gardens pour veiller à ce que les apparences soient sauves ?

La jeune femme regarda sa mère qui fulminait. Certes, cela était très discret, mais après un an sous ce toit même Louisa le voyait.

— Je ne suis pas sûre…

— Très bien, l'affaire est réglée ! s'exclama Lord Boyle.

Il lui indiqua la porte du salon de la tête avant de s'excuser de ne pouvoir lui offrir son bras pour l'escorter à l'extérieur. Galamment, il les invita à monter dans le fiacre et s'assit dans le sens contraire à la route. Il ouvrit une fenêtre à côté de Louisa, et cette attention la toucha.

— Me pardonnez-vous ?

— Oserai-je vous demander de quoi il est question avant de répondre ? répliqua Louisa.

— De ne pas avoir profité plus longtemps de l'excellente conversation de Mlle Felicity sur sa tenue.

Abigail laissa échapper un rire qui ne passa pas inaperçu.

— Veuillez m'excuser, dit-elle en voyant Louisa qui la foudroyait du regard.

— Je suppose que vous allez maintenant le remercier, déclara cette dernière.

— Je comptais le faire en votre absence mais, si vous abordez le sujet... Merci, Lord Boyle, pour cette soirée à Vauxhall Gardens.

— De rien, dit-il.

Louisa secoua la tête, sans réussir à dissimuler son sourire. S'il lui restait le moindre doute sur son union avec le comte, il fut balayé à cet instant. Dans cette calèche, le visage tourné vers la fenêtre, elle fut rassurée sur son avenir avec cet homme. Après tout, quel pair du royaume oserait s'opposer à une noble aussi frontalement ? De même, lequel comploterait pour permettre à une jeune femme de se rendre à un événement où elle pourrait parler sciences en toute discrétion ?

*Lui, et nous allons nous marier.*

Alors qu'ils marchaient en direction de l'esplanade préparée pour l'occasion, ils croisèrent de nombreux nobles qui les saluèrent poliment et avec une pointe de curiosité. Être ainsi au cœur de l'attention ne ravissait pas Louisa, mais l'annulation de leur départ en Irlande avait de quoi faire jaser l'aristocratie qui s'ennuyait en cette période de l'année.

À un tournant, ils trouvèrent le duc et la duchesse de Sackville qui discutaient avec Lady Eckhart. Ils s'arrêtèrent près d'eux, parlant des chevaux qui devraient patauger dans la boue et des acrobates qui ne manqueraient pas d'en projeter.

— Il me tarde d'entendre les récriminations des victimes, murmura Lady Sackville avec un petit sourire.

— Felicity ne se contentera pas de quelques récriminations, ajouta Abigail à mi-voix.

— Et votre mère n'hésitera pas à renchérir.

— Ma tendre épouse, vous a-t-on déjà expliqué qu'il n'est pas convenable de se réjouir du malheur des autres ? intervint le duc.

— Éclairez-moi, nous parlons toujours de projectiles boueux hypothétiques ou de la scène de ce midi où vous cherchiez le livre que vous veniez de déposer sur votre bureau ?

— Et qu'entre-temps vous aviez pris pour le lire…

Ils échangèrent un regard complice et retrouvèrent leur sérieux alors que Lord Locklear les saluait à son tour. Louisa se décala afin qu'il puisse se mettre près d'Abigail qui rosissait. Son coup de cœur était désormais évident, et cela fut confirmé quand la duchesse les invita tous à dîner chez eux le lendemain.

— Je dois demander à ma mère…

— Je m'en occupe, l'interrompit Lady Sackville. La voilà, justement. Allons lui dire deux mots.

Elle prit le bras d'Abigail avec autorité et l'entraîna dans son sillage. La pauvre malheureuse jetait des coups d'œil fréquents en arrière comme pour demander de l'aide.

— Votre femme, Dorset, donne toujours cette impression de partir au combat quand elle va converser avec des nobles, déclara le comte.

— Je tente vainement de lui apprendre la diplomatie.

— Vous ? s'exclama Louisa avant de porter une main à sa bouche.

— Mademoiselle Jones, commenceriez-vous à déployer vos ailes ? demanda le duc.

Il se pencha vers elle pour l'observer plus attentivement et se redressa pour conclure d'une voix sarcastique qui néanmoins ne blessa pas la jeune femme :

— Il me tarde de rencontrer la nouvelle comtesse de Cork. Il me plaît de croire qu'elle sera à la hauteur de mon épouse.

— Personne ne le peut, dit Louisa, gênée.

— Et je ne suis pas certain de le souhaiter pour ma tranquillité d'esprit, ajouta Lord Boyle.

— Je crois que le ton monte, intervint Lady Eckhart avec un

petit signe du menton vers les Skelmersdale. Lady Sackville rencontrerait-elle quelques difficultés ?

— Ce serait bien la première fois, répondit le duc, mais je vais aller m'assurer qu'elle obtienne satisfaction. Lord Locklear, je vous dis à demain ! Boyle, nous nous croiserons sans doute…

Bien vite tout le monde reprit sa route, et le couple se retrouva seul sur le bord de l'allée. Heureuse de cet isolement tout relatif, Louisa lui sourit et s'interrogea sur la suite à donner. Quelques semaines auparavant, elle aurait attendu patiemment. Peut-être se serait-elle excusée pour se dissimuler dans un coin et observer les autres parader. Maintenant, elle souhaitait plus que tout rester à ses côtés et en apprendre davantage sur lui.

— Comment vont les enfants ? demanda-t-elle.

— Ils s'ennuient et rendent les domestiques fous. Par chance, ils sont aussi obéissants et restent à l'abri à l'intérieur. Êtes-vous retournée à l'orphelinat ?

— Mère Kathleen nous en refuse toujours l'entrée, et Willy n'est plus apparu au coin de la rue. Je crains qu'il n'ait à son tour été contraint de travailler.

— Rassurez-moi, vous ne comptez pas vous rendre sur les docks pour le retrouver ?

— Lady Skelmersdale est bien trop énervée contre moi pour que je me risque à faire un pas en dehors du chemin qu'elle m'autorise à fouler jusqu'à notre mariage.

— Je demanderai à Dorset de nous accorder un moment demain soir pour que nous discutions en toute quiétude de ce que vous aimeriez pour nos noces. En parler dans un parc à la nuit tombée et entourés de nobles à l'oreille fine ne m'emplit pas de joie.

Elle acquiesça et le suivit alors qu'il se dirigeait vers les tribunes. Ils prirent place sur la dernière rangée.

— D'ici nous pourrons voir les morceaux de boue voler sans que j'aie à m'interposer entre eux et votre délicieuse toilette.

Sa présence avait quelque chose de rassurant et d'apaisant. Assise auprès de lui, elle se sentit en sécurité. Une impression déroutante quand elle réfléchissait aux moments qu'ils avaient passés ensemble et qui n'avaient souvent rien de calme ou de romantique.

— Pouvez-vous me parler de Cork ? demanda-t-elle d'une voix douce. À quoi cela ressemble-t-il ? J'aimerais le voir par vos yeux. Est-ce une ville comme Londres ? Ou cela se rapproche plus d'une ville de campagne où tout le monde se connaît et s'entraide ?

Il lui adressa un regard qu'elle fut bien incapable de déchiffrer. Leurs yeux s'accrochèrent, et pendant un instant elle oublia tout, hormis cet homme. Son fiancé.

— Cork est bien plus proche de la ville de campagne que de Londres. Elle est moins étendue et moins bruyante. Les gens se connaissent mais, ma famille dirigeant le comté, nous avons une relation avec les habitants qui n'inclut pas l'entraide. Mon père et mon frère après lui ont toujours veillé à ce que tout se passe pour le mieux, sans que je ne puisse vous assurer que cela était parfait.

— Au moins prenaient-ils à cœur les conditions de vie des habitants.

— Oui.

Profitant de la paix qui régnait, chacun se tourna vers la scène où la troupe de cavaliers s'activait sur les derniers préparatifs. Encore une fois le silence entre eux ne la perturbait pas. Elle ne se sentait pas telle une débutante mal préparée à sa première saison.

— Avez-vous grandi dans une ville où tout le monde se connaît et s'entraide ? l'interrogea-t-il.

Elle observa son profil, notant une fine cicatrice sous son oreille. Un souvenir des Indes ou d'enfance ? Elle tenta de l'imaginer plus jeune, mais se confronta à une difficulté : le visualiser insouciant.

— Est-ce que cela existe ? ajouta-t-il.

Ses sourcils se froncèrent comme si une telle chose lui paraissait improbable.

— C'était un village, répondit-elle, mais oui, la bienveillance et le respect nous poussaient à prendre soin de nos voisins.

Louisa songea à sa mère qui travaillait pour subvenir à leurs besoins, puis cousait des vêtements pour les personnes âgées. À l'église le dimanche, tout le monde la connaissait et la remerciait pour ses bonnes œuvres. Peut-être était-ce pour cette raison que les rumeurs n'étaient jamais devenues des calomnies et que son statut de femme seule avec un enfant avait été toléré.

Depuis qu'elle avait appris pour le baron et sa mère, elle avait beaucoup réfléchi et en était venue à regretter que, par sa faute, ils aient été contraints de s'éloigner l'un de l'autre. Sa mère avait fait un choix de raison, laissant passer son enfant avant ses propres besoins, mais à quoi aurait ressemblé leur vie si Lord Skelmersdale avait tout quitté pour elles ?

Aujourd'hui, en songeant à tout ce qu'elle faisait pour Colin et Eilinn, elle réalisait que sa mère avait fait le choix qui s'impose.

— Pourquoi en parlez-vous au passé ?

— Cela me semble si loin que j'ai parfois l'impression d'avoir imaginé cette cohésion, avoua-t-elle. Quand le baron est venu me chercher, tous se demandaient comment me garder auprès d'eux. Ils pensaient que ma mère était mon unique famille. Il faut dire que je le pensais aussi…

Pourtant, son père était bel et bien en vie. Grâce à lui, elle avait rencontré la duchesse et le comte. Le cœur gonflé de reconnaissance, elle reprit son récit :

— À mon arrivée à Londres, j'ai envoyé des lettres pour les prévenir que j'étais bien arrivée. Puis j'ai peu à peu cessé.

— Pourquoi ?

Surprise par cette question très personnelle, elle marqua une pause avant de répondre avec une franchise qui l'étonna elle-même :

— Parce que je n'étais pas certaine d'être heureuse.

Elle écarquilla les yeux avant de modérer ses propos :

— Je ne veux pas dénigrer les soins que Lord et Lady

Skelmersdale m'ont apportés. Vivre dans leur maison a été une source de confort que je n'aurais jamais espéré.

— Mais ?

— Mais jusqu'à il y a peu, je ne me sentais pas à ma place.

— Puis-je vous demander ce qui vous a permis de vous y sentir mieux ?

— Abigail. Nous avons discuté toutes les deux, et j'ai découvert une personne adorable que j'aurais aimé côtoyer dès mon arrivée. Sa passion pour les dinosaures est certes peu commune, mais elle a cette soif d'apprendre et de partager qui la rend attachante.

— Je suppose qu'avoir une mère comme la baronne n'aide pas à se lier d'amitié.

Louisa acquiesça et lui adressa un petit sourire.

— Que pouvez-vous me raconter sur les parents d'Eilinn ? Son père, était-il un bon frère ?

Le comte détourna le regard, sans prendre la peine de répondre. Avait-elle été trop loin ? Cherchant un moyen poli de désamorcer le problème, elle fixa ses doigts en listant tous les sujets qu'un homme et une femme pouvaient aborder en toute quiétude.

— Il était un exemple. Nous n'avions que deux ans d'écart, mais il était l'héritier. Celui qui va dans les meilleures écoles, passe son temps avec le père pour apprendre son futur rôle... Il aurait pu devenir cet être abominable que beaucoup de premiers-nés deviennent.

Il déglutit, marquant pour la première fois la tristesse que la perte de son frère avait engendrée. Touchée, elle dut se faire violence pour ne pas lui apporter du réconfort. Ils étaient en public, après tout !

— Dès qu'il le pouvait, il venait me rejoindre. Nous parlions de la vie en général, de l'avenir... Nous savions tout l'un de l'autre. Puis il s'est marié, et je me suis engagé.

Lord Boyle secoua la tête.

— Je n'ai pas pu le soutenir quand sa femme est morte en couches, le laissant seul avec un enfant nouveau-né. Quand son accident est survenu... Il m'a fallu du temps pour revenir.

J'ai alors appris la disparition d'Eilinn, mais aussi à quel point notre comté avait été touché par la famine.

Émue par la douleur qu'elle entendait dans sa voix, Louisa posa sa main sur la sienne. Il était parti défendre son pays à l'autre bout de l'hémisphère, mais personne n'avait veillé sur sa famille, son comté…

— Aengus était un homme bon, avec le cœur sur la main. Parfois, je me demande si…

— Si ?

— Si je suis digne de lui succéder.

Touchée par cette confidence, elle se souvint d'une leçon qu'on lui avait apprise.

— Notre voisine me gardait quand j'étais petite et elle me disait souvent qu'il ne sert à rien de se comparer aux défunts. Ils n'ont pas vécu la même chose au même moment.

— Une femme très sage.

Le regard dont il la couvrit fit naître de petits frissons sur la peau de la jeune femme. Cette conversation semblait irréelle tant par l'intimité de leurs propos que par le naturel avec lequel ils devisaient. À cet instant, elle sut qu'elle avait fait le bon choix, que toutes les épreuves qu'elle avait vécues cette année n'étaient faites que pour la mener à lui.

# 21

Lorsque le spectacle prit fin, Alastar fut ravi de voir que sa fiancée devenait plus sûre d'elle et moins effacée. Elle lui parlait, lui répondait et osait parfois le taquiner. Le badinage auquel ils se livraient par petites doses le séduisait chaque jour un peu plus.

Pendant que les chevaux trottaient et que les cavaliers virevoltaient au rythme d'une musique qu'un orchestre jouait sur une petite estrade, ils avaient discuté de leur enfance. Chacun avait grandi à la campagne, entouré d'animaux et d'une nature luxuriante. Ils avaient tous deux connu la perte de parents, bien que Louisa ne puisse imaginer la douleur de perdre un frère. Elle s'était montrée une oreille attentive, au point qu'il s'était surpris à rire avec elle des facéties qu'Aengus et lui avaient l'habitude de faire.

— Avez-vous aimé ? lui demanda-t-il en se levant.

— Si vous parlez du spectacle, je crains de ne pas avoir été la personne la plus attentive de l'assemblée.

— Allez-vous rejeter la faute sur votre voisin ?

— Je pourrais, en effet. Ce qu'il me racontait était fascinant au point d'en oublier le reste.

Ce compliment tourné de la plus délicieuse des façons le toucha. Lui, l'homme qui se pensait insensible aux charmes des femmes, appréciait l'idée d'avoir subjugué Mlle Jones par ses histoires.

— Désirez-vous marcher un peu avant que je ne vous reconduise auprès de Lord et Lady Skelmersdale ?

— J'aimerais beaucoup, dit-elle.

En prenant soin de ne pas s'engager dans les allées où des couples se promenaient déjà, ils continuèrent de converser.

Alors qu'ils arrivaient au bout du chemin dans une clairière où une dizaine de personnes à peine pourrait se tenir, Alastar s'arrêta en songeant qu'il l'avait conduite dans un endroit isolé du parc sans s'en douter. Beaucoup de nobles connaissaient les recoins de Vauxhall Gardens pour y entraîner des femmes. Pas lui. Pourtant, par hasard, il les avait menés jusqu'ici.

Gêné qu'elle puisse le croire habitué à de telles manœuvres, il fronça les sourcils et chercha autour de lui quelques particularités qui expliqueraient leur venue dans ce lieu reculé. Des arbres, des buissons et des lampions pour marquer le chemin… Le vent agita les branches au-dessus de leurs têtes, intensifiant son malaise.

— Avez-vous trouvé une solution pour les tenanciers de l'auberge ? lança Louisa. Ceux qui employaient Eilinn.

— L'argent n'était pas leur but, sinon ils auraient accepté ma proposition. Je ne comprends pas leur entêtement et ce besoin de me retrouver. Il y a malheureusement plus d'une orpheline à Londres… Et l'époque étant ce qu'elle est, nombre de parents accepteraient sans problème de confier leurs propres enfants en échange de quelques pièces.

— Peut-être existe-t-il une autre raison, murmura-t-elle.

Il acquiesça et se rapprocha légèrement. Pouvait-il l'embrasser de nouveau ? Le baiser qu'ils avaient échangé chez les Sackville lui paraissait atrocement loin. La sensation de ses lèvres, de son corps… Mais ce qu'il souhaitait plus que tout, c'était de sentir de nouveau les mains de la jeune femme sur ses épaules. Cette confiance avec laquelle elle s'était abandonnée à leur étreinte l'avait conquis, et il était impatient d'y goûter à nouveau.

— Monsieur ?

Alastar revint au moment présent et se pencha. Sa bouche se posa sans attendre sur celle de la jeune femme. Aussitôt, il sentit son corps s'enflammer tandis que Louisa s'appuyait contre lui. Il avait envie de la toucher, de goûter la moindre parcelle de peau accessible à sa bouche... Sa main remonta de la hanche à la taille de sa fiancée, prête à avancer bien plus haut pour...

Réalisant la portée de son geste et l'état d'excitation dans lequel il se trouvait maintenant, il s'éloigna.

— C'est tout ? demanda-t-elle à voix basse.

— Il ne serait pas sérieux de poursuivre.

— Nous pourrions être découverts. Et ?

Ils se sourirent. Puis tout fut clair pour le comte. Il fit un pas en avant et l'embrassa. Sa main libre se posa sur la joue de Louisa avant de glisser sur sa nuque pour la retenir. Elle se colla contre lui, caressant ses flancs et son torse à travers les différentes épaisseurs de tissu. Leurs lèvres se séparèrent, le temps de reprendre une respiration.

Une goutte tomba sur la pommette de la jeune femme et coula jusqu'à la commissure de sa bouche. Dans son sillage, elle révéla une tache de rousseur. Cette petite marque fit perdre la tête à Alastar, lui rappelant qu'il était parmi les rares à les avoir vues. En avait-elle d'autres ? Certainement.

Le second baiser fut plus intense. Il lâcha sa canne pour pouvoir la tenir plus fermement contre lui, pour faire courir à son tour ses doigts sur ses formes. Son poing se resserra sur la cape de Louisa. Il ne pouvait continuer, pas alors qu'ils étaient visibles par quiconque prendrait cette allée. La pluie redoubla, réussissant à franchir la barrière des feuilles au-dessus d'eux.

— Il faut arrêter, mon ange.

— Est-ce mal d'avouer que j'aurais aimé continuer ?

Il caressa sa joue, ôtant un peu plus de cette crème qui cachait ce que d'autres qualifiaient d'imperfections et lui appelait délicieux détails.

— Bientôt, murmura-t-il.

Avec précaution, il s'écarta et ramassa sa canne. En se redressant, il aperçut une forme non loin. Aussitôt, la personne se cacha derrière un arbre. Comprenant qu'ils n'étaient plus seuls, il se tourna vers Louisa qui mettait la capuche de sa cape sur sa tête. Son visage devait arborer une expression sombre, parce qu'elle fronça les sourcils et le suivit sans rechigner. Il marchait vite, tirant sur sa jambe qui l'élançait à chaque pas. Il devait la mettre à l'abri.

Elle glissa, mais se rattrapa avant de chuter. La pluie tombait plus dru, éteignant les lampions et créant une atmosphère sombre qui convenait parfaitement à cette filature dont ils étaient l'objet.

— Puis-je savoir la raison de votre empressement ? demanda-t-elle sans cesser de marcher.

— Je ne voudrais pas que vous tombiez malade. Les températures et la pluie...

— Allez-vous prendre l'habitude de me mentir ou allons-nous demeurer une équipe ?

— Une équipe ? s'exclama-t-il en regardant discrètement derrière eux.

D'un coup sec, elle s'arrêta et tira sur son bras pour qu'il en fasse de même. Furieuse, elle se campa sur ses jambes et attendit.

— Quelqu'un nous observait. Peut-être le fait-il encore à l'heure actuelle, avoua Alastar à voix basse. J'aurais aimé qu'il ne se doute pas qu'il était repéré.

— Comptez-vous lui tendre un piège seul ? Ne préférez-vous pas prévenir le duc ?

— Un homme infirme tel que moi a besoin d'aide ? déclara-t-il froidement. Est-ce ainsi que vous me voyez ?

Elle recula, sous le choc.

— À cet instant, je ne suis pas sûre que vous appréciiez la vision que j'ai de vous.

Ces mots, prononcés d'un ton qui n'était pas coutumier à la jeune femme, ébranlèrent le comte. Seulement, loin de céder à l'apaisement, il crut bon de s'enquérir de son opinion :

— Auriez-vous perdu votre courage, mon ange ?

Il insista tant et si bien sur son surnom qu'il vit à quel moment elle choisit d'attaquer et de ne pas se complaire dans le rôle de spectatrice passive qu'elle avait adopté depuis son arrivée à Londres.

— Vous êtes un homme bouffi d'orgueil qui préfère imiter un paon plutôt que protéger ses arrières en demandant de l'aide. Je n'ai pas prétendu ni même pensé que vous étiez un infirme impotent comme vous semblez le croire, mais je le dis haut et fort : vous êtes stupide !

— Merci.

— Et ce n'est pas tout ! s'exclama-t-elle en lui enfonçant son index dans le torse. J'espérais que nous œuvrerions ensemble pour écarter tout danger de la vie des enfants. Comme vous souhaitez faire cavalier seul, je me débrouillerai de mon côté.

Elle esquissa quelques pas pour le dépasser, mais il la retint fermement.

— Il en est hors de question ! lui ordonna-t-il.

— Grand bien vous fasse ! murmura-t-elle. Vous aviez raison, Lord Boyle, il ne tient qu'à moi de regrouper mon courage et de faire ce qui doit être fait.

D'un geste sec, elle se dégagea de sa poigne et partit à la recherche des Skelmersdale. En colère contre lui-même, le comte se pressa de la rejoindre et tenta de la ramener à la raison.

— Mademoiselle Jones, vous ne pouvez pas...

— Je ne peux pas quoi ? l'interrompit-elle.

D'un geste sec, elle repoussa sa capuche pour qu'elle ne lui tombe plus devant les yeux.

— Allez-vous me donner l'excuse vieille comme le monde qu'une femme se doit de patienter à la maison tel un tableau accroché au mur pour décorer une demeure sans âme ? Si vous attendez de moi une obéissance aveugle, sachez que ce n'est pas ce que je recherche ! Tout comme je ne souhaite pas être veuve dès la première année d'un mari qui aura été trop fier pour réfléchir avant d'agir.

— Je dois alors mettre en danger un ami tout jeune marié ? N'est-ce pas là de l'égoïsme ?

— Pas si vous lui laissez le choix.

*Quelle beauté !*

Ainsi campée sur ses deux pieds, le visage froid et les cheveux offerts au vent qui se levait, elle était à ses yeux une invitation à la passion. Se montrerait-elle aussi hardie dans un lit ? Devrait-il à chaque fois l'énerver au point que la colère la transforme en une femme conquérante et prête à tout pour le faire mourir de plaisir ?

Ils se défièrent un instant avant qu'une bourrasque plus forte que les précédentes ne les pousse à reprendre la route vers l'esplanade où se tenait le spectacle. À l'abri des arbres, des groupes de personnes discutaient avec animation. Des bras se tendaient vers le kiosque où les plus malins s'étaient réfugiés.

— Mademoiselle Jones ! s'écria la baronne de Skelmersdale sans se soucier du ton sec qu'elle employait en public. Nous vous attendions pour rentrer !

— Pardon, dit l'intéressée en baissant la tête.

Et dire que quelques minutes avant elle abreuvait de reproches son fiancé, telle une amazone prête à en découdre avec le monde entier !

— Je crains d'en porter tout le blâme, déclara le comte. J'ai pensé à tort que ce ne serait qu'une petite averse et ai proposé à Mlle Jones d'attendre sous un chêne.

— Cette petite a peut-être été élevée à la dure, dans des conditions que nous autres les nobles ne connaissons pas, mais mes filles sont de fragiles créatures.

Il vit sa fiancée lever discrètement les yeux au ciel. Ce petit geste qui passa inaperçu fut suffisant pour lui. La soumission de Mlle Jones n'était qu'une façade, une concession afin de ne pas être mise à la porte ou envoyée au loin. Son sort dépendait tellement de Lady Skelmersdale qu'elle avait appris à cacher son caractère, celui qu'elle révélait quand ils étaient seuls tous les deux.

— Je crains que celles sur un champ de bataille soient bien pires que l'averse que nous traversons, répliqua le comte. Dans certaines régions des Indes, les pluies sont torrentielles au point qu'elles détruisent des maisons et emportent les gens sur leur passage.

— Mon Dieu ! s'exclama la baronne en portant la main à son cou. Avez-vous l'intention de retourner là-bas avec Mlle Jones ?

— Ce n'est pas dans mes prérogatives. Mesdames, je vous souhaite un agréable retour.

Il se tourna vers Louisa qui leva un sourcil en signe de défi. Pour toute réponse, il lui adressa un petit sourire en coin et choisit de la rassurer. Que gagnerait-il à la maintenir dans la crainte que quelque chose puisse lui arriver ?

— Je vais prévenir le duc… de mon départ.

Il lui prit la main et se pencha pour un baisemain des plus protocolaire, si ce n'est ce pouce qui caressa discrètement la peau de son poignet.

— Je vous dis à demain, ma chère mademoiselle Jones.

— À demain, monsieur le comte, murmura-t-elle, troublée.

Mourir reviendrait à laisser son ange aux prises avec la baronne. Il devait donc veiller à rester en vie pour se gorger à loisir de sa présence, de ses baisers et de son corps.

La première pensée de Louisa à son réveil fut pour le comte. Allongée dans son lit, elle avait revécu des dizaines de fois leur étreinte dans le parc. Audacieuses, ses mains avaient reproduit le chemin emprunté par celles de Lord Boyle la veille, et une chaleur nouvelle l'avait envahie. Fébrile, elle avait profité de cet état de grâce avant de se souvenir de leur dispute, ou plus précisément des mots durs qu'elle lui avait jetés au visage.

Quelle harpie ! À force de se sentir libre en sa présence de dire ce qui lui passait par l'esprit, elle le rebuterait. Il aurait ainsi une bonne raison d'annuler leurs fiançailles, ruinant ses chances de bonheur. Si dans toute cette affaire elle devait souffrir dans sa réputation, ce n'était pas la préoccupation première de la jeune femme.

Pour le baronnet, elle prenait conscience de l'amour enfantin qu'elle lui avait porté. Certes, elle lui avait écrit une lettre scandaleuse qu'elle allait brûler dès qu'elle le pourrait, mais elle n'avait pas ressenti la détresse qui l'étreignait ce matin à l'idée de ne pas vivre aux côtés du comte. Cette fois-ci, elle en était certaine, elle se battrait. Quitte à continuer d'enquêter de son côté pour que les propriétaires de l'auberge sur les docks, ceux-là mêmes qui menaçaient Lord Boyle, soient envoyés au loin, dans les colonies.

— Bonjour, mademoiselle Jones !

Elle salua poliment à son tour Elsie et se prépara pour le petit déjeuner. Elle enfila une robe d'intérieur épaisse pour parer le mal-être qu'elle sentait poindre, et rejoignit la salle à manger.

— Quelle joie de vous voir !

L'accueil de la baronne, si froid par le ton et pourtant si sympathique par les mots, lui donna envie de rebrousser chemin pour s'enfermer dans sa chambre en attendant l'heure de partir dîner chez les Sackville. Durant tout le trajet de retour la veille, elle avait eu le droit à toutes les récriminations sur cette invitation lancée au dernier moment et qui n'incluait qu'Abigail et elle. La duchesse s'était, a priori, montrée très claire sur ce point.

— Avez-vous bien dormi ? demanda Lady Skelmersdale.

Surprise par tant d'intérêt, Louisa prit place à table et regarda Abigail pour tenter d'avoir un indice sur l'attitude si avenante de leur aînée. Elle secoua discrètement la tête, montrant qu'elle n'avait aucune idée des raisons poussant sa mère à se montrer si chaleureuse.

— Merveilleusement, répondit-elle plus par habitude que par franchise.

— Très bien !

Un valet déposa une assiette devant la jeune femme. Des œufs, des haricots et trois toasts.

— Voilà bien trop pour une fiancée ! Vous ne songez pas à manger tout cela, n'est-ce pas ?

— Si, madame.

— Eh bien, je vais me montrer raisonnable pour vous !

Elle fit signe au domestique de tout reprendre.

— Un œuf suffira !

Prête à rétorquer, Louisa se rappela la situation précaire dans laquelle elle se trouvait. Après avoir contrarié le comte, elle ne pouvait se permettre de fâcher sa tutrice. Qu'adviendrait-il de sa personne si elle était chassée de cette demeure ?

— Cet après-midi, nous nous rendrons en ville pour vous acheter des tenues pour ce soir, et regarder pour la robe que vous porterez à votre mariage. Votre mère n'ayant jamais eu à s'unir dans une église avec un homme de bonne famille, je vous guiderai afin que tout se passe au mieux.

Encaissant le rappel cuisant de sa naissance hors des liens du mariage, Louisa mangea en quelques fourchetées son maigre repas et lorgna les toasts qu'Abigail avait devant elle.

— Vous devriez aller vous préparer. Plus tôt nous partirons, plus longtemps nous pourrons flâner dans les magasins !

Felicity, qui n'avait rien dit jusque-là, s'extasia de l'opportunité qui lui était fournie, tandis que les deux autres ne se réjouissaient guère à l'idée de tous les essayages qu'elles devraient endurer. La baronne insista pour qu'elles remontent dans leur chambre toutes les trois, empêchant Louisa de demander des fruits ou des pommes de terre. Le ventre à peine comblé par son omelette, elle suivit Abigail qui lui confia discrètement un toast.

— Je n'ai pas pu faire mieux, murmura-t-elle pour que Felicity ne l'entende pas.

— Merci.

Deux heures plus tard, elles étaient dans le hall, prêtes à partir. Chacune avait une cape pour se protéger des températures et de la pluie. La baronne lista toutes les boutiques où elle comptait se rendre, refusant la proposition de faire un détour par une librairie.

— Une jeune femme ne doit pas perdre son temps avec des livres, Abigail. Si vous tenez à trouver un époux, vous devez vous concentrer sur les travaux d'aiguille, les arts comme le dessin ou la musique, et les qualités d'une bonne hôtesse.

— Et je m'entraîne assidûment à la broderie et au dessin. Je pensais que, pour maîtriser l'art de la conversation, il me faudrait apprendre...

— Cessez ! Je sais que vous souhaitez vous procurer toujours plus de revues sur vos animaux morts. Encore hier, vous ne cessiez d'en parler à Lord Locklear. Il se montre d'une patience infinie, ce qui prouve qu'il tient à faire bonne figure auprès de la famille avant de demander la main de votre sœur.

Felicity eut un sourire qui rehaussa la finesse de ses traits et la beauté de ses yeux. À cet instant, elle paraissait divine au point que Louisa fut tentée de se pincer. Depuis quand sa demi-sœur pouvait-elle paraître aussi angélique ? S'était-elle exercée devant son miroir afin d'émouvoir les hommes encore célibataires ?

— Nous commencerons par la robe de mariée de Mlle Jones.

— Comment ? s'exclama Felicity. J'ai besoin d'une nouvelle toilette pour la réception de la semaine prochaine. Il me faudra aussi des rubans, des boutons...

— Ma chère, ne voulez-vous pas montrer à tout le monde à quel point vous êtes heureuse pour la pupille de vos parents ? Une jeune femme sans titre qui se retrouve comtesse.

— Mais...

— Écoutez-moi bien, Felicity ! Je tiens à ce que toutes les personnes que nous rencontrerons cet après-midi s'extasient non pas sur la future mariée, mais sur votre gentillesse à son égard. Abigail fera part à la duchesse et à Lord Locklear de votre attitude si serviable ce soir...

Lady Skelmersdale jeta un coup d'œil à sa cadette en guise de mise en garde avant de revenir à sa fille aînée :

— Ce dernier en sera d'autant plus conquis.

— Oui, mère.

— Très bien. Maintenant, allons-y !

Après un court trajet en voiture qui eut le don d'accentuer le mal-être de Louisa, les quatre femmes pénétrèrent dans une boutique luxueuse. Les tissus les plus chatoyants étaient exposés aux regards des clientes. Des mains hardies les caressaient, s'attardaient avant de se rétracter face au prix.

La baronne s'approcha de la vendeuse, tout en saluant poliment la vicomtesse Bateman. Cette dernière lui adressa un petit mouvement de tête avant de partir vers une étagère contenant des tissus épais.

— Nous aimerions une robe pour les futures noces de ma pupille avec le comte de Cork.

— Je vais prévenir Mme Constance.

Ne se sentant pas à sa place au milieu de tant de splendeur, Louisa croisa les mains et attendit aux côtés d'Abigail. Elle se demanda ce qu'elle souhaitait comme cérémonie, le repas, les invités… Tant de questions auxquelles elle n'avait pas de réponse et dont elle devrait discuter avec le comte le soir même.

Une femme aux cheveux grisonnants entra dans la pièce et les détailla chacune à son tour. La baronne se présenta et expliqua la raison de leur présence.

— Il nous faut la robe la plus épatante que vous puissiez coudre. Tout le monde devra se retourner sur elle pour admirer le luxe de sa tenue.

La couturière dévisagea Louisa avant de reporter son examen sur la tenue que la jeune femme avait choisi de porter.

— Comment imaginez-vous votre robe, mademoiselle ?

— Avec de la dentelle, répondit Lady Skelmersdale à sa place, une jupe avec du volume.

*À quoi vais-je ressembler ? Faites que tout ceci soit un cauchemar !*

# 22

— Monsieur le comte vous attend, annonça Elsie.

Sans se presser, Louisa quitta son fauteuil devant la cheminée de sa chambre et se dirigea vers l'escalier. La main sur la rambarde, elle descendit sans quitter les marches des yeux. Jamais elle ne s'était sentie aussi faible. Peut-être que la pluie de la veille l'avait affaiblie, à moins que ce ne soit dû à l'épouvantable séance de shopping de l'après-midi.

Pendant tout le temps qu'elles avaient passé dans l'atelier de Mme Constance, la baronne n'avait eu de cesse d'enchaîner les demandes les plus extravagantes. La jeune femme avait fini par penser qu'elle ne tarderait pas à ressembler à un sapin de Noël d'un nouveau genre. En lieu et place des guirlandes se trouveraient des mètres de rubans. Les angelots seraient remplacés par des plumes. Il ne lui manquerait plus que quelques bougies dans les mains pour parfaire l'ensemble !

Son estomac la força à marquer une pause. La faim la tenaillait avec force puisqu'elle n'avait pas eu le droit à quelques sandwichs à l'heure du thé. Sous un prétexte aussi ridicule qu'aberrant, la baronne avait réussi à l'empêcher de se sustenter. Elle serait peu surprise de tomber d'inanition avant que l'entrée ne soit servie chez la duchesse.

— Attendez-vous de vous rompre le cou pour appeler de l'aide ?

Arrêtée sur une marche, elle croisa le regard dur de Lord Boyle. Campé au pied de l'escalier, il se tenait bien droit dans son manteau gris et dégageait une aura de colère qui attisa celle de la jeune femme. N'était-il pas justement celui des deux qui refusait la main tendue hier ?

— Si je me romps le cou, je ne prendrai pas la peine d'appeler à l'aide.

Elle le vit accuser le coup, son regard se voilant brièvement sans pour autant perdre cette lueur d'inquiétude qu'elle n'avait pas remarquée de prime abord.

— Non, je me contenterai de venir vous hanter !

— Charmante perspective ! répliqua-t-il sans dissimuler un petit sourire en coin. Dois-je comprendre que vous vous sentez mieux ?

Surprise qu'il lui pose une telle question, elle reprit sa descente.

— Puis-je savoir ce qui vous porte à croire que je ne me sentais pas bien ?

— Mlle Skelmersdale, Felicity, a tenu à m'informer qu'elle vous avait aidée à choisir votre robe de mariée et que cela avait eu raison de vos nerfs.

— Il se peut en effet que je ne me sois pas montrée particulièrement agréable quand elle a tenu à ajouter un nouvel agrément à une tenue qui en comptait déjà bien trop.

Arrivée dans le hall, elle soupira de soulagement sans craindre la réaction de l'homme qui ne l'avait pas quittée des yeux. Du revers de la main, il caressa sa joue.

— Vous paraissez à bout de forces, murmura-t-il.

— Je me sens comme un morceau de tissu informe dont personne ne saurait quoi faire.

— La comparaison est assez... étrange.

Elle lui sourit et accepta l'aide qu'il lui proposait pour mettre sa cape. Ses doigts froids frôlèrent sa nuque, déclenchant de petits frissons. Elle aurait aimé qu'il la prenne dans ses bras et l'emmène loin de tout cela. Des menaces. De sa tutrice. De la bonne société, en général.

— Je vous en veux toujours, vous savez, murmura-t-elle en baissant la tête.

— Je n'en attendais pas moins de vous.

Un craquement les avertit qu'une porte s'ouvrait non loin. Bien trop rapidement, Lady Skelmersdale apparut, flanquée de Felicity et d'Abigail. Cette dernière semblait mal à l'aise et hésita avant de s'approcher. Sa main tremblait, et ses doigts se refermèrent sur le vide, à quelques centimètres à peine du col de sa cape.

— Je crains qu'Abigail ne se sente pas très bien, dit la mère de celle-ci.

Louisa se tourna vers son amie qui fuyait tout contact. Que s'était-il passé depuis leur retour ? Qu'avait bien pu inventer la baronne pour que sa seule alliée dans cette maison n'ait plus le courage de la regarder ?

— Pour ne pas bouleverser les plans de Lady Sackville, Felicity pourrait prendre sa place…

*Voilà donc la nouvelle ruse employée par la baronne pour mettre en avant sa première fille au détriment de la seconde !* Elle se contint, consciente qu'elle n'était pas en position de s'opposer à sa tutrice.

— Je crains que la duchesse ne soit d'un autre avis, déclara le comte.

— Laisser une place vacante à sa table serait un affront, répliqua la baronne.

— Et s'inviter à sa table sans y avoir été convié, un acte de guerre. Mademoiselle Abigail, je vous propose de nous accompagner et, si le besoin s'en faisait sentir, je vous prie de me prévenir afin que je vous reconduise ici séance tenante. Nous connaissons suffisamment la duchesse tous les trois pour savoir que c'est l'unique option acceptable à ses yeux.

— J'insiste, dit Lady Skelmersdale en relevant le menton.

— Et vous le faites en de trop nombreuses occasions, madame !

— Puis-je savoir ce qui se passe ? demanda le baron en arrivant du couloir.

Le dos bien droit et le regard noir, il toisait toutes les personnes présentes. Louisa se sentit rétrécir, mais refusa de se décaler vers la gauche pour être dissimulée par son fiancé.

— Et pourquoi parlez-vous ainsi dans ma demeure, Lord Boyle ? ajouta-t-il d'un ton sec.

— Madame votre femme tenait à ce que votre fille Felicity prenne la place de sa sœur au dîner donné par Sa Grâce, la duchesse de Dorset. En tant que pair du royaume et proche du duc, je lui ai notifié que son insistance était inconvenante.

Lord Skelmersdale approuva d'un léger mouvement de la tête et se tourna vers Abigail.

— Désirez-vous rester à la maison, ma chère ?

— Non, père.

Satisfait de la réponse, il attrapa la cape de sa cadette et lui couvrit les épaules avec révérence. Il les salua et invita sa femme à le suivre dans son bureau.

— Et moi, père ? s'enquit Felicity.

— Trouvez-vous une occupation en attendant que j'aie fini de m'entretenir avec votre mère.

Louisa prit le bras que le comte lui tendait, et ils sortirent. Dans le phaéton, ils restèrent silencieux tous les trois. Les manigances de Lady Skelmersdale avaient terni la bonne ambiance qui aurait dû se tenir entre eux.

Quand la demeure des Sackville apparut au loin, bordée de lumière, Abigail n'y tint plus.

— Veuillez excuser ma franchise, monsieur le comte, mais il n'a jamais été dans mon intention de faire faux bond à la duchesse.

— Nous le savons tous les trois, et Lady Sackville n'en aurait pas douté, la rassura-t-il.

— Mais elle aurait été... furieuse, ajouta Louisa en riant.

Ils acquiescèrent et sourirent en imaginant la réaction de la duchesse si l'échange avait eu lieu. Deux d'entre eux ne doutaient pas que des menaces auraient été proférées et que Felicity aurait été renvoyée immédiatement chez ses parents.

— J'ai bien tenté de leur faire comprendre que ce n'était pas une bonne idée...

— Oublions ça, déclara Lord Boyle. Vous pourrez parler de dinosaures avec Lord Locklear autant qu'il vous sera agréable.

Touchée qu'il ait remarqué l'inclinaison de sa demi-sœur pour le jeune noble, Louisa sourit en rajustant le col de sa cape. Ses bras semblaient peser une tonne, et ses gestes étaient maladroits. À l'inspiration suivante, elle eut un vertige et porta malgré elle une main à sa tempe.

— Quelque chose ne va pas, mademoiselle Jones ? s'enquit le comte, inquiet.

Trop faible pour répondre, elle laissa sa tête pencher puis retomber sur l'épaule de son fiancé. Malgré la joie simple de pouvoir se reposer sur lui, elle ne put se réjouir de la douce chaleur qui se répandait en elle. Allait-elle s'évanouir comme une débutante découvrant pour la première fois le faste d'un bal ?

— Ma mère a décrété qu'elle devait manger moins pour votre mariage, répondit Abigail. Ce matin, elle n'a eu droit qu'à un œuf et un toast. À l'heure du thé, tout a été fait pour qu'elle ne puisse pas nous rejoindre.

Le phaéton s'arrêta, et Abigail descendit. Elle remonta jusqu'à la porte tandis que le couple restait assis.

— Quand comptiez-vous m'expliquer la nouvelle lubie de votre tutrice ? s'enquit-il sèchement.

Agacée, elle répliqua sur le même ton :

— Quand comptiez-vous me raconter votre retour de Vauxhall Gardens ?

— Le retour des questions, plaisanta-t-il. Je suis allé retrouver le duc comme vous me l'aviez expressément demandé. La duchesse s'est plainte d'être mise de côté. Elle a donc été elle aussi mise au courant de cette forme que j'avais surprise en train de nous espionner.

— J'ai songé à cela, murmura Louisa, à bout de forces. Peut-être s'agissait-il d'un noble se promenant non loin.

— Et qui se serait caché en croisant mon regard ?

— Nous étions dans une position des plus inconvenante ! argua la jeune femme.

— Nous ne faisions que nous embrasser, mon ange. Je peux vous assurer qu'il existe bien des moyens d'être plus inconvenant !

— Et cette conversation va prendre fin ! s'exclama la duchesse. Vous la reprendrez quand les cloches de votre mariage auront fini de tinter et que vos invités seront retournés chez eux.

Debout à côté du phaéton, en compagnie d'un valet tenant une assiette avec des mini-sandwichs disposés dessus, elle ajouta avec un petit sourire malicieux :

— Mais je confirme qu'un simple baiser est loin d'être le plus choquant qu'il est possible de surprendre !

Gênée par cette conversation dont elle se sentait exclue à cause de son inexpérience, Louisa mangea et rejoignit la maison au bras de son amie. Celle-ci, visiblement inquiète, la conduisit dans une bibliothèque où un feu venait d'être allumé.

— Reposez-vous. Pendant ce temps, je vais m'assurer que Lord Locklear prenne les choses en main et se déclare auprès d'Abigail.

— Seriez-vous une romantique, Thea ? la taquina Louisa en prenant place dans un large fauteuil.

— Lord Boyle a accepté de se marier, alors tout est possible ! s'exclama-t-elle.

— Je ne sais comment prendre une telle assertion, répliqua ce dernier en entrant à son tour dans la pièce.

Débarrassé de son épais manteau, il demeurait impressionnant. Et il aurait pu en effrayer plus d'un si son visage n'avait pas été empreint d'inquiétude à cet instant.

— Je vous laisse, les informa la duchesse. La porte reste néanmoins entrouverte pour des raisons de bienséance.

Les deux fiancés opinèrent du chef sans détourner le regard l'un de l'autre. Quand il fut clair qu'ils étaient seuls, le comte prit place à ses côtés dans le fauteuil et caressa sa joue avec la même tendresse que la veille. La jeune femme ferma les yeux pour profiter de la douceur du moment.

— Vous paraissez si pâle...

— La crème... Celle que vous tenez à ce que je continue à mettre pour cacher mes horribles taches.

Il secoua la tête, amusé.

— Mon ange, au contraire… Elles sont si belles à mes yeux que je pourrais les contempler pendant des heures. Mais je ne tiens pas à ce que d'autres s'extasient dessus.

— Vous vous faites poète ?

— Je n'aurais jamais cette prétention, murmura-t-il avant de l'embrasser délicatement.

De nouveau, la tête tourna à Louisa qui se retint au comte. Il s'écarta, mais la main de la jeune femme resta posée sur la peau chaude de son cou. Timidement, elle joua avec les cheveux dans sa nuque et suivit le contour de sa mâchoire. Il ferma les yeux, s'abandonnant à cette caresse pour le plus grand plaisir de la jeune femme. Qu'il était bon de pouvoir le toucher, de se gorger de sa force alors qu'elle se sentait si faible.

— Pourquoi cet homme nous aurait-il espionnés ? Espérait-il voir plus que le spectacle que nous lui avons offert ?

— Peut-être. Ou il m'aura reconnu d'après les portraits qui circulent dans les bas quartiers.

— Mais nous étions dans la partie réservée à l'aristocratie !

— Et des vauriens viennent s'y cacher pour détrousser les plus malchanceux.

Louisa fronça les sourcils et retira sa main.

— Nous ne pouvons donc savoir la raison exacte pour laquelle il nous observait, dit-elle. Cela pourrait très bien être un hasard.

La bouche de Lord Boyle frémit. Que lui cachait-il ?

— Vous devriez ôter votre cape pour ne pas risquer d'attraper un coup de chaud.

Elle obtempéra sans le quitter du regard. Elle frissonna quand il la détailla avec une intensité peu commune. Ses yeux s'attardèrent sur son décolleté avant de remonter sur ses pommettes. Cherchait-il ses taches de rousseur ?

— Monsieur ?

— L'homme nous a suivis après mon départ de Vauxhall Gardens. J'étais donc bien la cible, même si son but nous est pour l'instant inconnu.

Elle acquiesça, cherchant comment dénouer toute cette affaire.

— Comment vont les enfants ?

— Ils demandent après vous, répondit-il. La gouvernante que j'ai engagée pour s'occuper d'eux n'a, elle aussi, que votre nom à la bouche. Ils vous réclament à cor et à cri, d'après ses dires, et souhaiteraient que je vous invite à boire le thé.

Touchée d'être ainsi appréciée, Louisa contempla son fiancé. Ses yeux, à la fois sombres et doux, la fixaient dans l'espoir de lui transmettre un message qu'elle peinait à comprendre. Ses lèvres s'écartèrent, exhalant un long soupir qui n'était pas sans rappeler ceux qu'elle avait poussés en attendant sa venue aujourd'hui.

— Louisa, pourquoi avez-vous répondu « je crois » ?

Ramenée au moment présent par une question dont elle ne comprenait pas la moitié, elle pencha la tête. L'air tourmenté de Lord Boyle la contraria. À quel moment avait-elle dit cela ? Dans quelles circonstances ?

— Quand votre père vous a demandé si vous acceptiez de m'épouser, vous n'avez pas dit oui ou non, mais « je crois ».

Une petite exclamation lui échappa alors qu'elle se souvenait de la scène. Toujours dans le doute quant à ses sentiments pour le baronnet, elle craignait de ne jamais connaître l'amour. Ce lien magnifique que sa mère avait prétendu partager avec le baron. Bercée toute son enfance et une partie de son adolescence d'un tel concept, elle avait hésité en ne ressentant pas cette vague de chaleur mêlée de certitude dont elle avait tant entendu parler.

« Quand tu le rencontreras, tu sauras que c'est lui ! »

— Je n'avais jamais songé que mon mariage serait issu d'un scandale, enfin de ce qui aurait pu en être un si Lady Skelmersdale n'avait pas été la première à nous découvrir dans cette pièce. De plus, je savais votre proposition fondée sur la volonté de bien faire et mes commentaires peu amènes sur les nobles qui réussissent à esquiver les conséquences d'une telle infortune.

Elle marqua une pause, avant de conclure :

— J'aurais aimé qu'on me fasse la cour, que cette demande en mariage soit née d'un respect mutuel...

— De sentiments, ajouta-t-il d'un ton sec. Au lieu de cela, vous étiez piégée avec moi.

— Et vous avec moi, rétorqua-t-elle d'une voix ferme.

Ils se défièrent un instant, avant qu'elle ne relève le menton et ajoute :

— Maintenant je sais que nous pourrons être des partenaires et cela me comble de joie.

— Cela ne semble pas ! Je dirais même au contraire que cela est pour vous une épreuve, répliqua-t-il.

— Peut-être est-ce dû à votre caractère changeant qui n'est pas loin de m'étourdir ! Vous m'avez posé une question, et j'ai répondu en toute sincérité. Maintenant à mon tour : pourquoi ne vouliez-vous pas vous marier ?

— Parce que la femme que j'aimais m'a ri au nez quand je lui ai demandé d'être mon épouse et qu'elle a choisi de devenir ma belle-sœur trois jours plus tard.

Louisa sentit son cœur s'effondrer dans sa poitrine. Il avait été amoureux. À cause d'une concurrente morte bien des années auparavant, elle n'aurait jamais la chance d'être courtisée par lui. Les quelques compliments qu'il se permettait de lui adresser seraient les seules marques d'affection auxquelles elle pourrait prétendre. Et encore, pour combien de temps ?

— Pour les invités...

Elle déglutit, décidée à changer de sujet le plus rapidement possible.

— J'aimerais un petit comité.

Elle ne tenait pas à ce que toute l'aristocratie anglaise mesure l'absence de lien entre eux. Enfin, à quel point lui ne tenait pas à elle, parce que pour ce qui était de ses sentiments Louisa ne doutait pas d'être bien plus attachée à lui qu'elle ne l'aurait voulu en cet instant et après de telles révélations !

— Les femmes ne souhaitent-elles pas se marier dans le faste et la démesure ?

*Je voulais juste l'amour et le soutien...*

Elle secoua la tête et répondit, une fois sûre que sa voix ne lui ferait pas défaut :

— Je pensais aux enfants, à Lord et Lady Skelmersdale ainsi qu'à Lord et Lady Sackville.

— Lady Eckhart a été d'un grand soutien à mon retour à Londres. Peut-être devrions-nous ajouter Lord Locklear.

— Cela ferait... dix invités. Parfait !

Abattue, elle se tourna vers l'âtre et contempla les flammes qui dansaient joyeusement. Dans son esprit, elle l'entendait encore parler de la mère d'Eilinn, de cette unique femme qu'il avait aimée et qui lui avait préféré son frère. Toute sa vie, elle vivrait avec le fantôme de cette comtesse de Cork. Le supporterait-elle ?

— Pouvez-vous demander à la duchesse de me rejoindre ?

— Louisa...

— S'il vous plaît !

Il l'observa avant de se lever et de disparaître dans le couloir. Dès que le bruit de sa canne frappant le sol se fut suffisamment éloigné, elle relâcha ses épaules. Elle s'écroulait sous le poids de cette confidence. Cela n'aurait été rien, si au fil de leurs conversations, de leurs baisers, elle n'en était pas venue à désirer plus. Il lui paraissait évident qu'elle vivrait dans une maison remplie d'amour, de rires et de joie.

Qu'aurait-elle ?

— Lord Boyle m'a dit que vous souhaitiez me parler, dit la duchesse en refermant la porte derrière elle.

— Je suis désolée de priver vos autres invités de votre présence, mais je n'en aurai pas pour longtemps !

— Ne vous inquiétez pas, ils sont entre de bonnes mains avec le duc !

Comprenant le sarcasme, Louisa choisit de se montrer directe :

— Pensez-vous pouvoir m'aider à choisir ma robe de mariée ? La baronne de Skelmersdale tient à ce que je suive ses conseils, mais je crains de ne pas avoir les mêmes goûts qu'elle.

— J'en serai ravie !

Lady Sackville tapa dans ses mains, heureuse de se voir offrir une telle mission.

— Et pourrez-vous me soutenir sur un autre point ?

— Lequel ?

— Je ne tiens pas à avoir un grand mariage. Avec le comte, nous avons convenu du nombre de dix invités.

— Dix ? s'exclama la duchesse. Souhaitez-vous lancer une mode ou laisser croire à toute la haute société que vous avez quelque chose à cacher ?

— Nous savons toutes les deux que cette union n'aurait jamais eu lieu si je ne m'étais pas mêlée de l'enquête du comte. Si j'avais gardé ma place, j'en serais encore à...

— À soupirer auprès d'un baronnet qui n'a jamais eu le cran de se battre pour vous au lieu de vous démener aux côtés d'un comte qui vous fait soupirer ?

Louisa accusa le coup, mais ne répliqua pas. Après tout, ce n'était là que l'amère vérité...

# 23

D'un pas rapide, Louisa rejoignit la voiture et y monta sans prendre la peine de poser sa main dans celle du cocher. Cela faisait maintenant trois jours que sa tutrice ne cessait de la tourmenter. Ses repas étaient de moins en moins copieux et son emploi du temps entièrement tourné vers le mariage. L'unique avantage à tout cela était le manque de romantisme de la baronne.

Heureuse de ne pas avoir eu le droit aux louanges de l'amour, de la vie à deux et de tout ce qui aurait pu lui rappeler que jamais elle ne gagnerait les faveurs de son futur mari, elle renâclait néanmoins à adopter l'attitude blasée de sa tutrice, preuve vivante que les unions entre nobles ne menaient pas à la fidélité et au bonheur. Quand bien même, la jeune femme aurait bien eu besoin de se divertir.

Et par chance, elle avait obtenu gain de cause cet après-midi pour rejoindre l'orphelinat. Après avoir argué auprès du baron qu'il serait malvenu de mettre de côté ses activités pendant les trois prochains mois que dureraient ses fiançailles, elle avait eu l'autorisation de s'y rendre. Malgré son état de faiblesse et la pluie qui ne cessait de tomber sans discontinuer, elle avait mis sa robe au tissu épais et rugueux, couvert ses cheveux pour se protéger des poux et couru jusqu'à la calèche.

— Enfin, murmura-t-elle.

Distraitement, elle entrebâilla une fenêtre pour permettre à l'air d'entrer et ainsi minimiser les effets des cahots de la route sur son estomac. Même cette boule qui se formait déjà en son sein et engendrait un mal-être coutumier ne suffit pas à diminuer sa joie d'être loin des Skelmersdale.

— Les petits vous ont manqué, commenta Elsie.

— Oui. Beaucoup, ajouta-t-elle précipitamment.

Les visages juvéniles de Colin et d'Eilinn lui revinrent. Leurs rires résonnèrent dans sa tête alors qu'elle se laissait glisser dans ses souvenirs. Travailler à l'orphelinat n'avait pas été une évidence. La bonté de la duchesse et l'amitié des enfants l'avaient poussée à insister pour continuer à venir, contrevenant aux désirs de la baronne. Puis elle avait trouvé une routine, une place dans ce quotidien si différent de ce à quoi elle était habituée.

Et tout aurait pu continuer ainsi pendant des années, si les enfants n'avaient pas commencé à disparaître. Si sa rencontre avec le comte n'avait pas tout bouleversé.

Son regard se fit lointain, par-delà les nuages qui s'amoncelaient dans le ciel et qui ne déversaient plus d'eau.

Cela faisait trois jours qu'elle ne l'avait pas vu. Le dîner chez les Sackville avait été un succès. Abigail avait parlé de dinosaures et d'autres découvertes historiques d'ampleur. Louisa en avait perdu le compte, perdu dans sa douleur et son mal-être. Lord Locklear avait admiré sa demi-sœur, la complimentant gauchement. Lady Eckhart leur avait conté ses souvenirs, chantant les louanges de personnes désormais décédées. Il avait été question de Mme Jones, de ce village où elle avait grandi.

Quand on avait parlé de son père, la jeune femme s'était tue. À quoi bon répéter tous les mensonges dont on l'avait bercée enfant ? Son père était en vie, riche et marié. Il n'avait pas connu les problèmes engendrés par un toit à demi détruit pendant une tempête. Il savait la valeur de l'argent, pas parce qu'il devait compter ses pièces chaque semaine, mais parce que son homme de loi veillait à ce que tout soit en ordre.

— Vous sentez-vous bien ? demanda Elsie.

Louisa acquiesça et se retint à temps à la poignée à ses côtés. Le tournant avait été pris avec bien trop de brusquerie à son goût. Elle se réinstalla confortablement, consciente qu'ils ne tarderaient pas à arriver à destination.

Dès que la voiture fut arrêtée, elle entendit le cocher descendre et ouvrir la porte. Elsie sortit la première et s'écarta afin de lui laisser la place.

— Je suis désolé, mademoiselle Jones, mais j'ai dû éviter un homme qui traversait sans regarder.

— Ce n'est rien, dit-elle en inspirant profondément.

Persuadée qu'aujourd'hui encore elle ne réussirait pas à entrer dans l'orphelinat, elle redressa le menton et rejoignit la porte d'entrée. D'un mouvement ferme, elle abattit le heurtoir et attendit que quelqu'un vienne lui ouvrir. Elle renouvela par deux fois l'opération, n'obtenant pas plus de réponse.

— Que se passe-t-il ici ? demanda-t-elle en se tournant face à la rue. Avez-vous vu des rideaux bouger ?

Elsie et le cocher secouèrent la tête. Ils attendirent un moment, jusqu'à ce que le froid ne traverse ses habits. Il ne servait à rien d'attendre le retour de mère Kathleen ou d'un des petits pensionnaires. En son absence, l'orphelinat avait déménagé ou avait fermé. Le cœur serré par l'appréhension, elle se dirigea vers la calèche.

— Mademoiselle Jones, quelle joie de vous voir !

Surprise dans ses pensées, elle sursauta. Un sourire sarcastique au coin des lèvres, le comte de Cork la regardait avec agacement.

— Lord Boyle, quel plaisir de vous rencontrer !

— Vous aviez raison... Vous êtes une piètre menteuse.

— Je ne vois pas ce qui vous fait dire une telle chose !

Il s'approcha d'elle, tapant sa canne avec bien trop de force sur le trottoir.

— Votre attitude lors du dîner chez la duchesse de Dorset. L'absence de réponse à mes messages. Vos refus secs de m'accompagner en promenade ou à un spectacle. Cela vous suffira-t-il ou dois-je continuer ?

— Je vous demanderais bien de continuer pour voir ce que vous auriez à ajouter.

Elle le défia du regard avant de se tourner vers le cocher en ajoutant d'une voix sèche :

— Mais cela ne m'intéresse pas.

— Et depuis quand, mademoiselle Jones ? Depuis quand cessez-vous de mettre le bout de votre joli nez dans les affaires des autres ?

— Mon joli nez est plus préoccupé par cet orphelinat que par le reste.

— Mère Kathleen est partie hier pour le Sussex.

— Et les enfants ?

Il haussa un sourcil, ce qui déclencha la colère de la jeune femme.

— Je vous ai dit que l'avenir de cet orphelinat et donc des enfants m'importait. Je n'ai jamais nié que cela me touchait. Aussi, si vous pouviez avoir la bonté d'âme de me confier ce que vous savez à ce sujet…

— Cela ferait de moi un homme bien ?

— Cela me permettrait de moins vous en vouloir.

— Et puis-je connaître vos griefs à mon égard ?

— Si vous n'êtes pas capable de les trouver par vous-même…

Louisa se tourna vers la portière de la calèche et fut stupéfaite de constater que le cocher et Elsie s'étaient éloignés de cinq bons mètres pour leur permettre de discuter.

— Eux aussi ont l'air de penser que nous devrions parler, déclara-t-il, amusé.

— Je vous en veux de… de…

— D'être tombé amoureux d'une autre femme par le passé ? De ne pas être subjugué par votre beauté au point de bénir le sol que vous foulez ?

— Me croyez-vous donc aussi superficielle ? s'écria-t-elle, furieuse.

Elle attendit qu'il la détrompe, qu'il rit de son attitude si peu convenable pour une femme… Mais rien. Il la dévisagea sans prendre la peine de la rassurer.

— Je pensais que nous faisions une équipe. Que nous…

Mince, pourquoi lui en voulait-elle déjà ? Pourquoi vivait-elle depuis trois jours avec une boule logée dans sa gorge ? Pourquoi le simple fait de l'avoir devant elle la troublait à ce point ?

— Pouvons-nous marcher ? demanda le comte en montrant la direction à suivre.

Elle accepta, refusant néanmoins le bras qu'il lui proposait.

— Chez les Dorset, je n'aurais pas dû vous demander la raison de votre réponse évasive.

— Elle n'avait rien d'évasif, se défendit Louisa.

— Un simple oui ou un non ferme était attendu, pas un « je crois ».

Elle leva les yeux au ciel et s'arrêta au beau milieu de la rue. Elle attendit qu'un couple qui venait en sens inverse se soit éloigné pour reprendre.

— Excusez-moi, monsieur le comte, si dans ma grande naïveté j'avais espéré faire un mariage fondé sur autre chose qu'un malentendu dans une bibliothèque. Après avoir vu ma mère m'élever seule, j'ai prié pour ne pas ressembler à toutes ces nobles qui ont pour unique interlocuteur leur enfant. Et encore, s'il ne s'agit pas de l'héritier qui doit absolument suivre les pas de son père.

Elle se tut le temps qu'une femme les dépasse.

— Alors, oui, j'ai douté. Puis j'y ai cru. Et maintenant… je tente de comprendre ce que vous attendez de moi.

Sans prévenir, elle recommença à marcher. Ses pensées étaient chaotiques et incohérentes. Cet état l'angoissait, mais elle réalisa une chose.

— Savez-vous au moins ce que vous attendez de moi ?

Il ferma les yeux brièvement, encaissant le coup.

— Non.

Cette réponse franche finit de la décourager. Elle s'était lancée dans une quête pour trouver un sens à sa vie. En chemin, elle l'avait rencontré. Éblouie par son aura, elle avait négligé toute prudence, liant son destin avec un homme dont elle savait bien peu de choses. Certes, ils avaient des valeurs communes. Ils étaient complices et étaient attirés l'un par l'autre. L'alchimie était évidente et s'apparentait à un feu d'artifice dès qu'ils s'embrassaient. Mais leurs visions de la famille étaient diamétralement opposées.

— Quand j'ai rencontré Riona, j'étais un idéaliste qui n'avait pas encore été confronté à la dureté de la vie. Elle a été ma première défaite et la cause de la perte de mes illusions. J'ai appris grâce à elle qu'un titre passe avant une personne, que tous les gestes tendres ne valaient rien face à l'argent…

Les lèvres de la jeune femme se tordirent tandis qu'elle retenait ses larmes. Il avait souffert, et maintenant c'était à son tour.

— Ce que j'ai observé sur les champs de bataille m'a conforté là-dedans. Et que dire de mon retour en Irlande, où ma nièce avait été égarée comme un bout de bois pourrait l'être au milieu d'une forêt.

Une pause. Louisa eut envie de fuir à toutes jambes. De se cacher dans un trou pour ne jamais réapparaître. Comment pourrait-elle vivre avec un homme qui avait perdu toute foi en l'être humain ?

— Puis j'ai rencontré la duchesse.

Son souffle se bloqua dans sa poitrine, mais la jeune femme le dissimula en enfouissant sa bouche dans le col de sa cape.

— Sackville m'avait parlé d'elle, mais la voir fut…

— Pitié, murmura-t-elle, les larmes aux yeux.

— Louisa, que vous arrive-t-il ?

Il posa une main sur sa joue et fit signe au cocher d'approcher.

— Vous allez rentrer et vous reposer ! déclara-t-il, inquiet.

Elle détourna le regard et acquiesça, hochant la tête sans pouvoir s'arrêter. Plus que tout, elle désirait que le comte mette fin à cette conversation.

— Pensez-vous pouvoir vous éclipser ce soir ? lui demanda-t-il en la tenant par le coude.

— Pour ?

Surprise par cette requête, elle avait levé les yeux vers lui et le trouva penché vers elle.

— Vous souhaitiez vous rendre à l'auberge pour en savoir plus sur les tenanciers, lui rappela-t-il avec douceur. Nous pourrions nous y rendre ce soir. J'ai appris par Lady Sackville que la baronne tenait à ce que vous restiez dans votre chambre pour être en forme à notre mariage.

*Leur mariage.*

Elle bafouilla, cherchant pourquoi elle continuerait à chercher l'auteur de cette chasse à l'homme.

*Les enfants.* Colin et Eilinn connaîtraient la paix.

*Quelle menteuse !* Elle le faisait aussi pour lui. Malgré ses révélations, celles qu'il avait faites et celles qu'elle ne l'avait pas laissé terminer.

— Je ne...

Louisa prit une profonde inspiration, luttant contre l'envie qu'elle avait de s'écrouler contre lui pour le supplier de lui donner sa chance.

— Je ne sais pas si ce sera possible, dit-elle avec difficulté. Lady Skelmersdale est imprévisible.

— Elle vous en veut toujours d'avoir trouvé un époux avant Felicity ?

*Trouvé un époux.* Cela lui paraissait si froid comme manière de présenter les choses. Et elle devrait s'y habituer. Sentant revenir un semblant de courage dans ses veines, elle releva le menton et l'observa.

— J'ai déposé chez vos tuteurs un cadeau pour vous. Comme je n'étais pas sûr de vous croiser à l'orphelinat, j'ai préféré le laisser aux bons soins du majordome.

À l'idée qu'il lui ait offert quelque chose, elle sentit son cœur s'alléger avant de retomber comme une masse. Elle aurait droit à une futilité, choisie sûrement en fonction de la mode ou encore de la bienséance. Ce n'était pas un cadeau, mais une obligation due à leurs fiançailles...

— Très bien, articula-t-elle difficilement.

— Je vous attendrai à minuit au coin de la rue. Si vous n'êtes pas là à 0 h 30, j'irai seul.

— D'accord.

D'un mouvement sec, elle se dégagea de sa poigne et rejoignit Elsie. Elle monta dans la calèche et ferma les yeux. Supporterait-elle une vie avec lui ? Riona, Thea... Toutes les deux avaient son admiration. Et elle ?

Le retour fut rapide. Louisa n'avait pas eu le temps de grimacer, de maudire la nature qui l'avait affublée d'un corps allergique au transport. Elle franchit le seuil de la maison avec joie, consciente qu'elle serait bientôt à l'abri dans sa chambre.

Au loin, dans le couloir, elle entendit une porte s'ouvrir, la voix de la baronne et enfin celle de Felicity. Décidée à ne pas rencontrer les deux femmes dans un état de nerfs aussi désastreux et après une conversation avec le comte qui sonnait comme une insulte supplémentaire, elle monta l'escalier et s'enferma à double tour.

Aucun feu ne brûlait dans l'âtre, même si tout était prêt. Elle caressa le dossier du fauteuil où elle avait pris l'habitude de lire et de rêvasser. Ces derniers jours, elle ressassait, creusant un trou toujours plus grand dans sa poitrine. Ce soir, elle trouverait le responsable de leurs ennuis, celui qui mettait le comte et les enfants en danger. Elle l'enverrait croupir dans les geôles de Newgate, ou à l'autre bout de la terre. Peut-être souhaiterait-elle que le bateau ne coule à l'horizon.

Désarmée par la violence de ses pensées, elle se tourna vers le lit et découvrit une boîte à chapeau. Le cadeau de Lord Boyle. S'ils n'avaient pas discuté, peut-être se serait-elle précipitée vers le carton. Elle aurait essayé la coiffe, admiré le choix fait pour elle.

— Comme une jeune péronnelle !

Curieuse, elle regarda à l'intérieur. De la fourrure d'une couleur qui n'était pas sans rappeler celle du blé en été. Elle pencha la tête. Un petit voile sur l'avant la protégerait du vent et de la neige quand les températures seraient au plus bas. Le couvre-chef était simple et élégant, mais surtout chaud. À croire que le comte privilégiait son confort à l'esthétisme. À croire qu'il avait compris que les fanfreluches ne l'intéressaient pas.

Elle jeta le couvercle, agacée qu'il connaisse ses goûts. Elle marcha en long, en large et en travers, évacuant le trop-plein de mal-être. Allait-elle le rejoindre ce soir ? Et comment allait-elle faire pour trouver une tenue d'homme ?

Il lui restait la possibilité de se fournir de nouveau auprès des ouvriers des écuries. Ils avaient retrouvé par un heureux hasard deux jours plus tard la tenue qu'elle avait empruntée. Ainsi, personne n'avait fait le rapprochement entre sa sortie impromptue chez la duchesse et la disparition des vêtements.

Mais devait-elle tenter le diable une seconde fois ?

S'asseyant sans aucune grâce sur son lit, elle fit tomber son cadeau. La fourrure roula un peu plus loin alors qu'un bout de tissu brun dépassait de la boîte encore à ses pieds.

— Qu'est-ce que…

Elle se pencha, examina le bout de tweed avant de tirer dessus. Un pantalon. Elle regarda mieux et trouva la veste assortie ainsi qu'une chemise dissimulée dans le chapeau.

*Il a pensé à tout !*

— Louisa ?

La voix de la baronne devant la porte de sa chambre la tétanisa. Consciente qu'elle devait bouger avant que sa tutrice voie le déguisement, elle poussa tout sous le lit. Réalisant qu'elle était peut-être au courant pour le présent que son fiancé lui avait fait, elle ressortit la boîte et le chapeau de leur cachette.

— Mademoiselle Jones ? s'impatienta Lady Skelmersdale.

— Je suis là, répondit-elle.

Ne sachant si elle devait sourire ou paraître au bord de l'évanouissement, elle alla ouvrir la porte et reprit place sur son lit.

— Vous avez tardé à répondre !

— Je réfléchissais.

— Vous paraissez à bout de forces. Je vous conseille de vous coucher tôt, ajouta la baronne. Je vous ferai monter un repas.

Encore un plateau à moitié vide qui ne lui remplirait pas le corps. Comment allait-elle faire pour tenir jusqu'à son départ ? Remarquant qu'elle ne parlait plus de son mariage, mais d'un départ comme il en avait été question pour le Wiltshire, elle se demanda si elle était prête à rompre ses fiançailles.

*Non.*

Non, elle ne pouvait se faire à l'idée de ne pas devenir sa femme. Même si l'avenir serait bien moins tendre que ce qu'elle avait imaginé, elle souhaitait plus que tout vivre à ses côtés. Elle deviendrait donc une de ces nobles amoureuses de leur mari et délaissées en retour.

Quand il fut l'heure, Louisa enfila sa tenue. Heureuse de ne pas avoir à subir l'odeur nauséabonde de l'écurie, elle plongea son nez dans le tissu pour en apprécier la senteur fraîche. Comment avait-il réussi à trouver ces vêtements ? Un bon fiancé n'apprécierait pas de voir sa future femme dans un pareil accoutrement !

Elle contempla son reflet dans la coiffeuse et comprit. Il faisait tout cela parce qu'elle ne lui importait pas. Il ne se souciait pas de sa réputation si elle venait à être démasquée. Peut-être même sauterait-il sur l'occasion pour revenir sur sa parole.

Secouant la tête pour chasser ces pensées noires, elle exécuta une révérence qui la fit rire. Tout cela était de la folie, mais elle avait un but et cela lui suffirait pour la soirée. Elle mit une paire de chaussures qu'elle réservait à ses promenades à la campagne et sortit de sa chambre sur la pointe des pieds. Elle était à la moitié de l'escalier, quand tous ses projets furent anéantis.

— Louisa ?

# 24

0 h 11.

*Elle est en retard.*

Après le fiasco de leur discussion devant l'orphelinat, il ne pouvait l'en blâmer. Ces quelques jours loin d'elle et sans avoir de ses nouvelles l'avaient rendu fou. Il l'avait quittée à Vauxhall Gardens trempée, certainement transie de froid. Il n'en avait pas fallu plus à son imagination pour s'envoler. Il avait songé à ces femmes d'officier qui avaient eu des angines de poitrine. Affaiblies, beaucoup avaient fini par mourir sans qu'aucun remède ne puisse les soulager. D'autres avaient vu leur esprit s'embrouiller au point que la mélancolie les retenait perpétuellement prisonnières.

Il rangea sa montre à gousset, seul luxe qu'il s'était accordé pour cette mission sur les docks. Savoir qui le menaçait ne servirait pas à grand-chose, mais peut-être pourraient-ils ainsi trouver un plan d'action pour mettre Colin et Eilinn à l'abri.

Les deux enfants s'épanouissaient, au chaud dans une maison où tout était fait pour leur confort. Ils obéissaient à leur gouvernante, apprenaient à lire, à chanter, à jouer du piano... Ils étaient déterminés à embrasser la nouvelle vie qui s'offrait à eux.

L'unique point noir était l'absence de Mlle Jones dans leur quotidien. Ils quémandaient régulièrement de ses nouvelles, cherchant un moyen de la rencontrer sans se mettre en danger et risquer de tout perdre. Ils avaient compris que les codes de la société interdisaient à Louisa de se rendre chez un célibataire, malgré leurs fiançailles. Mais l'impatience les gagnait, et Alastar songeait à demander une dispense de bans.

Au loin, il vit une fine silhouette s'approcher. Il reconnut en premier la casquette qu'il avait ajoutée au dernier moment pour dissimuler la chevelure de Mlle Jones.

— Nous devrions y aller ! murmura-t-elle en arrivant à sa hauteur.

Appuyé sur une canne grossièrement taillée, il la suivit un peu plus loin avant de lui proposer un manteau et des chaussures.

— Cela ne rentrait pas dans la boîte.

— Je vous remercie pour le cadeau. Le chapeau est divin ! ajouta-t-elle avec un petit sourire.

— Et je suppose que vous avez été bien plus heureuse de cette tenue que de la fourrure.

— Il se peut, chuchota-t-elle en enfilant un bas en laine. J'avoue que l'odeur de propre est bien plus agréable que celle de la dernière fois...

— Je ne peux dire, répliqua-t-il. Je ne me suis approché de vous qu'après votre plongeon dans la Tamise.

— Un grand moment ! s'exclama-t-elle en lui tendant ses chaussures.

Il les prit pour les ranger dans le sac qu'il tenait à l'épaule.

— J'ai loué un fiacre qui nous déposera non loin de l'auberge. Il nous attendra jusqu'à 1 h 30. Cela ne nous laisse pas beaucoup de temps, mais je crains que les clients de ce type d'établissements ne soient plus fréquentables passé cette heure.

Ils montèrent à l'arrière, et un silence pesant s'installa.

Le comte ne pouvait s'empêcher de s'admonester. Tout ceci était de la pure folie. Emmener une femme dans un tel quartier, déguisée en homme... Sur ce point, il ne savait s'il devait se réjouir que ses attributs féminins soient dissimulés aux regards lubriques des hommes qu'ils ne manqueraient pas de croiser, ou s'insurger qu'elle porte une telle tenue.

Discrètement, il la dévisagea, notant qu'elle n'avait pas mis la crème qui couvrait ses taches de rousseur. Habillée ainsi, elle ressemblait à un tout jeune homme. Et l'attirance qu'Alastar ressentait à son égard le déstabilisa. Il devrait veiller à ne pas l'admirer comme dans les réceptions où ils avaient tous deux été invités. Les relations entre deux hommes étaient formellement interdites par la loi et déclenchaient bien souvent des lynchages sur la place publique.

— Vous êtes bien silencieuse, dit-il à voix basse.

— Lady Skelmersdale m'a trouvée fatiguée à mon retour de l'orphelinat. Elle m'a proposé de me reposer dans ma chambre et m'a dit qu'elle me ferait porter un repas.

— L'a-t-elle fait ?

Elle hésita et passa sa langue sur ses lèvres.

— Non.

— Craignez-vous que quelqu'un ne découvre votre départ ?

— C'est déjà le cas, répondit-elle avec un petit sourire. Je n'ai aucun avenir en tant que voleuse. Abigail m'a surprise alors que je descendais l'escalier. Elle m'a promis de ne rien rapporter à ses parents. Peut-être va-t-elle veiller à ce que mon absence ne s'ébruite pas ?

— Peut-être ? N'avez-vous pas confiance en elle ?

— Lord Locklear a demandé sa main cet après-midi. Il a compris qu'il était préférable de s'adresser directement au baron et l'a convaincu.

— Vous devez être heureuse pour elle.

— Dans les prochains jours, voire les prochaines semaines, sa mère va être dans tous ses états. Elle était déjà furieuse que je me fiance avant Felicity, alors qu'Abigail le fasse à son tour et avec Lord Locklear…

Elle lui adressa un faible sourire.

— Je lui ai dit de ne prendre aucun risque pour moi. Le plus important est qu'elle se marie avec lui.

— Louisa, toujours à vous assurer du bien-être de votre entourage…

— Est-ce une critique ?

— Non.

Il appréciait cette facette de sa personnalité, mais pour cette fois cela risquait de leur porter préjudice à tous les deux.

— Que direz-vous si à votre retour le baron vous demande des explications ?

— Je lui dirai une partie de la vérité : que j'avais besoin de renseignements et que je ne pouvais le faire de plein jour.

— Et pour votre tenue ?

— Si cela vous inquiète, sachez que je ne mentionnerai pas votre nom. Je prétendrai l'avoir trouvée dans les écuries, parmi le linge propre. Je doute que Lord Skelmersdale aille vérifier. Ce qui me fait penser... Pourquoi avez-vous changé d'avis ?

— J'ai réfléchi, mademoiselle Jones, et j'ai réalisé que vous ne tarderiez pas à vous rendre sur les docks malgré mes mises en garde. Je vous ai donc imaginée de nouveau dans ce théâtre, puis dans cette auberge, et ma décision a été prise dans la minute. Quitte à bafouer toutes les règles de bienséance, je préfère que ce soit en ma compagnie.

— Sous votre protection, vous voulez dire.

— Aussi. Ces trois jours loin de vous m'ont poussé à me montrer imprudent.

— Vous craignez pour votre réputation, monsieur le comte ?

— Pour celle de ma future femme, répondit-il en la dévisageant.

Qu'elle était séduisante dans ces habits ! Le pantalon était trop large pour qu'il puisse deviner la finesse de ses jambes, mais son esprit extrapolait sur ses formes, sur le velouté de sa peau...

Le fiacre s'arrêta brusquement, manquant d'envoyer la jeune femme sur son vis-à-vis. Il la rattrapa et lui sourit alors qu'elle rougissait de la situation. Comment un être si bon pouvait se montrer si décidé à se mettre en danger ?

— Ce soir, je vous appellerai Louis, et vous serez mon frère.

— Devrai-je vous appeler Alastar ?

En entendant son prénom rouler sur la langue de Mlle Jones, il réalisa que l'autoriser à une telle familiarité en public serait un calvaire pour ses nerfs.

— Alexandre serait plus convenable.

— Et en quoi cela serait-il plus convenable ? s'exclama-t-elle.

— Permettez-moi d'être direct, mais votre tenue est des plus suggestive pour mon esprit, et vous entendre m'appeler par mon prénom risque de me pousser à être imprudent. Rappelez-vous que pour tout le monde nous sommes deux hommes. Si je venais à me montrer trop... entreprenant, nous finirions dans les prisons de Newgate ou encore morts, battus par la vindicte populaire.

— Et pourquoi Alexandre ? Est-ce parce que cela signifie « celui qui protège les hommes » ?

— Comment savez-vous cela ?

— J'ai lu un livre sur Alexandre le Grand...

Il hocha la tête avant de répondre à sa question :

— Alexandre est la traduction de mon prénom. Aengus signifie « celui qui est choisi »... Vous noterez l'ironie de nos prénoms.

— Oui, parce que, moi, c'est vous que j'ai choisi !

Les joues rouges, elle le dépassa et sauta du fiacre sans attendre.

« C'est vous que j'ai choisi. » « Je crois. »

Et si tout ce qu'elle lui avait avoué était vrai ? Si elle avait désiré un mariage fondé sur autre chose qu'un prétendu scandale ? Se pourrait-il qu'en la repoussant de la sorte il se refuse le droit d'être heureux ?

Sans plus approfondir ce dilemme, il descendit à son tour et la rejoignit alors qu'elle marchait en direction de l'auberge. Il nota qu'elle se tenait un peu voûtée et que ses pas n'étaient pas aussi assurés que d'habitude.

*Elle a faim, et pourtant elle est là, dans ce quartier, à chercher des réponses que personne ne lui donnera !*

— Seriez-vous tentée de goûter à un plat servi en ces lieux ? lui demanda-t-il, une fois à sa hauteur.

— Oui.

Elle poussa la porte et s'arrêta sur le seuil, décontenancée par le spectacle qui se jouait sous ses yeux. Alastar observa par-dessus son épaule les tables bruyantes où tout le monde parlait sans se soucier des convenances. Une femme riait à gorge déployée dans le fond, se penchant en avant pour dévoiler un décolleté des plus généreux. Deux enfants couraient entre les tables. Jouaient-ils ou… Non ! Le plus jeune venait de déposer un quignon de pain devant un homme qui le remercia du bout des lèvres.

— Eilinn a été remplacée, murmura-t-il à Louisa.

— Puis-je vous aider ? demanda une femme en les toisant.

— Mon frère et moi souhaiterions manger, déclara le comte en dissimulant en partie son visage.

Il ne tenait pas à être reconnu par la propriétaire des lieux, la même qui le poursuivait la semaine dernière avec un couteau long comme son avant-bras. Dans quoi s'était-il lancé en venant ici sans avoir grimé un minimum ses traits ?

— Votre frère…

Marquant ainsi son doute quant à ce lien de parenté, elle leur fit néanmoins signe de la suivre vers une table située en plein milieu de la salle.

— Il n'a qu'la peau sur les os, ce petit !

— Pourriez-vous lui servir l'assiette la plus copieuse que vous ayez ?

— Et pour vous ? s'enquit-elle en fronçant les sourcils.

— Rien. Merci.

Elle croisa les bras sur son buste, remontant une poitrine volumineuse qui sembla menaçante au comte.

— Ici tout l'monde respecte la loi !

Surpris par cette affirmation, Alastar secoua la tête d'incompréhension. Quoique…

— J'vous louerai pas de chambre, et vous partez dès son assiette finie.

— Nous n'avions pas l'intention de…

— Très bien ! l'interrompit-elle.

Elle était sur le point de s'éloigner quand Louisa l'apostropha en veillant à rendre sa voix plus grave pour entretenir l'illusion :

— Où est passée la petite ? Celle qui travaillait pour vous et ressemblait à une poupée.

Lord Boyle se tendit, prêt à contrer les coups. Cette question bien trop directe pouvait leur attirer des ennuis, bien plus que Mlle Jones ne pouvait l'imaginer.

— Un pervers l'aura emmenée pour jouer avec elle, déclara la propriétaire sans montrer une once de tristesse. On en a trouvé deux autres qui vivent pas loin. On a prévenu les parents qu'on n'était pas en charge d'leur sécurité. J'ai pas qu'ça à faire que de vérifier où qu'ils s'trouvent !

Louisa hocha la tête et reporta son attention sur la table tandis que lui tentait d'ignorer les sourires enjôleurs d'une femme postée près du bar. Elle lui adressa un clin d'œil avant de lui désigner discrètement l'escalier menant aux chambres. Fut un temps où cette proposition l'aurait peut-être intéressé. Seulement, depuis sa blessure à la jambe, il n'avait pas eu de maîtresse, et les responsabilités qu'il avait endossées le rendaient bien moins disponible pour la bagatelle.

Un soupir attira son attention, le faisant revoir sa dernière assertion. Il n'y avait qu'une femme à ce jour qui lui donnait envie de se dévoiler, de montrer cette affreuse marque sur sa cuisse. Jamais elle ne l'autoriserait à se cacher d'elle, tout comme elle ne le jugerait pas.

— Je tiens à m'excuser pour les propos que j'ai tenus chez les Sackville.

Le regard de Mlle Jones rencontra le sien, et il sut qu'il devait obtenir son pardon pour ne plus avoir ce poids sur les épaules.

— Riona… feu la comtesse… a brisé mon cœur de jeune homme et m'a rendu amer. Il est dur d'être délaissé au profit d'un titre et d'une fortune. Aengus l'aimait sincèrement, mais l'inverse n'était pas vrai.

— Elle vous aimait vous ?

— Non, je crois qu'elle n'aimait qu'elle et la vie qu'elle espérait avoir auprès de mon frère. Il a découvert après sa mort qu'elle avait tout fait pour ne pas avoir d'enfants, et que c'était sans doute tout cela qui l'avait affaiblie au point qu'elle n'a pas supporté pas de donner naissance à Eilinn. Peut-être ne devrais-je pas vous confier de telles choses.

— Si ! s'exclama-t-elle en recouvrant sa main.

Ils regardèrent ce contact interdit dans la bonne société et qui risquait de les conduire à de grands troubles alors qu'ils attendaient à cette table dans une auberge des docks. Avec un petit sourire, ils se détachèrent l'un de l'autre.

— Est-ce Aengus qui vous a raconté tout cela ?

Il soupira, hésita, puis lui répondit :

— Dans une longue missive, il m'apprenait la naissance de sa fille, la mort de son épouse et les terribles révélations que la sage-femme lui avait faites. Il mentionnait toutes ces fois où Riona avait insisté pour se rendre à Londres afin de participer à des bals. Il parlait de lettres qu'il avait trouvées cachées dans une malle et dans lesquelles sa mère lui assurait comprendre qu'elle se plaigne de sa vie trop rustique pour une comtesse.

— Je mesure mieux maintenant votre refus de vous marier, murmura Louisa.

— Je ne veux pas d'une union comme celle que mon frère a subie, mais celle que vous me proposez est assez séduisante. Je n'ai jamais envisagé ma femme comme une partenaire, et notre association me plaît.

Les joues de Mlle Jones rougirent une nouvelle fois. Depuis qu'il l'avait retrouvée un peu plus tôt, elle ne cessait de réagir à sa présence, à ses mots... Une chance qu'elle ait porté cette crème lors de toutes les réceptions où ils s'étaient croisés !

— Tenez !

Une assiette fut posée entre eux sans délicatesse, projetant quelques gouttes sur la table.

— Vous payez tout de suite pour partir dès le repas terminé ! ajouta la propriétaire d'un ton brusque.

Le comte sortit quelques pièces de sa poche et les lui tendit.

— M'dame, dit Louisa en déguisant sa voix, j'ai entendu dire qu'une chasse à l'homme avait été lancée à partir de cette auberge...

— En quoi ça t'intéresse, petit ?

— L'argent, m'dame !

— Alors passe ton chemin ! La récompense est ridicule.

— Vous ne tenez pas à ce que cet homme soit puni ? demanda Alastar.

— Ce n'est pas moi qui ai demandé sa tête, à c'type ! rétorqua la matrone. Personne ne l'a prise au sérieux. Maintenant mangez, et disparaissez !

Elle s'éloigna vers une table et houspilla un homme qui tenait une femme sur ses genoux et se montrait bien empressé. Il se délesta d'une bourse bien rebondie avant de monter à l'étage en caressant le fessier de sa nouvelle amie.

Combien de fois Alastar avait-il assisté à ce genre de spectacle ? Il avait ri de la joie de certains de ses hommes à suivre pareilles professionnelles. Des souvenirs des Indes lui revinrent, dansèrent dans son esprit avant qu'il ne se rappelle où il se trouvait, et avec qui.

La fourchette levée, Mlle Jones contemplait l'assiette avec un mélange de dégoût et de curiosité. Elle piqua dans un morceau de viande, le poussa...

— Tentez-vous de savoir si la pauvre bête est morte ?

— Vous dites qu'en Irlande les gens n'ont plus de viande.

Refroidi par le tour que prenait la conversation, il se raidit et attendit.

— Pourquoi les Anglais n'envoient-ils rien là-bas ?

— Parce que le roi taxe les fermiers irlandais sur le peu qu'ils produisent. Quand ils ne peuvent pas s'acquitter de l'impôt, ils sont emprisonnés ou jetés à la rue.

— Même dans votre comté ? s'enquit-elle en relevant le visage vers lui.

— Les ordres du roi ne peuvent être contredits.

Elle acquiesça et porta enfin à ses lèvres un morceau de viande recouvert d'une épaisse sauce marron. Ses yeux se fermèrent alors qu'elle mâchait. Subjugué par le mouvement de ses lèvres, Alastar la dévisagea et laissa son esprit vagabonder. Il songea aux baisers qu'ils avaient échangés, aux caresses qu'il lui avait prodiguées.

— Ce n'est pas si mauvais, dit-elle en prenant un bout de pomme de terre. Vous ne goûtez pas ?

Il refusa l'invitation et profita du spectacle qu'elle offrait. Une mèche de ses cheveux quitta l'abri sûr de sa casquette. D'un geste doux, il la repoussa et sourit à la jeune femme.

*Voilà ce que je veux.*

— Vous partez tout de suite ! s'écria la propriétaire, debout à côté de leur table. Je ne tiens pas à m'attirer des ennuis. Et si vous ne voulez pas être rossés, je vous conseille de courir !

Comprenant que leur attitude avait semé le trouble à cause des vêtements de Louisa, Alastar se leva et tendit la main à cette dernière. Dans un bel ensemble, ils s'élancèrent vers la porte. Des hommes tentèrent de les arrêter, mais la canne du comte les cueillit avant qu'ils ne soient trop proches.

Dans la rue, ils se pressèrent de monter dans le fiacre qui démarra si rapidement que la jeune femme fut projetée en avant. Le comte la réceptionna avant qu'elle ne se blesse et s'assit à ses côtés sans la libérer de ses bras. Cela faisait une éternité qu'il ne l'avait pas tenue contre lui, aussi céda-t-il à son désir sans aucune réserve.

Il l'embrassa passionnément, lui imposant un rythme à la fois doux et exigeant. La jeune femme y répondit aussitôt et avec autant de passion, s'accrochant à ses épaules avec force.

Les mains d'Alastar glissèrent sous le manteau et sous la veste. Elles remontèrent sur les flancs de Louisa, puis redescendirent jusqu'à ses fesses qu'il serra fermement. Leurs bouches se désunirent, le temps pour cette dernière de soupirer en rejetant la tête en arrière.

*Que c'est bon !* songea-t-il en glissant son visage dans le cou de son adorable fiancée.

Soudain le fiacre s'arrêta.

# 25

— Vous descendez ! hurla le cocher sans se soucier d'ameuter les habitants du quartier. Il est hors de question que je sois lié d'une quelconque manière à ce genre de débauche !

— Allons-y ! murmura Alastar.

Il chercha le sac où se trouvaient les chaussures de Louisa quand il réalisa l'avoir oublié à l'auberge.

— Dépêchez-vous ! hurla le conducteur, impatient.

Tous deux sortirent et l'observèrent alors qu'il repartait rapidement. Alors qu'il disparaissait en tournant dans la première rue à gauche, Mlle Jones brisa le silence :

— Je ne sais pas ce qui est le plus mortifiant. Qu'il nous ait entendus ou qu'il pense que nous sommes deux hommes.

Conscient qu'il n'y avait pas de réponse à donner, il lui prit la main et la tira vers la gauche.

— Pressons-nous avant que des curieux ne se penchent à leur fenêtre et nous découvrent ainsi. Nous ne sommes pas très loin de chez moi. Je nous ferai préparer le phaéton pour vous reconduire chez les Skelmersdale.

La jeune femme acquiesça et le suivit sans se plaindre du rythme qu'il lui imposait. Au bout de dix minutes, il lui fit prendre une ruelle étroite et s'arrêta devant une porte en bois dont la peinture s'écaillait par endroits. Un bruit de pas retentit au loin au moment où il refermait le battant derrière eux.

— Je te promets les avoir vus prendre cette direction ! s'exclama un homme à l'articulation laborieuse.

— Tu es soûl, mon pauvre ami ! répondit une autre voix.

— Quand je te dis avoir vu deux types se tenant la main !

— Mais oui… et pourquoi pas le roi en habit de danse !

Les deux hommes se disputèrent avant de s'éloigner sans chercher plus avant.

Soulagé qu'aucun des deux n'ait eu l'idée d'ouvrir la porte par laquelle ils étaient entrés dans son jardin, Alastar se tourna vers sa compagne. Éclairée par la lune et un lampadaire un peu plus loin, elle était la tentation faite femme. Sa bouche paraissait gonflée sous les baisers qu'ils avaient échangés. Son regard était lumineux et posé sur lui.

Il s'avança dans sa direction. Il se promit qu'au moindre signe de peur il reculerait et contrôlerait l'envie folle qu'il avait d'elle. Mais elle resta là. Elle lui sourit même quand leurs corps se touchèrent. Cette femme serait sa perte.

Sans attendre, il se pencha et l'embrassa de nouveau. Ses mains retrouvèrent ses reins sous les épaisseurs de vêtements. Il tira sur la chemise pour pouvoir toucher sa peau, et rencontra une texture soyeuse. Un corset. Alors il dévia vers le bas, se glissant sous la ceinture du pantalon jusqu'à sa fesse soyeuse.

De nouveau, elle soupira.

Ce son fouetta le sang du comte qui la poussa à reculer jusqu'au mur de la maison. Il la coinça entre son corps et les briques, caressant son décolleté par-dessus son corset. Au niveau de la poitrine, il libéra un de ses seins.

Que faisait-il ?

Il s'éloigna sans cesser de jouer avec la pointe érigée de son mamelon. Louisa leva la tête vers le ciel, se mordant la lèvre pour ne pas faire trop de bruit. Mais il voulait l'entendre. La voir. La sentir. Il souhaitait embrasser chaque parcelle de sa peau et…

Dans un éclair de lucidité, il ouvrit la porte menant aux cuisines et la fit passer devant lui. Il abandonna sa canne dans un coin et frotta son visage pour reprendre ses esprits. La main audacieuse portait encore l'odeur de la jeune femme, celle qui se tenait devant lui, éclairée par le feu mourant dans la cheminée.

Son ange.

Sans détacher les yeux des siens, elle fit tomber à ses pieds le manteau, puis la veste en tweed. Elle ôta ses chaussures et s'approcha de lui. Ses mains légères comme des plumes se posèrent sur ses épaules. Elle le dévêtit, le laissant en chemise tout comme elle.

Alors il la contempla réellement. La casquette ne couvrait plus sa coiffure dont des mèches de cheveux s'étaient échappées. Son visage était rosi par le froid et l'étreinte qu'ils venaient d'échanger. Il poursuivit jusqu'à son cou, si fin, puis plus bas. Il devina la pointe de son sein sous le tissu de la chemise. Était-ce douloureux ? Il reporta son attention sur sa main, celle qu'il avait tenue sans entrave.

Qu'avait-il fait ? Et comment pourrait-il encore attendre plus de deux mois avant qu'elle ne soit sa femme ? Les semaines à venir s'apparenteraient à de la torture !

Il sentit des doigts se refermer avec délicatesse autour de son poignet et le tirer en avant jusqu'à sentir dans sa paume un sein recouvert par du coton. Il aurait dû s'écarter, la prier de reprendre ses esprits… Au lieu de ça, il la débarrassa de cette chemise d'homme et se pencha pour embrasser sa poitrine. Il mordilla sa peau, la lécha… Il écoutait les gémissements de Louisa pour trouver ce qu'elle aimait et la combler.

Il caressa ses épaules, son dos, avant de repousser son pantalon qui tomba à ses chevilles peu après. Alors il la souleva pour l'asseoir sur la table, et se posta entre ses jambes désormais nues.

*Il suffirait de si peu*, songea-t-il en déposant une pluie de baisers dans son cou.

Son bassin se frotta contre celui de Louisa, leur arrachant une plainte à tous les deux.

*Si peu…*

D'un mouvement un peu brusque, elle l'aida à enlever sa chemise. Il avait toujours été fier de son corps. Entraîné à se battre, il avait vu son torse se muscler et guérir de quelques entailles peu profondes. Aussi, quand elle se pencha pour reproduire ce qu'il lui avait fait subir peu avant, se laissa-t-il faire. À son tour, elle posa les mains sur ses fesses, l'attirant plus près d'elle.

Déséquilibré, il s'appuya sur la table de part et d'autre de la jeune femme.

— Louisa, nous devons arrêter...

— Non.

Bien que son ton soit ferme, ses joues prirent une nouvelle fois cette couleur rouge qui avait tant troublé le comte durant leur escapade. Du bout des doigts, il caressa son visage, puis le haut de sa poitrine sur lequel il avait remarqué quelques taches de rousseur.

— Alastar, ne me laissez pas ainsi, le pria-t-elle.

— Mon ange, je crains de ne pas avoir la volonté de m'arrêter si nous poursuivons.

— D'accord, murmura-t-elle.

Il la vit se pencher vers lui pour l'embrasser et comprit qu'elle l'autorisait à la déraison. Ils étaient fiancés, et bientôt ils seraient amants. Il la libéra de son corset et laissa ses mains parcourir librement ses courbes tandis qu'elle faisait de même avec son pantalon. La sentir se battre avec son vêtement l'amusa. Il recula et finit ce qu'elle avait commencé. Nu devant elle, il se sentit intimidé. N'attendant pas qu'elle découvrit sa cuisse et ne soit rebutée par l'aspect de ses cicatrices, il l'attira sur le bord de la table et s'accroupit.

— Que faites-vous ? demanda-t-elle.

— Je ne vous laisse pas ainsi. Je vous prépare pour la suite..., ajouta-t-il en caressant son entrejambe.

Sans honte, elle se pencha en arrière. Offerte, elle le laissa agir à sa guise et souffla son prénom à de nombreuses reprises. La musique était si douce que le comte posa sa bouche sur son sexe pour la conduire au paroxysme. Elle tenta de se défaire de sa prise, s'arqua et finit par jouir. Le spectacle était magnifique, décadent aussi.

Satisfait de l'avoir initiée, il se releva et frotta son membre contre les chairs tendres de la jeune femme.

*Sois raisonnable*, lui souffla sa conscience.

Il ferma les yeux, se raccrochant à l'idée qu'après ce dernier mouvement du bassin il s'éloignerait.

— Alastar.

Son prénom, encore murmuré par sa douce et tendre Louisa.

Un nouveau coup de rein, un peu plus sec. Et un gémissement qui lui fit perdre pied. Il aligna son sexe avec l'entrée de celui de la jeune femme et s'enfonça toujours un peu plus. Il sentit une résistance. Sa virginité. Il pouvait encore s'arrêter, mais elle se cambra et instinctivement il poussa, rompant son hymen.

Voilà donc la première fois qu'il lui offrait. Tel un rustre, il la prenait sur la table des cuisines après une promenade dans les bas-fonds.

— Je suis désolé, murmura-t-il sans bouger.

— De ?

— Vous avez dû espérer mieux que tout cela...

Elle lui sourit et caressa son visage avec une tendresse qui détonnait en de pareilles circonstances.

— Je n'espérais que vous, dit-elle. Maintenant, dites-moi ce que je peux faire... ce que je dois faire.

— Je crains de ne pas tenir longtemps, avoua-t-il. Me savoir en vous...

Il sortit entièrement avant de revenir.

— C'est si bon, murmura Louisa en s'arquant de nouveau.

— Oui.

Malgré lui, il regarda leur point de jonction et intensifia le rythme. Quand il sentit l'orgasme enfler en lui, il caressa le clitoris de Louisa pour l'entraîner avec lui dans la jouissance. Puis il s'abandonna et se répandit en elle.

L'esprit en déroute et le corps repu, la jeune femme fixa le plafond tout en caressant les cheveux du comte dont la tête reposait sur sa poitrine. Elle venait de s'offrir à lui de la plus audacieuse des manières, et elle ne culpabilisait pas. La bienséance réprouverait ce qui venait de se produire si cela s'ébruitait, mais elle recommencerait. Avec lui.

— Qu'avons-nous fait, Louisa ?

— Du bruit, répondit-elle avec un petit rire.

Il se souleva et plongea son regard dans le sien. Elle fut touchée de le voir aussi inquiet, mais aussi d'apercevoir en même temps une étincelle de bonheur.

— Je vous ai poussée à quitter l'abri de la maison de votre tuteur pour vous rendre dans une auberge malfamée avant de... de vous trousser sur une table.

— Me trousser ?

— Louisa, je viens de vous voler votre virginité de la manière la plus indigne qui soit, insista-t-il.

— Je me souviens pourtant d'avoir participé à... ce vol.

Avec un grondement qui trahissait son agacement, il s'écarta, quittant la chaleur de son corps. La jeune femme se mordit la lèvre pour ne pas gémir à cette nouvelle friction. Elle l'observa alors qu'il remettait son pantalon, dissimulant à son regard sa jambe meurtrie. Il lui tendit une chemise qu'elle revêtit avant de descendre de la table. Ses genoux menacèrent de ployer sous son poids tandis qu'une sensation nouvelle s'éveillait au niveau de son sexe. Une hypersensibilité qui la troubla d'autant que ses seins tirèrent de la plus délicieuse des manières.

— Allons dans mon bureau. Un feu doit encore brûler là-bas.

Elle le suivit à la lueur de la chandelle qu'il avait allumée. Les tableaux étaient peu nombreux et les portes fermées. Elle réalisa que les enfants n'étaient qu'à quelques mètres d'elle. Il lui tardait de les revoir, mais ce soir n'était pas la bonne occasion.

Le comte ouvrit une pièce dans laquelle il la fit entrer en premier. Un bureau parfaitement rangé, des livres sur les étagères et l'odeur de bois se consumant dans l'âtre. Elle se posta près de la cheminée et observa Alastar déposant leurs vêtements dans un fauteuil avant de venir attiser les braises et ajouter deux bûches. Il repartit s'asseoir dans son dos pendant qu'elle admirait les flammes léchant le bois.

*Comme lui avec...*

Son trouble s'accentua et son visage s'échauffa. Jamais elle n'avait autant rougi que ce soir ! Seulement la complicité qu'ils avaient eue toute la journée l'avait séduite. Et elle ne tenait pas à perdre tout cela. Doucement, elle se retourna vers lui. Leurs regards se trouvèrent immédiatement.

*J'ai encore envie de...*

Incapable d'aller au bout de sa pensée, elle s'avança jusqu'à lui. Son torse attira son attention. Il respirait rapidement, presque difficilement.

Un nouveau pas.

Leurs pieds auraient pu se toucher si elle n'avait posé les siens de chaque côté.

*Et maintenant ?*

Il se redressa et posa les mains sur ses cuisses avant de remonter. Ses fesses, il les pétrissait de nouveau. Bizarrement, elle aimait cela. Mais elle avait bien plus apprécié quand il s'était montré ferme. Elle s'agenouilla dans le fauteuil, fermant les yeux quand il serra un peu trop fort.

— Vous devriez fuir, mon ange !

— Je vous l'ai déjà dit, Alastar, je suis exactement là où je le souhaite.

— Prouvez-le !

Incrédule, elle fronça les sourcils.

— Prenez ce que vous désirez, Louisa.

Déstabilisée, elle hésita avant de comprendre qu'elle tenait sa chance de lui montrer qu'il était celui qu'elle avait choisi. Tout en combattant sa timidité qui revenait au galop, elle enleva la chemise qui la recouvrait et l'envoya rejoindre le sol.

Puis elle se laissa guider par ses envies. Ses lèvres frôlèrent celles du comte, puis continuèrent sur sa gorge, son torse... Ses mains parcouraient chaque parcelle de peau nue, revenaient sur les cicatrices, les méplats... Toute-puissante, la jeune femme descendit du fauteuil pour embrasser son ventre et défaire le bouton de son pantalon. Elle voulait le voir nu, contempler son sexe, et le toucher.

Ses doigts se faufilèrent sous le tissu. D'abord au niveau des fesses pour l'inviter à se surélever, puis à l'arrière de ses cuisses pour le déshabiller. Bien vite son érection apparut, tentante. Dès que son pantalon eut rejoint sa chemise, elle déposa des baisers sur la cuisse intacte jusqu'à l'aine. Elle recommença de l'autre côté mais, percevant une tension, elle accompagna son geste d'une caresse légère sur son ventre.

Contre son poignet, elle sentit le sexe d'Alastar tressauter. Elle le prit en main, ne sachant quoi faire avant de se rappeler le mouvement de va-et-vient qu'il avait fait en elle.

— Louisa...

Elle continua en augmentant le rythme et la pression.

— Je ne devrais pas vous laisser me faire cela.

Il laissa tomber sa tête en arrière, totalement à sa merci. Fière de cette constatation, elle se releva et reprit sa place au-dessus de lui. Elle désirait le sentir de nouveau en elle. Sa maladresse et sa gêne croissante l'empêchaient d'exaucer son souhait.

— Vous me voulez de nouveau en vous, mon ange ?

— Oui.

Ses mains la guidèrent au-dessus de lui. Elle s'assit et soupira d'aise en le sentant la pénétrer une nouvelle fois. Seulement, il ne bougea pas. Par des mouvements légers, elle tenta de créer une friction entre eux sans obtenir satisfaction. Frustrée, elle baissa la tête.

— C'est donc cela. Vous désiriez me ridiculiser ?

En colère, elle se leva et le toisa.

— Me voir ainsi quémandant votre attention gonfle-t-il votre ego ?

Il tendit la main vers elle, mais elle l'esquiva et partit vers le fauteuil où se trouvaient ses habits. Elle se penchait pour prendre son corset quand le corps ferme du comte se colla à son dos.

— Je voulais être sûr que vous ne le regrettiez pas.

Elle chercha à se dégager, mais se retrouva un peu écrasée contre son torse. L'érection d'Alastar glissa entre ses cuisses, frottant son sexe au passage.

— Je vous ai dit que j'étais d'accord ! répliqua-t-elle en se figeant.

— L'êtes-vous toujours ?

— Oui ! s'écria-t-elle.

Avec autorité, il lui fit poser un pied sur l'assise devant elle et la pénétra.

— Et maintenant ?

Surprise par la vague de plaisir qui l'avait envahie, Louisa ne répondit pas assez vite. Déjà le comte revenait à la charge :

— Êtes-vous toujours d'accord ?

— Oui, Alastar. Je vous veux vous. Et vous uniquement.

Il ressortit partiellement et revint profondément.

— Je ne vous mérite pas, mon ange.

Sa main empoigna son sein, et la jeune femme crut défaillir alors qu'il reprenait ses va-et-vient. De nouveau, il adopta un rythme exigeant tout en prenant soin de ne pas la blesser. Il la caressait, la cajolait pour mieux l'attirer vers le précipice. Il ralentissait alors, calmait leur souffle et reprenait de plus belle.

Il continua ainsi jusqu'à ce que l'orgasme les fauche tous les deux. Alors, il les installa confortablement dans un fauteuil et contempla le feu qui s'éteignait déjà.

— Au risque de vous paraître rustre, je vais vous raccompagner chez vos tuteurs avant que votre escapade nocturne soit plus difficile à dissimuler. Êtes-vous disponible demain après-midi ? Nous pourrions… J'ai entendu parler d'une exposition au British Museum…

— Je passe l'après-midi avec la duchesse de Dorset, qui m'a également parlé des nouvelles acquisitions qui complètent la collection de Lord Elgin.

— Je suppose que nous irons un autre jour.

Elle tapota sa main, celle qui se trouvait sur son ventre et la maintenait fermement contre lui.

— Ne doutez pas que j'ai apprécié notre soirée, dit Louisa,

gênée, mais il serait bon que nous partions de suite, avant que nous nous endormions.

— Je ne doute plus, mon ange.

Rassurée, elle se leva et se rhabilla.

Il ne restait plus qu'à espérer que son retour dans sa chambre se fasse sans encombre...

# 26

La lumière passant à travers les rideaux réveilla Louisa en douceur. Délicatement, elle se retourna sur le dos, listant toutes les parties douloureuses de son corps. Son dos et ses jambes étaient courbaturés, prouvant qu'elle avait fourni des efforts dont elle n'était pas coutumière. Le frôlement de sa chemise de nuit sur l'intérieur de ses cuisses lui fit pousser un soupir. Son sexe palpita.

*Comment vais-je cacher mon état ?*

Elle porta les mains à ses joues, puis se cacha les yeux. En rentrant cette nuit, elle avait trouvé la maison totalement endormie. À pas feutrés, elle avait réussi à retrouver son lit et s'était assoupie à peine sa tête posée sur l'oreiller.

— Bonjour, mademoiselle Jones ! dit Elsie en entrant.

Aussitôt, la cameriste raviva le feu.

— Lady Skelmersdale m'a demandé de venir vous réveiller.

— Merci. Pourrais-je avoir un bain ?

— Vous ne désirez pas descendre manger avant ?

*Pour un misérable œuf ?*

— Non.

La femme de chambre acquiesça, puis repartit pour préparer le nécessaire. Pendant ce temps, Louisa se leva et s'assura que sa tenue de la veille était bien dissimulée dans une malle que personne n'ouvrait hormis elle. Elle aperçut une lettre, celle qu'elle avait rédigée pour le baronnet il y avait de cela une éternité. La parcourant rapidement, elle se moqua d'elle-même et de ce qu'elle croyait à l'époque être bon pour elle.

Maintenant qu'elle connaissait le comte, elle savait que son destin n'était pas de vivre dans le Merseyside. Elle n'aurait pas un mari calme et posé, des journées sereines et une vie sans surprise. Et ce n'était pas ce qui lui convenait ! Elle voulait qu'on la bouscule, qu'on la pousse à sortir de sa zone de confort...

Une jeune débutante aurait craint sa nuit de noces. Peut-être certaines pleuraient-elles à l'idée de ce que leurs maris allaient faire subir à leur corps. Alors qu'elle, au contraire, avait choisi de vivre pleinement l'expérience. Elle n'avait pas attendu son mariage pour se donner à l'homme qu'elle aimait.

*Mon Dieu !*

Elle l'aimait de tout son cœur, de toute son âme et désormais de tout son corps.

Forte de cette constatation, elle prit la lettre pour le baronnet et la jeta dans la cheminée, observant les flammes détruire la preuve de son béguin. Dans quelques années, peut-être rirait-elle de l'insouciance avec laquelle elle avait qualifié d'amour ce qui n'était qu'une solution possible pour fuir ses tuteurs. À l'heure actuelle, elle craignait plus que le comte ne l'apprenne et redevienne cet être buté qu'il pouvait être quand il était contrarié.

Quelqu'un toqua discrètement à la porte. Avec le tisonnier, elle s'assura que tout ait disparu et invita la personne à entrer.

— Bonjour, Louisa !

— Abigail !

Les deux jeunes femmes se sourirent, partageant un secret.

— Si mère vous demande, je suis venue vous tenir compagnie et vous vous êtes endormie. Elle ne devrait pas poser de questions, puisque après votre départ elle n'a eu de cesse de se plaindre de l'inconstance des hommes et de celle de Lord Locklear en particulier. Felicity pleurait dans un coin, m'abreuvant de remontrances sur mon apparence, mon manque de personnalité...

— Cela a dû être une soirée agréable, dit Louisa d'un ton sarcastique.

— Je vous avouerai que rien n'a altéré mon bonheur ! J'aurais aimé que vous connaissiez cela, vous aussi.

Étonnée par le tour pris par la conversation, Louisa resserra les pans de sa robe de chambre.

— Avec le baronnet...

Nerveuse, elle jeta un coup d'œil vers les flammes qui n'avaient rien laissé derrière elles. La lettre qu'elle avait rédigée des semaines auparavant était désormais de l'histoire ancienne, à peine un vague souvenir que personne ne pourrait connaître.

— Je m'étais trompée, Abigail.

— Comment ça ?

— Je croyais avoir trouvé auprès de lui l'amour et un foyer, mais cela n'aurait été qu'une prison.

— Vous êtes bien rude avec lui !

— Avec le comte, je peux parler librement et avoir des opinions qui divergent des siennes. Je dois aussi vous avouer que nous nous sommes disputés plus d'une fois. Dans le Merseyside, je me contentais d'obéir pour ne pas risquer d'être mise à la porte. Le baronnet a longuement discouru sur les plantes qu'il avait dans sa serre, sur les désirs de sa mère pour sa vie de famille... Jamais il n'a formulé une pensée personnelle. Jamais il ne m'a questionnée sur ce qui m'intéressait.

— Et le comte, oui.

Louisa acquiesça en souriant.

— Sait-il pour...

Abigail ne termina pas sa phrase en entendant Elsie entrer dans la pièce. Consciente qu'elles poursuivraient dès que possible leur conversation, Louisa rejoignit son bain. Elle demanda à se dévêtir seule, craignant que son corps ne porte des marques que sa caméristе irait décrire à la maîtresse de maison.

Devant le miroir posé dans un coin, elle s'étudia sous toutes les coutures, notant quelques marques rouges là où le comte l'avait tenue la veille. Sur ses cuisses, elle découvrit des traces de sang séché, mais aucun saignement. Tout en se promettant de surveiller cela, elle plongea avec délectation dans l'eau chaude.

Elle se lava intimement, refusant de le faire devant Elsie quand celle-ci reviendrait pour s'occuper d'elle.

Profitant de la paix, elle réfléchit à ce qu'ils avaient appris la veille. Personne ne prenait au sérieux cette chasse à l'homme, et le commanditaire n'était ni la femme ni le mari tenant l'auberge. Elle s'interrogea sur les enfants qui remplaçaient Eilinn, puis sur les parents qui les laissaient travailler dans pareil lieu. Elle songea aussi à mère Kathleen. Aurait-elle pu mentir en prétendant partir pour le Sussex et être restée cachée en ville pour s'attaquer au comte ?

Quand elle descendit plus tard, elle n'avait toujours pas les réponses. Elle se dirigea vers le salon, où elle savait trouver la baronne et ses deux filles. Elle était prête à entendre les plaintes de sa tutrice, au moins jusqu'à son départ chez la duchesse de Dorset.

Déçu, Alastar quitta la demeure des Skelmersdale sans avoir croisé Louisa. Cette dernière était partie en ville faire les boutiques avec les autres femmes de la maison et se rendrait directement chez les Sackville. Il ne pouvait donc s'entretenir avec elle avant et lui avouer ce à quoi il avait passé sa journée.

Renonçant à prendre un fiacre pour rejoindre la demeure de ses amis, il marcha d'un bon pas. Le temps était toujours aussi froid, mais il avait besoin de se changer les idées. Depuis qu'il avait déposé chez elle sa fiancée dans la nuit, il ne cessait de penser au manque de douceur dont il avait fait preuve à son égard. Et si un domestique était revenu dans la cuisine ? Quelle image désastreuse cela aurait-il donnée de la future comtesse !

Les maisons autour de lui se firent plus luxueuses. Des passants le saluèrent. Être l'ami du duc ouvrait des portes et offrait des opportunités. Il s'arrêta un instant pour discuter avec le baron Sefton qui se plaignit de la crise qui frappait ses terres. Ne savait-il pas que tout le pays était touché, et des régions bien plus que d'autres à cause de l'avidité du roi ?

Agacé par cette conversation, il y mit fin de manière abrupte, réalisant que sa réputation devait se rapprocher de celle d'un ours des cavernes, aussi bourru qu'asocial. Devant la demeure des Sackville, il inspira profondément et abattit le heurtoir contre la porte. Aussitôt le majordome lui ouvrit, le débarrassant de son manteau et de son chapeau.

— Monsieur le duc est dans le salon avec madame la duchesse.

Il frappa sa canne sur le sol dans le but de prévenir de son arrivée. Le couple était si amoureux qu'il craignait de les trouver un jour dans une position similaire à celle qu'il avait adoptée la veille avec Louisa.

*Dois-je comprendre que je suis amoureux ?*

— Boyle, mon ami !

Lord Sackville se leva du fauteuil dans lequel il se trouvait tandis que sa femme levait les yeux au ciel.

— Vous êtes venu seul ? Mlle Jones ne devait pas vous accompagner ?

— Elle est partie faire les boutiques avec la baronne Skelmersdale, répondit-il en acceptant le siège qui lui était proposé.

— La pauvre va devoir subir des essayages sans fin et des critiques.

— Sans oublier les privations, ajouta Alastar.

— Je sais dans quelle boutique elle est retenue contre son gré, peut-être devrais-je y aller…

— Non, madame, votre intervention ne ferait que nourrir la fureur de Lady Skelmersdale.

Ils en convinrent tous les trois et changèrent de sujet. Ils parlèrent des prochaines réceptions données en ville, du chemin de fer qui prospérait et envisageait de s'étendre. Ils en étaient à parler du progrès en général et de la place des femmes en particulier, sujet essentiel pour la duchesse, quand l'arrivée de Louisa fut annoncée.

Nerveux, Alastar se leva, prêt à l'accueillir comme le bon usage l'imposait. D'un mouvement de la tête, il la salua. Il nota qu'elle rayonnait, souriait comme si la chance avait été de son côté. Par ses couleurs chaudes, sa robe s'accordait magnifiquement avec son air lumineux.

— Leur avez-vous parlé de ce que nous avons découvert hier ?

Lady Sackville se renfrogna et répéta cette question. Son expression n'augurait rien de bon.

— Non, j'attendais votre arrivée pour les en informer.

— Comme c'est gentil ! s'exclama-t-elle en allant tout naturellement s'asseoir à côté de lui.

Ébloui par sa fiancée, Alastar contempla ses lèvres pleines, ses joues recouvertes de cette crème qui dissimulait ses taches de rousseur, mais aussi les couleurs que sa peau prenait suivant ses émotions.

— Pouvons-nous en savoir plus ou faut-il attendre que vous ayez compté chacun de ses cheveux, Boyle ? intervint le duc avec ironie.

— Nous nous sommes rendus sur les docks hier soir. À l'auberge qui employait Eilinn plus exactement. La propriétaire a déclaré que la chasse à l'homme n'était pas de son fait et que la récompense était à ce point ridicule que personne n'y prêtait crédit.

— Vous êtes retournée là-bas ? s'enquit la duchesse en regardant son amie. La première fois ne vous avait-elle pas suffi ? Tremper tout habillée dans la Tamise a pourtant de quoi refroidir les âmes les plus aventureuses !

— Cette fois-ci, je n'étais pas seule !

— Ne me dites pas, Boyle, que vous avez demandé à son tuteur l'autorisation de l'emmener s'encanailler dans les bas quartiers de Londres ! répliqua le duc sans cacher son amusement.

— Non, il m'a offert une tenue complète : veste, chemise et pantalon. Et m'a donné rendez-vous à minuit dans la rue.

— Quel romantisme ! s'écria la duchesse en se levant.

— Lady Sackville...

— Laissez, Boyle ! Après la première sortie de Mlle Jones sur les docks, ma femme n'a eu de cesse de me demander de s'y rendre à son tour. Elle ne comprend pas qu'il est certains lieux où une femme de son rang ne peut se rendre. Même sous les traits d'un homme, ajouta-t-il rapidement.

Tous les quatre gardèrent le silence pour laisser le temps à la duchesse de se calmer. Celle-ci retrouva sa place dans son fauteuil et prit son temps pour bien lisser les plis de sa robe.

— J'espère que vous n'avez eu aucun mal à sortir de la demeure des Skelmersdale et à y rentrer, déclara-t-elle enfin.

— Abigail m'a surprise alors que je descendais l'escalier. Elle venait de subir toute une soirée de réprimandes à cause de la demande en mariage de Lord Locklear.

— Je sais que tout ceci n'a rien à voir avec notre affaire, mais dites-moi qu'ils ont obtenu la bénédiction, si ce n'est de la baronne, au moins du baron.

— En effet ! Lord Locklear s'est adressé uniquement à Lord Skelmersdale qui lui a donné la main d'Abigail.

— La baronne va être dans tous ses états !

— La sortie de cet après-midi n'avait que pour but de trouver sa robe de mariée, expliqua Mlle Jones. Pour elle aussi, il est question de beaucoup de volume et de tissu.

Alastar les observait alors qu'elles parlaient à mots couverts de leurs noces, et réalisa alors qu'il avait oublié de prévenir sa fiancée.

— Je me suis entretenu avec votre tuteur un peu plus tôt dans la journée. J'ai acheté une dispense de bans. Nous nous marions dans deux semaines !

Les yeux de Mlle Jones s'ouvrirent tout grand et le dévisagèrent d'abord avec effroi, ensuite avec colère. D'un bond, elle se leva et lui fit face les poings sur les hanches.

— Vous ne pouvez pas faire cela ! Tout le monde va savoir que...

Brusquement elle se tut, se rappelant un peu tard qu'ils n'étaient pas seuls.

— Dois-je vous rappeler, mademoiselle Jones, dit le duc avec un sourire en coin, que Mlle Winston a passé la nuit avec moi avant de devenir ma fiancée et la délicieuse duchesse qui se tient à mes côtés ?

— Vous avez l'art de détendre l'atmosphère, mon cher, grommela cette dernière.

— J'essaye d'aider…

— Entre ça et vos dix invités, je pense que votre ventre va être scruté pendant les mois à venir.

— Mon ventre ? répéta Louisa.

— Boyle, je pense qu'il serait raisonnable de penser que, pour votre survie, il est temps pour nous de partir discuter dans mon bureau.

— Puis-je au contraire vous demander cinq minutes en privé pour m'expliquer avec ma fiancée ?

Les Sackville se consultèrent du regard et quittèrent leurs fauteuils dans un bel ensemble. La main posée sur le bras de son mari, la duchesse partit en direction du couloir, s'arrêtant sur le seuil du salon.

— Lord Boyle, je n'ai pas de canne pour prévenir de mon arrivée, alors veillez à ne pas vous montrer trop familier avec mon amie.

— Quand vous parlez ainsi, j'ai l'impression de revoir votre mère lors du bal donné en mon honneur, commenta son époux.

Elle lui adressa un regard noir et le suivit à l'extérieur.

Envieux de l'entente qui régnait au sein du couple ducal, le comte se tourna néanmoins vers sa fiancée. Raide comme un piquet, elle le toisait sans cacher sa désapprobation, mais aussi sa déception.

— Pourquoi avez-vous demandé une telle chose ?

— Pour que vous quittiez une demeure où vous m'avez avoué ne pas vous sentir à votre place. Pour que vous puissiez voir les enfants qui se languissent de vous.

Il s'approcha d'elle afin de lui murmurer la suite.

— Parce qu'il me tarde de vous entendre de nouveau gémir mon prénom, de vous voir nue et abandonnée dans mes bras, d'assouvir tous les fantasmes qui m'ont envahi depuis que je vous ai laissée cette nuit. Est-ce suffisant ?

La bouche de la jeune femme se tordit légèrement. En son for intérieur, il sut qu'il avait oublié quelque chose, mais quoi ?

— Pourquoi ne pas m'en avoir parlé ? demanda-t-elle.

— Vous auriez refusé, et nous aurions dû attendre trois mois.

— Vous avouez donc me forcer la main.

Il esquissa un petit sourire en coin et se pencha pour frôler ses lèvres des siennes.

— M'en voulez-vous toujours ? s'enquit-il en s'écartant à contre-cœur.

— Tout dépendra de la réaction de la baronne ce soir à mon retour.

Il lui vola un dernier baiser et décréta qu'il était temps pour lui de rejoindre le duc. S'il restait plus longtemps dans l'ambiance douillette de ce salon avec son ange, il pourrait se montrer trop entreprenant. Dans quelques jours, la question ne se poserait plus. Ils seraient enfin unis l'un à l'autre.

Comme à son arrivée, il tapa sa canne sur le sol bien avant de toquer à la porte du bureau ducal. Lady Sackville ouvrit et s'enfuit rejoindre son amie.

— Je pensais devoir retenir ma femme plus longtemps, Boyle !

— Ma fiancée n'aurait pas apprécié que je me montre empressé sous ce toit.

Un verre à la main, ils s'assirent devant l'âtre et burent une gorgée de brandy.

— Si les tenanciers de cette auberge ne sont pas les commanditaires, peut-être devriez-vous chercher parmi vos connaissances.

Le comte pesa le pour et le contre d'une telle possibilité. Au cours de sa vie, il ne s'était fait que très peu d'ennemis, et la plupart étaient encore dans les Indes. Certes, l'exemple du duc pourrait le pousser à revoir son jugement, mais aucun nom ne lui venait à l'esprit.

— N'avez-vous pas contracté des dettes auprès de personnes peu recommandables ?

— Non. La rente issue de mes investissements et celle de l'armée couvrent mes frais. Certes, deux enfants demandent un budget supplémentaire, mais ils ne sont guère exigeants, d'autant que je les garde à demeure pour l'instant.

— Votre frère, peut-être ?

— Non. Ses comptes étaient au plus bas, mais il n'avait aucun créancier. Père nous a toujours inculqué la notion de liberté financière, ou le fait de payer ses factures à temps et avec son propre argent.

— Un homme sage, si vous voulez mon avis !

Lord Boyle acquiesça, songeant à sa famille désormais disparue.

— Et les Bateman ? s'enquit le duc avant de boire une gorgée de Brandy.

— Les Bateman ? Qu'auraient à voir les beaux-parents de mon frère dans toute cette histoire ?

— Ne vous avaient-ils pas demandé de l'argent quand vous les aviez rencontrés au sujet de votre nièce ?

Se souvenant avec aigreur qu'ils s'étaient montrés obséquieux lors de sa visite dans le seul but d'obtenir quelques livres, le comte secoua la tête.

— La vicomtesse a contacté mon homme de loi il y a quelques semaines. Elle espérait récupérer les bijoux de Riona pour se mettre à l'abri suite au décès de son mari.

— Avez-vous accédé à sa requête ?

— Je crains que mon frère ne les ait vendus il y a bien longtemps, pour investir dans de nouvelles machines et simplifier ainsi la vie de ses métayers. Peut-être au contraire devrais-je me pencher sur l'homme qui a tenté de kidnapper la duchesse et que j'ai mis en déroute.

— Il purge actuellement sa peine avant d'être pendu.

— Je m'attendais à apprendre sa mort, répliqua Lord Boyle.

— Figurez-vous qu'il a beaucoup de renseignements en sa possession et qu'il tient à les partager avant son dernier voyage. Seulement, à l'instar de Shéhérazade dans *Les Mille et Une Nuits*, il ne distille qu'une information par jour. Mais vous avez raison, il pourrait vouloir se venger de vous et de votre témoignage…

# 27

L'église était calme et fraîche. Quelques bouquets la décoraient, la plupart le long de la nef pour accompagner l'arrivée de la mariée. Le comte observa la lumière qui traversait les vitraux et créait des ombres colorées au sol. Ce matin de décembre était exceptionnellement ensoleillé et exempt de nuages. Une bénédiction pour leur union à venir.

— J'ai hâte de voir m'demoiselle Lou dans sa robe de princesse, dit Eilinn.

Assise au premier rang, la petite fille ne cessait de regarder par-dessus son épaule dans l'espoir de voir Mlle Jones à la porte. Colin, à ses côtés, se tenait bien droit. Fier de la tenue qu'il avait reçue comme cadeau pour le mariage, il n'osait bouger de peur de l'abîmer et de ne pas être présentable quand ils s'afficheraient enfin tous les quatre comme une famille.

— Tu crois qu'elle me la donnera pour mon mariage ? pépia-t-elle sous le regard attendri de son oncle.

— Pourquoi ? Tu veux pas choisir la tienne ?

Lord Boyle leur intima de se taire et reprit sa place près de l'autel. Bientôt, Louisa serait sa femme. Il pourrait passer tout le temps souhaité en sa compagnie, lui tenir la main ou l'admirer nue, uniquement parée de ses taches de rousseur. Il se promit de lui faire l'amour dans son lit en prenant son temps pour qu'elle apprécie ces corps à corps et soit enthousiaste.

Adieu table et fauteuil !

— La cérémonie n'était-elle pas programmée pour 10 heures ? demanda le duc en rangeant sa montre à gousset dans la poche de sa veste.

En effet. Et Mlle Jones avait dix minutes de retard à son actif. Comme ce fameux soir où ils s'étaient rendus sur les docks. Peut-être avait-elle une nouvelle fois rencontré un imprévu. Mais lequel ?

Abigail se trouvait pour le moment assise au deuxième rang avec son fiancé. Les deux discutaient à voix basse tout en se souriant. Ils formaient un beau couple, et Alastar avait apporté tout son soutien à Lord Locklear quand la baronne avait retourné sa fureur contre lui.

Sur la rangée devant eux, les enfants s'impatientaient et balançaient leurs jambes à une cadence de plus en plus rapide. D'ici peu, il devrait les envoyer jouer dehors afin qu'ils se dépensent et ne ruinent pas la cérémonie. Près d'eux, Lady Sackville tentait de les distraire, tout en se tenant prête à prendre sa place de demoiselle d'honneur.

Pendant les deux dernières semaines, elle avait secondé Louisa dans sa recherche de la robe idéale. À elles deux, elles avaient éloigné la baronne des préparatifs, lui confiant pour unique tâche le repas qui leur serait servi le midi chez les Skelmersdale. Ce qui n'avait pas ravi son mari. Ce dernier avait choisi de partir sur un de ses domaines, prétextant le besoin de s'entretenir avec son intendant. Personne n'avait été dupe après avoir entendu sa femme rabrouer une pauvre domestique pour une peccadille.

Mais le baron était revenu à temps pour le mariage de sa fille illégitime et s'était installé de l'autre côté de la nef, celle réservée à la future épouse. Les yeux perdus dans le vague, il jouait avec un mouchoir blanc. Était-il ému de marier sa fille ?

Le comte poursuivit son tour des invités. Au deuxième rang, Felicity se tenait aussi droite qu'il était humainement possible de le faire. Son air guindé et ses lèvres pincées lui donnaient l'apparence d'une femme venue enterrer un être cher. Pour que l'illusion soit parfaite, il lui aurait suffi de porter du noir.

Et il ne devait pas être le seul à s'amuser de l'attitude de la jeune femme, puisque Lady Eckhart souriait en surveillant sa voisine du coin de l'œil. La tante du duc s'était montrée un soutien inébranlable quand il était revenu à Londres à peine remis des blessures causées à sa jambe et le cœur en miettes. Elle savait à quel point la perte de son frère l'avait ébranlé, mais il n'avait pas osé lui parler de sa nièce et de la disparition de cette dernière.

— Quand avez-vous prévu de vous lancer à la recherche de votre fiancée ? murmura Lord Sackville.

— Elle va arriver, dit-il alors qu'un frisson le parcourait.

Bien que son caractère se soit affirmé à son contact, Louisa avait gardé une âme douce et apaisée. Elle ne haussait pas le ton et gérait les conflits des enfants sans qu'aucun des deux ne se sente lésé.

En début de semaine, elle avait rencontré Lady Cavelton, l'actuelle propriétaire de la maison accueillant l'orphelinat, pour en savoir plus sur le sort des autres orphelins et sur le départ de mère Kathleen. Cette entrevue dans une boutique de Londres avait été orchestrée par elle seule. En fin d'après-midi, elle avait raconté à Alastar ce hasard prémédité qui lui avait permis de poser ses questions.

La tenancière de l'auberge n'avait certes pas tenu rigueur au comte de lui avoir volé une employée. Au lieu de cela, elle avait rendu visite à mère Kathleen. Celle-ci n'ayant pu lui donner satisfaction avec une autre petite fille, la femme était partie chez Lady Cavelton qui avait découvert l'odieux trafic se tramant dans ses murs. L'orphelinat avait été fermé immédiatement et les enfants envoyés dans d'autres structures. Cela avait rassuré Louisa, pour un temps.

Alastar consulta l'heure. 10 h 27.

— Il y a un problème, murmura-t-il.

— Enfin ! s'exclama Lady Sackville. Il vous en aura fallu du temps pour le comprendre.

— Excusez-moi, madame, de ne pas être un habitué des

mariages. J'ai pensé qu'il était normal que la mariée soit en retard, sa préparation devant être à la fois longue et stressante.

— Nous parlons de Mlle Jones !

— En effet, mais il s'agit aussi des premières noces que la baronne de Skelmersdale ait à organiser.

— Je doute que ma femme ait la prétention et l'envie d'offrir un jour mémorable à Louisa, argua le baron en se levant à son tour. J'ai même annulé quelques demandes qu'elle avait faites afin que votre repas de noce ne ressemble pas à une farce.

— Merci, dit le comte. Mademoiselle Skelmersdale, savez-vous si votre mère avait prévu quelque chose avant l'église ?

Felicity le toisa avant de nier être au courant de quoi que ce soit. Abigail se rapprocha et confia à Lord Boyle que Louisa et sa mère auraient dû arriver peu de temps après eux.

— Je vais la chercher.

Accompagnée de Lord Locklear, elle descendit la nef à bon pas et disparut derrière les portes en bois.

— Pensez-vous qu'elle ait pu avoir un accident ? demanda-t-il au duc.

À cette pensée, son cœur s'accéléra. Comment ferait-il sans elle ? Pendant des années, il s'était persuadé de ne pas être fait pour l'amour et encore moins pour la vie à deux. Mais là, alors qu'il craignait de l'avoir perdue, il sut s'être leurré. Il voulait qu'elle inonde ses journées de ses sourires, de son rire et même de ses coups de sang si rares et pourtant si marquants.

— Nous aurions été mis au courant, déclara Lord Sackville en se tournant vers l'entrée.

Abigail remontait la nef à grands pas, le visage déformé par l'inquiétude.

— La voiture n'est pas là, et personne ne les a vues, dit-elle. Quand nous avons quitté la maison, elles n'en avaient plus pour longtemps. Il ne restait que la cape à mettre au cou de Mlle Jones.

— J'y vais ! s'écria le comte.

— Je vous suis.

Le duc emboîta le pas à son ami. Sur la place devant l'église,

Lord Locklear interrogeait un homme qui secouait la tête en signe de dénégation. Quand il les vit, il s'approcha et répéta ce qu'il venait d'apprendre :

— L'homme auquel je parlais était déjà là à notre arrivée. Je lui ai demandé s'il avait aperçu la voiture ou entendu quelque chose. Rien.

— À croire qu'elles n'ont jamais quitté la demeure des Skelmersdale, dit Lord Boyle.

Le regard fixé sur un point au loin, il chercha les raisons qui auraient pu pousser la jeune femme à ne pas se présenter ce matin devant lui. Et la seule qui lui paraissait recevable était aussi un crève-cœur à ses yeux.

Durant la nuit qu'ils avaient partagée, le bref moment où ils avaient oublié qui ils étaient et comment fonctionnait la société dans laquelle ils évoluaient, il n'avait pas songé à la protéger d'une possible grossesse. Égoïstement, il avait joui en elle. Deux fois. Ce qui faisait deux fois plus de chances qu'elle ne soit enceinte de ses œuvres. Ou en train de perdre leur bébé.

Oui, ça ne pouvait être que ça !

— Allons chez les Skelmersdale ! s'exclama-t-il.

— J'ai justement fait signe à mon cocher d'approcher la voiture.

Tous trois montèrent et se murèrent dans le silence. Le comte observa ses deux acolytes du jour et apprécia l'intervention spontanée de Lord Locklear dans ce qui ne le concernait pas encore.

— J'ai un mauvais pressentiment, déclara le duc.

— Et pourtant, ce n'est pas votre fiancée qui a oublié de se présenter à l'église !

— Dans mon cas, c'est l'inverse qui était le plus à craindre ! Je vous rappelle que j'étais en bien mauvaise posture, et l'arrivée de la duchesse a rendu toute cette affaire encore plus compliquée.

Lord Locklear se racla doucement la gorge pour rappeler aux deux autres sa présence. Il ne tenait pas à être témoin de confidences inopportunes.

— Vous avez la chance, Lord Locklear, d'avoir une fiancée qui ne causera aucun chaos.

— Avez-vous déjà eu affaire à Mme la baronne ? répliqua celui-ci. Ou encore à tous ces bien-pensants qui me reprochent de parler sciences avec une personne du sexe faible ?

— Ma femme n'a pas hésité à défier en personne celui qui désirait me tuer. Mlle Jones a des aptitudes pour travailler à Scotland Yard ou dans le renseignement britannique...

— Ne lui soufflez jamais l'idée ! s'exclama Alastar.

— Et vous ne connaissez pas Lady MacArty qui a bien failli être la cause d'un nouveau conflit entre la Couronne d'Angleterre et l'Écosse ! ajouta le duc. Le laird m'a donné l'idée d'enfermer ma femme dans sa chambre, et parfois je me demande s'il n'avait pas raison !

— Lady Sackville est une femme charmante, affirma Lord Locklear.

Il se tourna vers le comte qui ne lui apporta pas le soutien souhaité.

— Elle a cassé une canne sur la tête d'un malandrin qui agressait son mari, expliqua ce dernier. Méfiez-vous toujours de l'eau qui dort ! Nous sommes arrivés.

Dès que les chevaux se furent arrêtés, il descendit de la voiture et rejoignit la porte qu'il ouvrit sans se faire connaître. Le majordome se pressa dans sa direction, s'excusant de ne pas l'avoir entendu.

— Je n'ai pas frappé, rétorqua-t-il d'une voix sèche. Pouvez-vous prévenir Mlle Jones ?

— Elle est partie se marier, monsieur. Avec vous, ajouta le domestique.

— Partie, certainement, mais pas pour l'église !

— Je vous jure qu'avec madame elles sont montées dans la calèche.

Alastar allait pour insister quand Lord Sackville l'incita à se taire.

— Vous voyez bien qu'il ne fait que vous rapporter ce qu'il a vu.

— Et entendu, dit le majordome. Madame la baronne critiquait le choix de robe de votre fiancée. Elle la trouvait trop simple, pas assez fastueuse pour un mariage avec un pair du royaume. Mlle Jones lui a répondu que seules son opinion et la vôtre importaient, et qu'elle n'hésiterait pas à vous demander votre avis avant d'accepter d'être votre femme.

— Il semblerait qu'elle ait enfin choisi de rabattre le caquet de sa tutrice, commenta le duc.

— Cela ne nous dit pas où elles sont, fit remarquer Lord Locklear.

— Si vous le permettez, je vais chercher Elsie, la femme de chambre de Mlle Jones. Peut-être sera-t-elle plus à même de vous aider.

Les trois nobles n'eurent pas longtemps à attendre. La caméríste se précipita en bas de l'escalier et leur assura une nouvelle fois de la volonté de sa jeune maîtresse de se lier au comte.

— A-t-elle souffert de quelques maux ? demanda-t-il.

— Non, elle était heureuse et reposée quand elles sont parties toutes les trois.

— Toutes les trois ?

— Boyle, songez que cette pauvre femme n'est pas un de vos officiers, intervint le duc. Utiliser ce ton ne servira à rien d'autre qu'à l'effrayer davantage.

Alastar inspira et tenta de calmer la colère qui grondait en lui. Pourquoi ne pouvait-il avoir toutes les informations en une fois et sans avoir à poser des questions pour s'assurer que rien n'avait été omis ?

— Veuillez m'excuser !

La domestique acquiesça et reprit son récit.

— Une femme s'est présentée peu de temps après le départ du baron et de ses filles. Elle tenait à parler à Mlle Jones, mais la baronne s'y est opposée. Le ton est un peu monté, et Mlle Jones a proposé qu'elle les accompagne sur le trajet de l'église. Elle ne voulait pas perdre de temps, vous comprenez, et cette femme prétendait avoir beaucoup de choses à lui dire.

— Savez-vous son nom ? demanda-t-il d'un ton sec.

— Non.

— Elle ne me l'a pas donné non plus, monsieur, dit le majordome.

— Pourriez-vous me la décrire ?

Les deux employés se partagèrent la tâche. Alors que l'un parlait des manières affables mais sèches de la femme en question, la caméiste la décrivait détail par détail. Sa tenue fut passée au crible : une robe de la saison dernière, rapiécée à plusieurs endroits, et un chapeau élégant, bien qu'inadapté aux températures hivernales.

— Et elle a laissé un parfum âcre derrière elle.

— J'aurais dit désagréable, nuança le majordome. Il n'est pas bon de parler ainsi d'un pair du royaume, mais cette lady n'en avait que les manières. Ses vêtements étaient très abîmés, et elle a laissé dans son sillage une odeur très marquée de poisson. Elle n'aurait pas demandé après Mlle Jones ou Lady Skelmersdale, j'aurais pensé qu'elle venait chercher un emploi dans les cuisines.

Alastar sentit ses forces lui échapper. Ce relent décrit par le domestique était celui qui flottait à l'auberge, sur les docks. La personne derrière la chasse à l'homme avait décidé d'entrer en action. Seulement, loin de s'en prendre à lui, elle venait de kidnapper Louisa.

— Boyle, que se passe-t-il ? Savez-vous de qui il peut s'agir ?

— L'auberge. Je pense que tout part de là. Mais comment être sûr que Mlle Jones a été emmenée là-bas ?

— En nous y rendant ! s'écria le duc. Lord Locklear, allez à Scotland Yard et demandez l'inspecteur Blossom. Vous lui direz venir de ma part et que je requiers son assistance sur les docks.

Alastar finit de lui donner de plus amples informations pour les retrouver et bientôt il partit en compagnie de Lord Sackville vers les bas-fonds de Londres. Le cocher, qui avait ordre de s'y rendre le plus rapidement possible, prit tellement à cœur de satisfaire son maître qu'il négligea d'éviter les trous dans la route.

— Ma femme va m'en vouloir terriblement, déclara le duc. Depuis la petite escapade de son amie, elle ne cesse de me répéter qu'elle souhaiterait voir cette danse espagnole.

— Je me ferai un plaisir de lui donner la tenue de Mlle Jones afin qu'elle puisse à son tour se déguiser et s'y rendre.

— Et moi qui croyais en notre amitié…

— Pensez-vous que l'inspecteur suivra Lord Locklear ?

— Je l'espère, sinon nous aviserons comme nous l'avons toujours fait sur un champ de bataille.

*Voilà qui n'est guère réjouissant !* songea Alastar en frottant sa jambe douloureuse.

# 28

N'allait-elle donc jamais avoir la paix ? Cette année à Londres s'avérait de plus en plus exaspérante. Enfin heureuse de se marier avec un homme qui lui convenait en tout point et dont elle était tombée amoureuse, voilà que cette femme cherchait à l'en empêcher ! Et que dire de la baronne qui n'arrêtait pas de marmonner dans le col de sa cape des paroles incompréhensibles...

Une folle ! Sa tutrice paraissait avoir perdu l'esprit alors qu'elles montaient dans la calèche. Le bouquet à la main, Louisa avait regardé les rues défiler par la fenêtre tandis que l'air se faisait de plus en plus chargé. La Tamise. Les docks. Pour la troisième fois, elle revenait dans ce lieu marginal où elle avait des souvenirs. Si sa chute dans le fleuve n'avait rien de particulièrement attrayant, elle ne pouvait nier qu'elle avait scellé son destin ce soir-là, en s'accrochant à la corde tendue par le comte.

Certes, elle aurait accepté de l'aide d'un peu tout le monde vu la fâcheuse position dans laquelle elle se trouvait, mais c'était suite à cette petite aventure qu'il avait commencé à la regarder autrement que comme une femme fragile, timide et un peu fade. Peut-être n'était-ce qu'une impression. Elle n'en avait jamais parlé avec lui et doutait de le faire un jour.

— Où allons-nous ? demanda la baronne. Chez Lady Mathelson, vous prétendiez être vicomtesse. Nous fréquentons la même couturière. Je ne comprends donc pas pourquoi nous sommes ici, dans pareille situation.

— Et je le suis ! Je suis la vicomtesse Bateman. Pour le reste, je vous l'expliquerai en temps voulu.

Ainsi cette femme appartenait à l'aristocratie ? Si seulement la duchesse était là ! Elle pourrait à coup sûr lui dire tout ce qu'elle avait à savoir sur cette personne !

— Ne pourriez-vous pas pointer votre pistolet dans une autre direction ? demanda Louisa, excédée.

Elle obtint satisfaction au grand dam de Lady Skelmersdale qui se retrouva dans la ligne de mire.

— Ne pourriez-vous pas vous comporter comme une femme du grand monde et mettre fin à cette comédie ridicule ? s'exclama cette dernière.

La calèche freina devant une porte que la jeune femme n'eut aucun mal à reconnaître. L'auberge se dressait à quelques mètres d'elle, en plein jour pour la première fois. Et si le lieu était lugubre à la nuit tombée, le soleil rendait le tout misérable.

— Descendez ! ordonna la vicomtesse. Vous n'avez qu'à suivre mon cocher.

— Et où se trouve…

La baronne s'arrêta, cherchant visiblement le nom de son domestique, celui qui aurait dû tenir les rênes.

— Assommé dans vos écuries. Maintenant, descendez !

— Et si nous refusons ? répliqua Louisa en relevant le menton en signe de défiance.

— Mademoiselle Jones, ce n'est guère le moment de contrarier la vicomtesse, argua Lady Skelmersdale en attrapant le bras de sa pupille.

Malmenée, la jeune femme suivit les trois autres, notant que le comte l'attendait depuis déjà vingt minutes devant l'autel. Le cœur lourd, elle grimpa un escalier dont les marches irrégulières grinçaient atrocement sous leurs pas. Une odeur de transpiration et de poussière la saisit à la gorge, exacerbant son appréhension.

Le cocher poursuivit son chemin plus loin dans le couloir alors que la vicomtesse les invitait à entrer dans la chambre de droite. La pièce était très peu meublée. Un fauteuil devant l'âtre froid, une table près de la fenêtre sur laquelle reposait un broc d'eau et une cuvette. Le lit était recouvert d'une couverture marron à l'aspect miteux. Des trous étaient visibles par endroits, et un ourlet se décousait au niveau des pieds. Elles obéirent à l'injonction et s'assirent sur ce dernier, non sans quelques plaintes de la baronne sur la propreté des lieux.

— Puis-je savoir pourquoi vous nous avez conduites jusqu'ici ? demanda Louisa d'un ton ferme.

— Mademoiselle Jones, il est inconvenant de parler ainsi à une noble ! s'exclama Lady Skelmersdale.

Cette dernière se tourna vers leur geôlière pour excuser l'insolence de sa pupille. Contemplant ce spectacle surréaliste, Louisa resserra les pans de sa cape autour d'elle. Vêtue de sa robe de mariée, elle s'était sentie telle une amazone prête à commencer une vie remplie d'expériences et d'aventures. À la lumière des derniers événements, elle était prête à faire l'impasse là-dessus pendant un temps.

— Maintenant qu'il est acté que je ne sais pas me tenir en compagnie de femmes aussi raffinées que vous, pouvons-nous savoir pourquoi je ne suis pas à l'église, aux côtés de mon fiancé ?

— Parce que c'est un voleur et que je compte bien récupérer ce qu'il m'a pris en échange de votre libération !

— Voilà un projet bien ambitieux pour une femme ! répliqua Mlle Jones d'un ton sarcastique. La baronne n'a eu de cesse de me répéter que je ne devais jamais au grand jamais réfléchir plus d'une minute sur le même sujet. Toute cette histoire a bien dû vous en demander trois !

La vicomtesse lâcha un soupir d'exaspération.

— Ma fille a épousé son frère, il y a des années. Il l'a maintenue captive en Irlande, lui interdisant de venir s'épanouir auprès de la haute société londonienne. Et elle en est morte !

Lady Skelmersdale porta une main à sa bouche, accordant foi aux dires de la femme.

— Elle est morte en couches, lui rappela Louisa.

— De mélancolie ! Elle était faite pour les bals et les réceptions.

Nous l'avions élevée pour qu'elle rencontre le roi, qu'elle brille de mille flammes au milieu de la haute société et non dans une région sauvage d'Irlande. En se mariant avec l'héritier du titre, elle devait partir s'installer en Angleterre, profiter de son statut pendant que son mari siégeait à la Chambre des lords.

— Ça ne nous dit pas ce que le comte vous a dérobé.

— Ses bijoux ! Ma fille avait de somptueuses parures qu'il a refusé de nous rendre. Le vicomte en est mort de chagrin. Imaginez, il ne pouvait revoir ses souvenirs de sa chère fille disparue !

Agacée par cette conversation, Louisa se leva et frotta sa cape pour en déloger tous les parasites. La cupidité transparaissait dans chacun de ces mots. À pas lents, elle se dirigea vers la fenêtre, dépassant la table où une miniature était posée. Dans la rue, des gens allaient et venaient, charriant parfois des sacs lourds. Deux hommes un peu plus loin se disputaient, et bientôt l'un d'eux poussa l'autre en arrière.

— Et votre petite-fille ? demanda-t-elle.

— Comment, ma petite-fille ?

— Avez-vous cherché à la voir à la mort de son père ? Quand elle a été confiée aux bons soins de personnes qui n'étaient pas des membres de sa famille.

— Nous n'avions pas... Nous ne pouvions pas nous en occuper...

La vicomtesse pinça la bouche, et ajouta d'un ton sec :

— Nous n'avions plus l'âge d'élever une enfant aussi jeune. Mon mari...

— Votre mari aurait pu revoir dans les traits d'Eilinn ceux de Riona, l'interrompit Louisa. Il aurait pu ainsi lui parler de sa mère et apprendre à la connaître !

— Elle n'en avait rien à faire !

Un silence s'abattit dans la pièce, uniquement troublé par les échos de conversations montant du rez-de-chaussée et les sanglots discrets de la baronne.

— Un enfant est toujours prêt à écouter des histoires, d'autant plus s'il s'agit de ses parents. Je suis persuadée qu'Eilinn aurait aimé en apprendre plus sur sa mère, cette femme qu'elle n'a jamais eu la chance de rencontrer.

— Détrompez-vous ! Elle ne faisait que pleurer et demander après son père ou encore la domestique qui l'avait accueillie chez elle.

Horrifiée par ce qu'elle comprenait à demi-mot, Louisa tourna le dos à la vitre depuis laquelle elle venait d'apercevoir une calèche. Cela lui donna un regain d'énergie. Persuadée qu'Alastar la retrouverait, elle se redressa et choisit de faire durer cette conversation pour en apprendre plus sur la grand-mère d'Eilinn et gagner du temps.

Une fois certaine que sa voix ne trahirait pas son état d'esprit et les émotions contradictoires qui l'habitaient, la jeune femme pencha la tête et interrogea la vicomtesse :

— Vous avez vu Eilinn ?

— Oui, nous l'avons gardée avec nous une dizaine de jours avant que les O'Rourke ne l'adoptent. La petite a ainsi pu aller à Londres et, avec l'argent, nous avons payé notre voyage vers l'Angleterre.

Troublée, la jeune femme rassembla ses souvenirs. Lord Boyle lui avait parlé d'une famille de confiance qui avait accepté Eilinn chez eux, certainement la domestique déjà évoquée. Cependant, jamais il n'avait été question des grands-parents. Non, il lui avait parlé de la mort de ceux qui l'avaient prise sous leur aile et d'une famille qui l'avait adoptée.

Elle avança d'un pas, s'appuyant sur la table. La peur commençait à prendre le pas sur tout le reste. Ses jambes étaient de plus en plus faibles. Pourtant, Louisa refusait de flancher.

— Vous l'avez vendue aux O'Rourke après le décès de la domestique ?

— Quel décès ? s'emporta la vicomtesse. Elle et son mari ont accepté les deux billets pour les Amériques que nous leur avons offerts en échange de leur silence. Avec un peu de chance, ils ont coulé au milieu de l'Atlantique !

La baronne se redressa, tamponnant ses joues avec un mouchoir finement brodé.

— Vous avez échangé votre petite-fille contre de l'argent ? demanda-t-elle sans cacher son étonnement.

— Nous avions besoin d'argent pour rejoindre Londres et quitter l'Irlande. Les gens ont faim et ne supportent pas que nous ayons de quoi manger dans nos assiettes. La couturière a exigé que je paye mes factures. Quel toupet ! Elle s'est présentée chez moi pour m'extorquer de l'argent. Elle a eu l'audace de me décrire leur quotidien de petites gens. Qu'en ai-je à faire de tout cela ?

Lady Skelmersdale bredouilla quelques « oui » et chercha le regard de Louisa. Pour la première fois depuis des mois, cette dernière ressentait un véritablement soulagement à être venue habiter chez le baron. L'épouse de son père aurait pu se comporter de manière bien plus odieuse en l'envoyant aux Amériques ou en la laissant dans le plus grand dénuement.

— N'avez-vous pas souhaité la revoir, une fois à Londres ? insista celle-ci.

— Pourquoi aurions-nous fait une telle chose ? répliqua la vicomtesse.

— Au moins pour vous assurer qu'elle était entre de bonnes mains !

— Qu'est-ce que cela aurait changé ?

*Tout est dit*, pensa Louisa. À aucun moment les liens filiaux n'avaient eu leur place dans toute cette affaire. Eilinn était un paquet encombrant, et s'en débarrasser permettait de récolter assez d'argent pour venir en Angleterre. Voilà l'unique intérêt qu'avait eu la petite fille pour ses grands-parents.

— Quand j'ai été contrainte de m'installer dans cette auberge, je n'ai pas prêté garde à la fillette qui nettoyait notre chambre. Ce n'est qu'en reconnaissant le comte que j'ai fait le rapprochement, et j'ai profité de la zizanie qu'il avait créée pour offrir une récompense à celui ou à celle qui m'en débarrasserait.

— Et après avoir souhaité sa mort, vous voulez les bijoux... Manqueriez-vous de liquidités ? s'enquit la jeune femme.

Des éclats de voix retentirent au rez-de-chaussée. Des hommes venaient de faire irruption dans l'auberge, et le ton montait avec le propriétaire dont l'ordre de déguerpir résonnait jusqu'à l'étage.

Une onde de soulagement se répandit en Louisa en reconnaissant la voix autoritaire du comte. Il était là, à quelques pas. Bientôt il les rejoindrait. Elle avisa le pistolet que la vicomtesse tenait à bout de bras.

— Personne ne me fait crédit ici, répondit cette dernière.

Elle avança vers le centre de la pièce, se rapprochant de la table sur laquelle Louisa s'appuyait toujours.

— Je dois montrer ma bonne foi avant de...

Dans son dos, la porte fut ouverte violemment. Le battant cogna contre le mur alors que la serrure tombait au sol. Sur le seuil, le comte se tenait droit sur ses deux jambes, la canne tendue vers l'avant. Devant lui, le duc se massait l'épaule.

— Qu'est-ce...

La vicomtesse se retourna pour découvrir l'origine de tout ce bruit. Alors qu'elle relevait le pistolet, Louisa lui abattit le broc d'eau sur la tête en poussant un cri de rage. Dès que la geôlière eut fini de s'étendre inconsciente sur le sol, le silence se fit.

— Mon Dieu, mademoiselle Jones ! Ce n'est pas une tenue pour une future comtesse ! s'exclama Lady Skelmersdale.

— Aurais-je dû lui demander l'autorisation ?

— Certes, non ! Mais cet horrible cri que vous avez poussé est indigne de votre rang.

— Une chance qu'ils ne soient pas encore mariés, intervint le duc.

Détournant son regard sur son fiancé, elle se délecta de sa présence. Il était là. Encore une fois, il était apparu comme par magie alors que tout allait de mal en pis autour d'elle. Émue par tout l'amour qu'elle ressentait pour lui à cet instant, elle le contempla pendant qu'il comblait les quelques mètres qui les séparaient.

Louisa se jeta dans ses bras, se gorgeant de sa chaleur et de la joie de savoir tout cela derrière elle. La chasse à l'homme et son enquête allaient enfin prendre fin dans cette chambre. Pour ce qui était du trafic d'enfants, elle en toucherait deux mots à la duchesse de Dorset afin que leurs maris œuvrent à interdire une telle chose en Angleterre.

— Ce n'est pas convenable, dit la baronne sans insister pour autant.

— Je crains, Lady Skelmersdale, que ce ne soit pas la priorité, répliqua le duc en récupérant le pistolet qui avait glissé sur le sol.

Elle acquiesça et s'enfonça dans le silence. Les yeux tournés vers l'âtre, elle balbutiait des mots sans pour autant les articuler à haute et intelligible voix. Cette attitude peina Louisa qui se blottit un peu plus contre Lord Boyle.

— Eilinn n'a pas été vendue uniquement par mère Kathleen.

Il resserra son étreinte autour d'elle et pencha la tête jusqu'à enfouir son visage dans son cou.

— J'ai eu peur pour vous, murmura-t-il. Je vous aime tellement !

Le cœur en fête, la jeune femme sourit et avoua dans un souffle :

— Moi aussi, je vous aime.

Elle se sentit pressée contre un torse ferme tandis qu'un baiser aussi léger qu'une plume se posait sous son oreille.

— À partir d'aujourd'hui, déclara-t-il la voix rauque, je vous interdis formellement de sortir de mon champ de vision.

— Ça me va.

Ils restèrent un instant ainsi, jusqu'à l'intervention du duc annonçant l'arrivée de Lord Locklear et de l'inspecteur de Scotland Yard. L'heure n'était plus à la fête, mais aux explications.

# Épilogue

*1853, Cork*

Sans attendre, Alastar poursuivit son chemin jusqu'à sa chambre. Il avait dû se rendre à Dublin cette semaine pour plaider sa cause et obtenir des graines. Peu de métayers travaillaient encore sur ses terres, et la plupart étaient désabusés par l'ampleur du travail. Mais lui ne renonçait pas ! Il rendrait à son comté le charme d'autrefois. Ils se relèveraient plus forts, d'autant que Louisa et lui avaient passé des soirées à éplucher des livres par centaines pour trouver de nouvelles méthodes d'irrigation, de protection des sols. Ils étaient devenus des experts.

Colin et Eilinn avaient tout naturellement appris à lire sur des traités d'agronomie. Tous les deux avaient grandi dans le bruit de Londres et profitaient depuis trois mois du calme de l'Irlande. Aucun n'avait rechigné à laisser derrière soi la ville pour la campagne et chacun prenait à cœur son rôle de grand frère ou grande sœur pour les jumeaux. Aengus et Ailbhe, âgés maintenant de trois ans, se montraient facétieux et téméraires.

*À l'image de leur mère !*

Alastar sourit en se souvenant que son but premier avait été de ne surtout pas s'attacher à elle, effrayé qu'il était de reproduire les mêmes erreurs qu'autrefois. Il se rappela toutes ces réceptions où il cherchait son regard ou encore son attention.

Il ne s'était jamais préoccupé de l'opinion qu'auraient les autres sur son attitude à son égard.

Depuis qu'elle était entrée dans le salon de Lord Sackville pour annoncer la disparition d'une orpheline, il ne songeait qu'à elle. Et maintenant qu'ils étaient mariés, elle était devenue son obsession. Fut un temps où il s'était demandé pourquoi il lui avait demandé sa main. Combien de fois s'était-il traité d'idiot à cette époque ? Et il avait recommencé six mois plus tôt quand il avait été question de l'emmener dans ce pays où la désolation régnait en maître.

Il avait douté, craignant qu'elle refuse de le suivre, qu'elle ne veuille rentrer à Londres dès le pied posé en Irlande. Et encore une fois, elle l'avait surpris. Le ventre arrondi, elle avait pris en main le manoir, embauchant des domestiques. Le nombre en était restreint, mais petit à petit les pièces s'animaient de nouveau.

Devant la porte de ses appartements, il marqua une pause. Serait-elle dans son lit ? Le soir de leurs noces, ils avaient convenu de toujours partager la même chambre. Un soir, ils s'étaient disputés, mais ils s'étaient couchés ensemble, se réveillant le lendemain dans les bras l'un de l'autre.

Il faut dire que leur mésentente reposait sur la suite à donner vis-à-vis de la vicomtesse Bateman. Cinq ans et demi auparavant, ils l'avaient confiée aux bons soins de l'inspecteur de Scotland Yard lorsqu'il les avait rejoints à l'auberge en compagnie de Lord Locklear. Et la question quant à la condamnation s'était vite posée. En tant que pair du royaume, elle ne pouvait être envoyée à Newgate, mais ses agissements étaient bien trop graves pour rester impunis.

Étrangement, Lady Skelmersdale avait apporté la solution : l'envoyer aux Amériques en tant que gouvernante, le poste que Louisa avait cru un moment pour elle.

Si les relations avec la baronne s'étaient clairement améliorées après le kidnapping, l'ancienne tutrice restait distante. La naissance de Louisa ne lui était plus reprochée, mais l'amertume née du mariage de Felicity avec Lord Yaglew gâchait toute tentative de liens amicaux entre elles.

Délicatement, il ouvrit la porte et attendit quelques secondes, le temps de s'habituer à la pénombre. Il avança précautionneusement et chercha une forme dans le lit. Rien. Déçu, il ôta sa veste et s'interrogea sur la suite. Devait-il la rejoindre dans sa chambre ? Jusqu'à aujourd'hui, la question ne s'était jamais posée.

— Allez-vous enfin vous décider à me saluer ?

La voix venait du fauteuil devant la cheminée, celui dos à l'entrée.

— J'étais en train de déterminer de quelle manière je me glisserais dans votre lit.

— Aviez-vous pour ambition de ne pas me réveiller ?

Ne sachant que répondre, il contourna le siège et l'admira. Recouvert d'une petite couverture, son ventre proéminent laissait supposer que la nature avait choisi d'être généreuse avec eux une nouvelle fois. Peut-être seraient-ce des filles, comme l'espérait Eilinn à longueur de journée.

— Avez-vous eu tout ce que nous désirions ? demanda-t-elle sans attendre.

— Tout devrait arriver dans le courant du mois. D'ici là, nous pourrons avancer dans les travaux.

Il vit son visage se crisper, mais elle n'émit aucune plainte.

— Ils m'ont répété que tout réunir leur prendrait quelques semaines, ajouta-t-il.

— Je m'en doutais, répliqua-t-elle d'un ton doux. Et cela m'arrange.

— Pourquoi donc ?

— Parce que d'ici peu de nouveaux vagissements retentiront dans cette maison et je ne serai pas disponible avant quelques jours.

Comprenant que l'heure n'était pas au badinage, il se redressa, prêt à faire prévenir la sage-femme. Une main se leva, l'arrêtant dans son élan.

— Elle ne devrait plus tarder, dit Louisa. Maintenant que je vous sais en sûreté à la maison, je vais pouvoir me concentrer sur la suite.

Difficilement, elle se mit sur ses jambes, la main posée sur son ventre douloureux. Il glissa son bras jusqu'à sa taille, l'accompagnant jusqu'à sa chambre. Il l'aida à s'installer confortablement. Les cheveux retenus en une tresse serrée, elle semblait encore plus jeune. Ses taches de rousseur s'étaient multipliées au soleil d'Irlande, et cela le ravissait, d'autant qu'elle n'utilisait plus de crème pour les dissimuler, et qu'il pouvait les contempler à loisir.

— Abigail m'a envoyé une lettre. Ils sont revenus d'Italie. Les conférences de Lord Locklear ont rencontré un franc succès.

— Merveilleux, déclara-t-il en s'asseyant sur le bord du matelas.

Il lui prit la main, profitant de tout le temps qu'il lui était permis de passer à son chevet.

— Elle pense qu'ils pourront venir le mois prochain.

— N'est-ce pas un peu tôt ?

— Nous en discuterons plus tard, dit-elle en lui souriant.

Une femme au visage avenant se posta de l'autre côté du lit.

— Monsieur le comte, je vais vous demander de partir.

Il acquiesça avant de porter la main de sa femme à ses lèvres.

— Mon ange, je vous dis à bientôt pour le choix des prénoms des démons que vous vous apprêtez à me donner.

— Des démons ? s'exclama-t-elle en riant à demi.

— Pensez-vous que notre si zélé majordome ne m'a pas fait la liste de toutes les dernières bonnes idées des jumeaux à peine le pas de la porte franchi ?

Elle s'esclaffa de bon cœur avant de se contracter sous la douleur.

— Je vous aime, madame la comtesse. Le savez-vous ?

— Je crois, répliqua-t-elle en lui adressant un clin d'œil.

Il la contempla une dernière fois, ne la retrouvant que des heures plus tard en compagnie de ses deux fils nouveau-nés.

— Thea va encore me demander comment je fais pour avoir des fils alors qu'elle n'a que des filles, souffla Louisa. Même Lady MacArty la taquine à ce sujet.

— Et ne doutez point que je fasse de même avec Sackville !

Il observa les deux couffins. Finalement, le mariage était une institution faite pour lui, à condition que sa femme se tienne à ses côtés.

Édité par HarperCollins France.
Composition et mise en pages Nord Compo.
Imprimé en mars 2024 par CPI Black Print (Barcelone)
en utilisant 100% d'électricité renouvelable.
Dépôt légal : avril 2024.